LE CAPITAINE JANEWAY DOIT ARRÊTER
UNE GUERRE QUI DURE DEPUIS DES TEMPS
IMMÉMORIAUX!

D0588667

RAGNAROK

NATHAN ARCHER

**Traduit de l'américain
par Ivan Steenhout**

Titre de la version originale anglaise : Star Trek Voyager :
Ragnarok
Copyright ©1995 par Paramount Pictures

©1999 Éditions AdA Inc. pour la traduction française

Révision: Nancy Coulombe
Typographie et mise en page: François Doucet
Graphisme: Carl Lemyre
Traduction : Ivan Steenhout
ISBN 2-921892-66-9
Dépôt légal : deuxième trimestre 1999
Bibliothèque nationale du Québec
Bibliothèque nationale du Canada

Première impression: 1999

Éditions AdA Inc.
172, Des Censitaires
Varennes, Québec, Canada, J3X 2C5
Téléphone: 450-929-0296
Télécopieur: 450-929-0220
www.ADA-INC.com
INFO@ADA-INC.COM

Diffusion
Canada: Éditions AdA Inc.
Téléphone: 450-929-0296
Télécopieur: 450-929-0220
www.ADA-INC.com
INFO@ADA-INC.COM

France: D.G. Diffusion
6, rue Jeanbernat
31000 Toulouse
Tél: 05-61-62-63-41
Belgique: Rabelais- 22.42.77.40
Suisse: Transat- 23.42.77.40

Imprimé au Canada

Données de catalogage avant publication (Canada)

Archer, Nathan

Ragnarok

Traduction de : Ragnarok.
Constitue le v.3 de Star Trek Voyageur.

ISBN 2-921892-66-9

I. Steenhout, Ivan, 1943-   , II. Titre. III. Titre : Star Trek
voyageur.

PS3551.R338R3314 1999   813'.54   C99-941052-0

— Que voulez-vous, docteur? répondit la voix du capitaine Janeway à l'intercom. Nous sommes plutôt occupés pour le moment.

— Kes me dit que nous sommes en plein milieu d'une bataille, dit le programme médical. Une bataille qui pourrait durer trente ans.

— Exact, docteur, répondit sèchement le capitaine. Il se pourrait que la bataille dure trente ans, mais nous pas, si nous ne déguerpissons pas d'ici tout de suite. Passerelle, terminé!

Le médecin se tourna vers Kes.

— Le capitaine parlait sérieusement?

Kes hocha la tête.

— Nous pourrions être détruits?

— C'est possible, dit Kes d'une voix calme, mais j'espère vraiment que non.

Ce livre est dédié à
Ephraim E. diKahble
et
David Joseph Oznot

CHAPITRE
1

Pour le moment, tout allait bien à bord du vaisseau stellaire fédéral *Voyageur*.

Il restait des réparations à faire et ils étaient, comme toujours, à court de personnel, mais aucun péril mortel ne les guettait. Les propulseurs ronronnaient, les systèmes de pressurisation atmosphérique fonctionnaient, les plantes hydroponiques dans la soute avant poussaient bien; ils étaient loin de tout système habité et de tout bâtiment ennemi.

Dans ces circonstances relativement décontractées, le capitaine Kathryn Janeway pouvait s'offrir le luxe de prendre le temps de réfléchir à leur avenir immédiat, et c'est exactement ce qu'elle faisait. Debout, avec Neelix, au centre de la passerelle, elle étudiait les cartes.

Autour d'eux, les membres de l'état-major du *Voyageur* vaquaient à leurs occupations. Leurs pieds chaussés de noir glissaient en silence sur la moelleuse moquette grise. Ils avaient les yeux rivés sur les moniteurs illuminés, bleus et or, de leurs stations d'acquisition de données et leurs mains voltigeaient sur leurs panneaux de commande d'un noir lisse et brillant. Le bourdonnement sourd des moteurs du vaisseau était un bruit de fond constant et rassurant, ponctué de temps à autre par le sifflement d'une porte automatique. Neelix et Janeway, concentrés sur les écrans de navigation, ne prêtaient aucune attention à ces bruits; Neelix, penché, appuyait ses deux mains sur la surface unie de la console noire, tandis que Janeway, debout près de lui, se tenait à la main courante chromée du garde-corps qui séparait les niveaux supérieur et central de la passerelle. Ils étudiaient tous les deux la trajectoire à suivre.

Il fallait, bien sûr, qu'ils mettent le cap sur le Quadrant Alpha et l'espace fédéral — elle avait promis aux membres de son équipage de les ramener, peu importe le temps qu'il faudrait, et elle était déterminée à tenir sa promesse.

Mais ils ne pouvaient partir simplement en ligne droite à travers la Galaxie. Il fallait prévoir des escales; ils auraient besoin de se réapprovisionner en cours de route, de trouver des moyens de réparer l'équipement endommagé. Les synthétiseurs de nourriture n'étaient plus entièrement fonctionnels et, de toute manière, ne suffisaient pas à leur fournir tout ce dont ils avaient besoin — la technologie de la biosynthèse alimentaire avait ses limites. Certaines choses étaient difficiles à synthétiser de façon fiable — y compris plusieurs des éléments essentiels au fonctionnement des synthétiseurs eux-mêmes.

Il faudrait donc ménager des arrêts pour les provisions. Et il en faudrait sans doute aussi pour donner à l'équipage la chance de respirer l'air frais et de sortir de temps à autre du confinement des cloisons d'acier — c'était essentiel pour le moral. Les visites à l'holodeck n'avaient pour effet que de retarder la fièvre des cabines qui frappait inévitablement les voyageurs interstellaires au long cours; cent quarante personnes qui savaient qu'elles seraient sans doute enfermées sur le même vaisseau pendant des années et des années *avaient besoin* de descendre, aussi souvent que possible, à la surface d'une planète, de regarder l'horizon d'un ciel ouvert et de respirer autre chose que de l'air conditionné.

Au moins, les systèmes d'énergie de l'holodeck étaient incompatibles avec ceux du reste du vaisseau. Il n'y avait donc aucune raison de les désactiver pour conserver leurs précieuses ressources — l'énergie que consommait l'holodeck ne pouvait, de toute façon, être utilisée ailleurs. Le garder opérationnel était une nécessité pour la bonne santé émotionnelle à bord du *Voyageur*. L'équipage avait besoin d'un endroit où se détendre.

Mais cela ne suffisait pas.

Il faudrait des escales.

Et la question, dès lors, était de savoir *où* faire ces escales.

Starfleet avait, bien sûr, programmé dans les ordinateurs du vaisseau des cartes stellaires de toute la Galaxie, mais ces cartes étaient limitées et indiquaient à peine plus que la localisation et le type spectral de chaque étoile. Cette information leur avait suffi pour déterminer presque instantanément où ils étaient quand ils avaient été catapultés à l'autre bout de la Galaxie, mais ne leur était pas d'un grand secours pour planifier leur itinéraire de retour.

Les cartes stellaires ne mentionnaient pas les objets plus petits ou moins stables — comme les planètes, les anomalies, les nuages de poussière ou les tempêtes magnétiques. Le *Voyageur* ne disposait d'aucune carte, d'aucun enregistrement, d'aucune description des mondes ou des civilisations qu'il rencontrerait dans ce secteur de la Galaxie, pas plus que des phénomènes dangereux, comme les ouragans plasmiques, qu'il risquait de croiser en chemin.

Les ordinateurs de bord étaient capables de livrer une impressionnante quantité d'informations sur pratiquement tout objet habité ou tout champ d'énergie du

Quadrant Alpha, et d'une bonne tranche du Quadrant Bêta aussi, et même de certaines zones cartographiées, relativement restreintes, près du trou de ver du Quadrant Gamma — mais le *Voyageur* se trouvait dans le Quadrant Delta, après avoir été aspiré à l'autre extrémité de la Galaxie par une entité extragalactique appelée le Protecteur, qui l'avait par la suite laissé se débrouiller tout seul.

La Fédération ignorait tout des dangers du Quadrant Delta. Avant l'arrivée fortuite du *Voyageur*, aucun vaisseau fédéral n'y était jamais venu.

Aussi, à l'instar de nombreux autres explorateurs avant elle, Kathryn Janeway avait fait appel à un guide autochtone, un habitant du secteur qui prétendait bien connaître la plupart des planètes des parages, ainsi que leurs habitants.

Il faisait aussi parfois office de cuisinier et d'homme à tout faire, mais Neelix, le Talaxien embarqué à bord du *Voyageur*, agissait essentiellement comme guide.

Et, aujourd'hui, le capitaine Janeway avait convoqué ce guide sur la passerelle, où il se tenait à un mètre d'elle, penché sur le tableau de bord de la console de navigation.

Neelix n'avait pas à se pencher bien bas; il était plus petit que la moyenne des humains, mais il compensait en partie sa taille réduite par l'exubérance de sa personnalité. Il portait des vêtements multicolores de couleur vive, qui détonaient sur les teintes peu tapageuses de gris, de bleu et d'argent de l'intérieur du *Voyageur*. Janeway se disait que ses congénères talaxiens considéraient peut-être Neelix comme un être élégant et de haute stature, et son accoutrement comme le nec plus ultra de la haute couture, comme il le proclamait parfois, mais selon les critères humains il était…eh bien! *affreux* serait un terme trop fort.

Comique n'était pas trop fort. L'épithète « *comique* » lui allait comme un gant. Janeway espérait que Neelix ne se doute pas qu'elle le pensait; il avait autant de fierté et de dignité que n'importe quelle autre créature sensible, et elle se disait qu'il n'apprécierait pas de savoir qu'elle trouvait qu'il avait l'air d'un clown.

Il le suspectait peut-être, mais ce n'était pas comme le savoir de façon sûre.

Neelix était foncièrement humanoïde. Sa tête avait une forme étrange. Le haut en était moucheté de petites tavelures brunâtres et orné de touffes de cheveux clairsemés. Il avait des concavités aux tempes, des oreilles multicouches et pointues et un nez en boule qui avait l'air tailladé au milieu; tout cela, combiné avec ses goûts vestimentaires, le rendait irrémédiablement clownesque.

Cependant, Neelix n'était pas stupide. Janeway le regardait avec intérêt plisser le front devant l'écran de visualisation et suivre du doigt le tracé courbe du diagramme qui y était affiché.

— J'ai toujours du mal à comprendre vos cartes stellaires, capitaine, dit-il, mais si j'interprète comme il faut celle-ci, je pense vraiment que vous devriez changer de trajectoire.

Plutôt que de coincer son guide contre la console, Janeway tendit le bras et tapa une commande pour transférer à l'écran principal, installé en travers de l'avant de la passerelle, la carte stellaire et les affichages de sortie qui l'accompagnaient. Elle l'étudia pendant un moment, puis se tourna vers son collaborateur extraterrestre.

— Pourquoi? demanda-t-elle. Nos senseurs n'indiquent rien de particulièrement dangereux sur notre trajectoire actuelle.

— Bien sûr, dit Neelix avec un haussement d'épaules respectueux, je suppose que cela dépend de ce que vous considérez comme *dangereux*.

— Les tempêtes magnétiques, les supernovae, répondit Janeway avec un sourire. Ce sont les phénomènes que je qualifierais de dangereux. Y a-t-il des choses du genre sur notre route?

— Bien, non, dit le Talaxien en étirant, l'air pensif, le dernier mot. Rien de tout cela, exactement. Mais tout le monde dans le secteur considère que c'est une bonne idée d'éviter l'amas stellaire qui se trouve devant nous.

Neelix contourna l'extrémité de la console, fit quelques pas vers le grand écran, puis montra du doigt un groupe d'étoiles.

— Pourquoi? demanda de nouveau Janeway.

— À cause de la guerre, bien sûr…

Neelix vit l'expression du capitaine et se reprit.

— Oh, dit-il. Bien, j'imagine que vous n'êtes pas au courant.

— Non, dit Janeway. Quelle guerre? Les Kazons-Oglas sévissent-ils dans ce secteur?

L'équipage du *Voyageur* avait déjà eu maille à partir avec un peuple de la région connu sous le nom de Kazon-Ogla, et Janeway devait admettre qu'elle n'avait aucune envie d'autres escarmouches.

— Non, pas les Kazons-Oglas, répondit Neelix avec un soupir, avant de pointer de nouveau son doigt. Cet amas stellaire devant nous est l'amas de Kuriyar et c'est là que vivent les Hachais et les P'nirs. De désagréables personnages, ajouta-t-il en secouant la tête avec dégoût. Ils sont en guerre les uns contre les autres depuis des temps immémoriaux. Des siècles sans doute, sinon des millénaires. Même nos plus anciennes légendes, qui remontent à l'époque des premiers voyages spatiaux talaxiens, relatent que les Hachais et les P'nirs se battaient déjà les uns contre les autres.

— Et ils se battent toujours? demanda Janeway en s'écartant du garde-corps pour aller regarder l'écran de plus près.

— En autant que je le sache, dit Neelix. Je n'y suis pas allé en personne et je ne leur ai pas *posé récemment la question*, vous comprenez.

— Quelqu'un d'autre y est-il allé?

Neelix secoua la tête.

— Tout le monde, dans ce coin de la Galaxie s'est toujours efforcé d'éviter les Hachais et les P'nirs. Aller se promener en plein milieu de leur guerre est très impopulaire. Ils tirent à peu près sur n'importe quoi.

— Je vois, dit Janeway sans se compromettre.

— Peut-être ai-je mal lu la trajectoire projetée, dit Neelix comme pour s'excuser, mais elle semble nous mener tout droit au centre de l'amas de Kuriyar.

— C'est exact, admit Janeway. Vous nous conseillez de l'éviter.

— Oh, de toutes mes forces, capitaine, répondit Neelix en hochant la tête avec vigueur.

Janeway jeta un coup d'œil à Kes, la compagne ocampa de Neelix qui, debout à l'arrière de la passerelle près de l'ascenseur turbopropulsé, s'efforçait de rester la plus discrète possible.

Le physique de Kes était beaucoup plus proche de celui des humains que celui de Neelix; elle aurait facilement, n'étaient ses oreilles, pu passer pour une Terrienne. Frêle et d'une aérienne beauté, elle était plus jeune encore qu'elle ne le paraissait et, Janeway le savait, il était tout à fait possible qu'elle soit, malgré les apparences, moins proche des humains que Neelix. L'espérance moyenne de vie des Ocampas n'était que de neuf années standard; Kes, âgée d'un peu plus d'un an, était une jeune adulte. Elle semblait posséder certains dons psychiques ocampas, assez mal compris — comme la projection télépathique et d'autres facultés, encore moins aisément définissables.

Kes, quand elle vit que Janeway la regardait, hocha, elle aussi, vigoureusement la tête.

— Je suis d'accord, dit-elle.

Janeway n'était pas certaine si cet accord voulait dire que Kes savait réellement quelque chose à propos de cette guerre ou simplement qu'elle appuyait son ami, mais cela n'avait pas vraiment d'importance. Ils avaient embarqué Neelix à bord du *Voyageur* pour qu'il agisse comme guide autochtone, et cela ne servait à rien d'avoir un guide autochtone si l'on ne tenait pas compte de ses conseils.

Janeway se retourna vers l'écran principal, sur le point de donner l'ordre de changer de trajectoire pour leur faire contourner en toute sécurité l'amas stellaire de Kuriyar, quand Harry Kim, l'enseigne de service à la station des opérations, annonça soudain : « Capitaine, nous sommes scannés — je pense… »

Il se tourna et cria.

— Capitaine, c'est un rayon tétryonique, un rayon tétryonique cohérent !

Janeway virevolta.

— Alerte rouge ! hurla-t-elle en agrippant le garde-corps. Parez à l'impact !

CHAPITRE
2

Quand le capitaine déclencha l'alerte rouge, l'éclairage faiblit instantanément sur la passerelle pour permettre aux officiers présents de se concentrer plus facilement sur leurs pupitres de commande. Janeway, agrippée au garde-corps, se tourna vers la station des opérations, un module installé à bâbord du niveau supérieur de la passerelle, où l'enseigne Harry Kim, debout, était presque entouré de moniteurs et de contrôles.

— Enseigne, détectez-vous une onde de délocalisation quelque part? demanda Janeway.

— Négatif, capitaine, répondit Kim après avoir passé rapidement en revue plusieurs de ses écrans. Pas le moindre signe d'aucun autre phénomène inhabituel.

Janeway, soulagée, se détendit un peu — mais elle était aussi un peu déçue.

Une fois déjà, le *U.S.S. Voyageur* avait subi le balayage d'un rayon tétryonique cohérent — et tout de suite après, une onde de délocalisation magnétique avait, en une fraction de seconde, projeté le vaisseau à l'autre bout de la Galaxie. C'était le Protecteur qui avait utilisé un rayon tétryonique pour vérifier s'il se trouvait à bord quelqu'un capable de servir ses desseins et, quand il avait découvert que c'était peut-être le cas — même si, en bout de ligne, cela n'avait pas marché — le Protecteur avait envoyé l'onde de délocalisation pour attirer le *Voyageur* près d'où il se trouvait.

Le déplacement, brutal et fulgurant, avait gravement endommagé le vaisseau et tué ou blessé plusieurs des officiers; les postes laissés vacants par la mort de leur titulaire avaient été comblés par des membres de l'équipage d'un vaisseau rebelle, un bâtiment maquis, que le *Voyageur* pourchassait et qui avait été kidnappé presque en même temps que lui.

La délocalisation avait été violente et, après le rapt, le *Voyageur* était resté en rade à des milliers d'années-lumière de l'espace fédéral.

Quand Kim, un moment plus tôt, avait signalé la détection d'un nouveau rayon tétryonique, Janeway avait pensé qu'ils allaient être réexpédiés brutalement chez eux. Mais rien ne s'était produit et elle se sentit soulagée de n'avoir pas à subir les dommages d'un retour éclair, mais déçue qu'ils ne soient pas ramenés dans le Quadrant Alpha.

— Verrouillez nos senseurs sur ce rayon, dit-elle.

— Je suis navré, capitaine, l'interrompit l'enseigne Kim sans quitter des yeux la console des senseurs. Le rayon a disparu. Il a duré moins de point quatre secondes.

— Aucune récurrence? demanda Janeway. Un cycle peut-être?

— Non, capitaine, répondit Kim. L'événement semble isolé.

— Annulez l'alerte rouge, dit Janeway en plissant le front.

L'éclairage de la passerelle revint alors à la normale, dissipant la pénombre et restaurant les couleurs apaisantes des cloisons. Le capitaine fixa l'écran principal un moment, puis se tourna de nouveau vers la station des opérations.

Harry Kim, derrière ses contrôles, prêt et empressé, observait Janeway et attendait avec impatience ses ordres.

Kim était arrivé à bord du *Voyageur* à sa sortie de l'Académie de Starfleet, parfaitement bien formé et bien entraîné, mais inexpérimenté et toujours un peu naïf. Son visage asiatique plutôt rond était ouvert et il était facile d'y lire ce qu'il pensait; il ne savait pas encore dissimuler. Il connaissait son travail, comprenait ses responsabilités, mais n'avait pas appris à devancer les vœux du capitaine, à prendre des initiatives, ce petit rien de plus qui ferait de lui un officier des opérations et des communications vraiment parfait.

C'était une malchance déconcertante que sa première mission se termine ainsi, pensait Janeway. Ses parents, sur Terre, devaient être encore sous le choc de la disparition de ce fils qui faisait leur fierté et leur joie.

— Enseigne Kim, dit Janeway, je veux que vous réexaminiez les enregistrements senseurs du vaisseau. Découvrez tout ce qu'il est possible de découvrir concernant ce rayon — sa fréquence et sa longueur d'ondes, sa signature énergétique, son origine, ses effets sur nous, s'il y en a eu — tout ce que les ordinateurs sont capables de nous apprendre. Je veux savoir dans quelle mesure il correspond au rayon tétryonique dont s'est servi le Protecteur pour nous scanner.

— Oui, capitaine, répondit Kim, en se mettant aussitôt au travail.

— Vous pensez que ce rayon a pu avoir été émis par l'entité jumelle du Protecteur? demanda Tom Paris depuis sa place au pupitre de commande avant, une longue console courbe qui séparait les niveaux central et inférieur de la passerelle.

Ce n'était pas le genre de question que l'officier responsable de la navigation aurait dû poser — mais Tom Paris n'aurait pas dû normalement se trouver à la barre. Le lieutenant Stadi, pilote et navigatrice attitrée du *Voyageur*, avait été tuée lors de leur abrupte délocalisation du Quadrant Alpha, et Janeway avait désigné Paris, un ancien officier félon qui se trouvait à bord à titre d'observateur, pour la remplacer.

Paris était fils d'amiral, et personne ne le lui avait jamais laissé l'oublier — pas même lui-même. Janeway était persuadée que c'était ce besoin désespéré de se conformer aux normes familiales qui avait conduit Paris à falsifier des rapports — et, plus tard, à avouer la falsification, aveu qui lui avait valu son renvoi de Starfleet.

Paris pensait probablement n'avoir plus rien à perdre quand il avait rejoint les troupes du Maquis comme mercenaire, supposait Janeway, mais après s'être fait capturer et avoir séjourné dans une colonie pénitentiaire en Nouvelle Zélande, il était possible qu'il ait changé d'idée.

Tom Paris était peut-être le genre d'homme qui devait atteindre le fond du baril avant de remonter vers la surface; si tel était le cas, Janeway pensait qu'il l'avait atteint, là-bas, dans ce camp de prisonniers. L'environnement n'y était pas physiquement particulièrement pénible, mais pour un fils d'amiral qui s'était toujours cru destiné au commandement, le simple fait d'y avoir été envoyé et de savoir que, selon les normes de sa famille, il méritait d'y être, avait dû être infernal pour lui.

Mais il était sur la voie de la réhabilitation, Janeway en était certaine. Depuis que le Protecteur s'était emparé du *Voyageur*, Paris avait toujours fait tout ce qu'il pouvait pour Janeway et pour le vaisseau.

Certaines de ses manières laissaient encore à désirer cependant. Sa question, quoique pleine de bon sens, avait quelque chose d'impertinent.

Car c'était une bonne question — ce rayon tétryonique originait-il de la compagne disparue du Protecteur?

La créature qui s'était emparée du *Voyageur* à l'autre bout de la Galaxie avait été baptisée le Protecteur parce qu'elle s'était vouée à protéger la race des Ocampas — le peuple de Kes — et à pourvoir à ses besoins. Le Protecteur avait édifié une gigantesque structure que Janeway avait, à défaut d'un terme plus approprié, appelée le Dispositif, et il s'était servi de cette structure pour accomplir toutes les tâches qu'il décidait d'entreprendre, comme fournir de l'énergie à la civilisation ocampa — ou scanner, puis capturer le *Voyageur*.

Le Protecteur était mort à présent, mort et retourné au néant, et le Dispositif avait été détruit pour éviter qu'il ne tombe entre les mains d'un peuple local belliqueux, les Kazons-Oglas. En conséquence, les Ocampas — et le *Voyageur* — avaient été obligés de se débrouiller par leurs propres moyens.

Mais avant de s'éteindre, le Protecteur avait confié à l'équipage du *Voyageur* qu'il avait eu une compagne jadis, une créature extragalactique comme lui, mais qu'elle l'avait abandonné, lui et les Ocampas, il y avait longtemps, des siècles plus tôt, pour partir errer dans les étoiles.

L'hypothèse que cette compagne utilise la même technologie que le Protecteur était donc raisonnable — et Janeway ne connaissait, nulle part dans la Galaxie, aucune autre source de rayonnement tétryonique cohérent.

Bien sûr, il était possible qu'il en existe. Personne dans le Quadrant Alpha n'avait jamais développé la technologie tétryonique, mais le *Voyageur* ne se trouvait pas dans le Quadrant Alpha. Et ils avaient déjà été confrontés dans le Quadrant Delta à certaines technologies différentes de toutes celles que connaissait Janeway.

— Il est possible effectivement, monsieur Paris, que ce soit la compagne du Protecteur, répondit Janeway d'une voix neutre. J'espère en avoir quelque preuve tangible, dans un sens ou dans l'autre, quand l'enseigne Kim aura terminé ses recherches.

— Et, en attendant, capitaine, dit Neelix avec inquiétude, permettez-moi de vous faire remarquer que nous nous dirigeons toujours, à une vitesse incroyable, tout droit vers une zone de guerre…

Janeway leva les yeux vers le dispositif d'affichage de l'écran principal. Le *Voyageur* se dirigeait effectivement directement vers l'amas de Kuriyar en vitesse de distorsion six, mais même à cette vitesse, il ne l'atteindrait pas avant plusieurs heures — tout le temps qu'il fallait pour qu'Harry Kim passe en revue tout ce que les systèmes automatiques du vaisseau avaient enregistré concernant le balayage tétryonique.

— J'en suis consciente, dit-elle. Merci, monsieur Neelix.

Elle se tourna vers la station des communications.

— Du neuf, enseigne?

— Pas grand-chose, capitaine, rapporta Kim, penché au-dessus de son pupitre pour regarder Janeway. Je n'ai été capable de distinguer aucune caractéristique qui permettrait d'identifier le rayon — il n'y a pas de fréquence de résonance, pas de diagramme d'interférence, pas de dispersion détectable. Il s'agit d'une pure radiation tétryonique monocorpusculaire. J'ai trouvé la même chose quand j'ai analysé les dossiers informatisés du rayon scanneur du Protecteur, mais cela ne nous apprend vraiment pas grand-chose; je pense qu'une chose capable d'émettre un tel rayon est aussi capable d'en occulter les caractéristiques.

— Avez-vous localisé la source?

— Juste la direction générale, capitaine, dit Kim en secouant la tête, mais pas de distance; l'émission n'a pas duré assez longtemps pour que je parvienne à la trianguler, et sans dispersion ni effets Doppler… bien, elle provient peut-être de cet amas stellaire, juste devant nous, ou d'un autre endroit du Quadrant Delta derrière l'amas, ou de n'importe où entre les deux...

— Dans quelle direction?

— Je vous l'affiche à l'écran.

Un instant plus tard, le diagramme de Kim apparut à l'écran principal; Janeway y jeta un coup d'œil et un sourire ironique et désabusé s'esquissa sur ses lèvres.

— Il semblerait, monsieur Neelix, dit-elle, que notre mystérieux scanneur se trouve exactement dans la direction que vous nous avez conseillé d'éviter.

Il était certain que si le *Voyageur* voulait se diriger vers la source du rayon tétryonique, il devait passer par le centre exact de l'amas de Kuriyar — en présumant qu'il n'atteigne pas cette source avant d'arriver à l'amas.

Janeway regarda les membres de son état-major qui se trouvaient sur la passerelle.

Deux fauteuils étaient installés sous le garde-corps qui séparait le niveau supérieur du niveau central. Chakotay, son premier officier, était assis, impassible, dans celui de droite. Il attendait avec calme sa décision; elle savait qu'il n'hésiterait pas à la contester s'il l'estimait vraiment désastreuse pour le vaisseau, mais savait aussi qu'il était persuadé qu'elle choisirait la meilleure solution. Il était le commander du vaisseau maquis que le *Voyageur* pourchassait et que le Protecteur avait également kidnappé, mais il avait compris qu'il était nécessaire d'unir leurs forces et, en bout de ligne, il avait sacrifié son propre vaisseau pour s'assurer que la formidable technologie du Dispositif ne tombe pas entre de mauvaises mains.

Maintenant il servait à bord du *Voyageur*, où il remplaçait le commandant en second mort pendant la délocalisation, et il y servait avec beaucoup de compétence. Il acceptait l'autorité du capitaine, mais sans jamais que cette obéissance ne soit servile. S'il avait vraiment des objections, il le disait.

Tuvok, l'officier responsable de la sécurité et de l'armement, se trouvait à la station tactique, à l'extrémité tribord du niveau supérieur de la passerelle, un module qui était l'exact reflet inversé de la station des opérations. Tuvok était aussi calme que Chakotay — mais il était vulcain; il était *toujours* calme. La sérénité était une caractéristique de sa race, alors que chez Chakotay, elle était un signe de confiance en la compétence du capitaine.

Tuvok travaillait depuis longtemps sous les ordres de Janeway. Lui aussi savait quand il fallait parler franchement.

Paris, à la navigation, étudiait les contrôles de son tableau de bord et jetait de temps en temps un coup d'œil furtif au capitaine; Janeway pensait qu'il essayait de cacher sa violente envie d'affronter le danger. Elle savait que la menace d'un vaisseau de guerre extraterrestre n'effrayait pas Paris outre mesure; au contraire, il avait plutôt hâte de mettre à l'épreuve ses talents de pilote et son courage face à l'ennemi. Tom Paris, fils d'amiral, avait de toute évidence toujours l'impression qu'il lui restait quelque chose à prouver — sinon aux autres, du moins à lui-même.

Harry Kim, à bâbord, aux opérations, était visiblement nerveux et tâchait de toutes ses forces de ne pas l'être, ou du moins de ne pas le montrer. Il voulait être aussi courageux que les autres — cela participait de l'image qu'il se faisait de l'officier de Starfleet idéal, un idéal qu'il voulait désespérément atteindre — mais Kim avait assez d'imagination et de gros bon sens pour ne pas s'empêcher de penser que la situation pourrait très mal tourner si le *Voyageur* s'aventurait dans cet amas stellaire.

Neelix, plus bas près de l'écran, était nerveux et il lui était égal que tout le monde s'en aperçoive; il pensait, devinait Janeway, que traverser une zone de guerre était insensé, mais il connaissait maintenant assez bien le comportement humain — et *son* comportement à *elle*, en particulier — pour savoir qu'elle pensait vraiment y engager le *Voyageur*.

Et Kes, près de la porte grise du turbolift, les observait tous, fascinée. Elle ne pensait sans doute pas vraiment à la mort et à la destruction qui l'attendait peut-être; elle était trop intéressée à observer les autres pour se préoccuper d'elle-même.

Chacun, sauf Kes, s'était fait son idée, avait décidé dans sa tête si le *Voyageur* devait partir à la recherche de ce rayon tétryonique et affronter le danger ou éviter l'amas de Kuriyar, mais aucun n'argumentait avec Janeway; tous savaient que la décision lui appartenait…

— Vous ne voudrez certainement pas risquer nos vies, et votre magnifique vaisseau, juste pour voir d'où émane un rayon qui vous a scannée? demanda Neelix.

— J'ai bien peur que si, répondit Janeway, en prenant la décision que tout le monde savait qu'elle prendrait. Monsieur Paris, établissez notre trajectoire en fonction des analyses de l'enseigne Kim; nous allons tenter de trouver la source de ce rayonnement tétryonique.

— À vos ordres, capitaine, répondit vivement Paris d'une voix presque joyeuse.

— Mais capitaine!… commença Neelix.

Janeway regarda le Talaxien sans rien dire, droit dans les yeux, et le petit extraterrestre balbutia, puis se tut.

Elle se sentait presque navrée pour lui. C'est vrai qu'il était saugrenu de se faire accompagner par un guide autochtone si l'on ignorait *tous* ses conseils, mais Neelix était incapable d'évaluer comme il faut la situation. Si le *Voyageur* ne trouvait pas de raccourci, n'importe quel raccourci, la plupart des membres de son équipage — peut-être *tout* son équipage — serait mort de vieillesse avant que le vaisseau n'atteigne l'espace fédéral.

À supposer qu'ils ne craquent pas tous sous le stress et ne se massacrent pas tous les uns les autres avant. Et à supposer aussi que le *Voyageur* puisse naviguer aussi longtemps sans maintenance appropriée.

Cela valait la peine, pour éviter un tel destin, de prendre quelques risques — même quelques gros risques.

Neelix, lui, voulait juste survivre et jouir de la vie, et il était parfaitement heureux à bord du *Voyageur* où il avait une couchette confortable, de l'eau et de la nourriture en abondance et Kes à ses côtés; il ne voulait aller nulle part en particulier.

Janeway pouvait difficilement l'en blâmer, mais elle, pour sa part, voulait plus, beaucoup plus. Elle voulait rentrer chez elle, revoir Marc, son amant, conduire son équipage à bon port et que chacun retrouve sa famille.

Il valait la peine de prendre quelques risques pour tout cela — mais pas de risques excessifs. Janeway regarda à tribord.

— Monsieur Tuvok, dit-elle, activez nos scanneurs à longue portée. Placez nos boucliers et nos phaseurs en état d'alerte à réaction rapide. Si nous entrons dans une zone de combat, je veux être prête à toute éventualité. Ce n'est pas notre guerre, mais les belligérants ne le réaliseront peut-être pas.

— À vos ordres, capitaine.

— Très bien. Monsieur Paris, passez en distorsion sept.

La décision prise, Janeway s'assit dans son fauteuil et regarda l'image de l'amas de Kuriyar grossir jusqu'à remplir tout l'écran.

CHAPITRE
3

Janeway réprima un soupir d'exaspération quand son guide talaxien se précipita de nouveau vers elle dès l'instant où elle remit les pieds sur la passerelle.

— Capitaine, je vous en prie, reconsidérez votre décision! dit Neelix. Les Hachais et les P'nirs sont en guerre depuis des *siècles*; ils ont épuisé des planètes entières pour construire leurs flottes de guerre. Leurs vaisseaux pourraient être *n'importe où*.

Janeway, avant de battre en retraite dans son bureau pour avoir cinq minutes de répit, avait écouté les protestations de Neelix pendant plus d'une demi-heure. Elle s'arrêta dans l'escalier et se tourna pour le regarder.

— Ils pourraient être n'importe où? Voulez-vous dire qu'ils possèdent la technologie de l'invisibilité? demanda-t-elle avec intérêt.

— Possèdent quoi? rétorqua Neelix, médusé.

— La technologie de l'invisibilité.

— Ah!… j'ignore ce que c'est, dit Neelix. Mon Traducteur universel est peut-être défaillant; je connais peut-être cette technologie sous un autre nom.

— Je ne le pense pas, monsieur Neelix, répondit Janeway, avant de regarder de nouveau l'écran principal et de s'avancer jusqu'à son fauteuil. Je pense que cette technologie est inconnue dans ce secteur de la Galaxie. Et c'est tout aussi bien.

— Peut-être que *moi*, je ne la connais pas, dit Neelix, sautant sur l'occasion pour continuer de discuter, mais cela signifie-t-il que les Hachais ne la connaissent pas? Ou les P'nirs?

— Ils ne la connaissent probablement pas, répondit sèchement Janeway.

Neelix, voyant que cet argument ne marchait pas, que Janeway n'avait pas suffisamment peur de la « technologie de l'invisibilité » pour rebrousser chemin uniquement parce que les belligérants pouvaient la maîtriser, revint à son raisonnement de base.

— Quoi qu'il en soit, dit-il, les Hachais et les P'nirs ont des armes effrayantes et des *milliers* de vaisseaux de guerre qui sillonnent l'amas stellaire et tirent sur tout ce qu'ils voient.

— Sur tout? demanda Janeway, en regardant de nouveau Neelix.

— Oui, capitaine, sur tout! répondit avec véhémence Neelix. Tout au long du conflit, les P'nirs ont utilisé de nombreuses ruses pour remporter la victoire — ils ont déguisé leurs bâtiments de guerre en navires marchands battant pavillon de mondes neutres. Ils ont déguisé des bombes en astéroïdes ou en épaves, et le reste. Vous pouvez imaginer les dégâts qu'ils ont causés!

— Oui, je l'imagine, concéda Janeway.

Elle étudia l'écran; ils approchaient d'une étoile située juste à l'extérieur de l'amas de Kuriyar, une étoile jeune de la séquence principale, et donc accompagnée vraisemblablement de planètes.

Si l'une de ces planètes était de classe M, le *Voyageur* pourrait s'y approvisionner et l'équipage y prendre quelques heures de congé.

— Bien, poursuivit Neelix, en conséquence de toutes ces ruses, il est compréhensible que *tous* les objets non familiers qui traversent leur espace éveillent la méfiance des Hachais. Les quelques derniers vaisseaux qui sont venus dans l'amas pour commercer avec eux ont reçu un seul coup de semonce, puis les Hachais leur ont tiré dessus — ils les ont pris pour de nouveaux stratagèmes p'nirs.

— Intéressant, dit Janeway. Et les P'nirs? Ont-ils peur aussi des subterfuges hachais?

Neelix secoua la tête.

— Non, non, dit-il. Les P'nirs sont…eh bien, les P'nirs sont des P'nirs! Ils se conforment à une déontologie stricte qui leur est propre, un code qui considère que tout ce qui est extérieur à la hiérarchie p'nir n'a aucune valeur. Ils ne reconnaissent aucune autorité, sinon la leur, et aucun droit à personne qui n'est pas p'nir. Je dirais que si les Hachais ne les combattaient pas, un autre peuple le ferait certainement — ils ne sont pas d'un naturel affable.

La bouche de Janeway esquissa un demi sourire.

— Vraiment? dit-elle en s'appuyant sur son coude.

— Vraiment, dit Neelix. Les P'nirs ont toujours été de médiocres commerçants; ils préfèrent la piraterie. Qu'*ils* n'appellent pas « piraterie », bien sûr. S'ils admettaient qu'ils pratiquent la piraterie, ils devraient d'abord admettre que d'autres espèces ont le droit de posséder quelque chose, et les P'nirs tout simplement ne pensent pas comme ça, ajouta-t-il en haussant les épaules. De toute façon, les P'nirs ont depuis longtemps renoncé à tout commerce et à tout contact avec d'autres races, parce que cela les distrayait de leur effort de guerre contre les Hachais.

— Ils ont vraiment l'air de déplaisants personnages, monsieur Neelix, opina Janeway.

— Oh, ce *sont* de déplaisants personnages! dit Neelix. Capitaine, si les Hachais vous repèrent, ils tireront sans doute un coup de semonce avant d'ouvrir vraiment le feu, mais si les P'nirs vous voient et décident de prêter attention à vous, ils n'enverront même pas de coup de semonce — ils ouvriront peut-être le feu, ou peut-être pas, selon le bon plaisir du capitaine que vous rencontrez. Je vous en conjure, *n'amenez pas* votre beau et *confortable* vaisseau dans l'amas de Kuriyar.

Neelix chercha du regard quelqu'un qui l'appuierait, mais il se rendit rapidement compte qu'il ne trouverait personne. À la console avant, Tom Paris, concentré sur son travail de pilote, ne prêtait nulle attention à la discussion; Harry Kim et Tuvok, de part et d'autre de la passerelle, écoutaient, l'air intéressé, mais aucun des deux ne semblait avoir la moindre envie de prendre le parti de Neelix, un simple passager, contre leur capitaine.

Le commandant en second était en position d'argumenter avec le capitaine, mais le Talaxien était incapable de dire si le commander Chakotay avait entendu un mot de ce qui s'était dit. Cet homme était une énigme pour Neelix; il ne devinait jamais à quoi Chakotay pensait. Et, en ce moment précis, Chakotay était assis à sa place, concentré sur l'écran, et Neelix ne déchiffrait rien de son expression. Était-il calme? Ennuyé? Fâché? Étudiait-il l'écran ou regardait-il simplement les clignotants qui l'entouraient?

Neelix ne pouvait le dire. Il ne pouvait dire si Chakotay écoutait ou si, perdu dans ses pensées, il ignorait complètement la conversation.

Janeway, elle, écoutait, comme elle avait écouté depuis le début, mais son idée était faite. Elle avait confiance en son vaisseau et en son équipage, et était persuadée de n'avoir rien à craindre de n'importe quel danger ordinaire.

Pour elle, les bénéfices qu'elle tirerait peut-être de l'amas de Kuriyar — ou plutôt qu'elle obtiendrait du rayonnement tétryonique qui pouvait en émaner — étaient trop considérables pour qu'elle les rejette du revers de la main.

Et, en plus, il y avait la question de son devoir d'officier de Starfleet. La Fédération se vouait à la paix. La Prime Directive ne l'autorisait pas à intervenir directement, bien sûr, mais Starfleet avait toujours consacré de grands efforts au rétablissement de la paix; la Fédération fournissait des négociateurs, transportait des diplomates, servait d'arbitre, et faisait par ailleurs tout son possible pour mettre terme aux guerres interstellaires.

En tant qu'officier de Starfleet, Janeway estimait qu'il était de son devoir, si elle rencontrait ces nations belligérantes décrites par Neelix, de vérifier si elle était capable de contribuer à rétablir la paix. Vu les circonstances et l'état du *Voyageur*, elle n'irait pas au devant des problèmes, et elle aurait sans doute pu vivre sans remords de conscience si elle avait choisi de contourner l'amas de Kuriyar. Mais en plus de son devoir d'officier, il y avait ce mystérieux rayonnement…

Elle était donc décidée à traverser l'amas, guerre ou pas, et peu importe ce que Neelix en pensait.

Elle souhaitait que son guide accepte simplement sa décision et cesse de discuter. Elle avait bien envie de l'expulser de la passerelle — mais s'il savait *vraiment* ce qui les attendait, s'il y *avait* réellement, dans les parages, des vaisseaux de guerre hostiles, prêts à les attaquer à l'improviste, ses informations seraient vitales et devraient lui être communiquées sans délai.

— Monsieur Paris, dit-elle, balayez le système stellaire qui se trouve devant nous et voyez s'il s'y trouve quelque chose qui pourrait nous être utile.

— À vos ordres, capitaine, répondit Paris. Si j'ai bien compris, les synthétiseurs sont de nouveau en panne; je vais donc vérifier si je trouve une plantation de café dans le coin. D'accord?

— Ce serait fameux, monsieur Paris, répondit Janeway en souriant à la plaisanterie. Ou peut-être un panneau indicateur qui nous indiquerait où se cache la compagne du Protecteur.

— Capitaine, je vous en prie, dit Neelix qui s'était rapproché et se tenait maintenant debout à côté d'elle, une main posée sur le haut du garde-corps. Que ferait la compagne du Protecteur en plein milieu d'une guerre?

Le sourire de Janeway disparut, mais elle s'efforça de ne pas laisser transparaître son exaspération.

— Peut-être essayer de *rétablir la paix*, répondit-elle. Après tout, d'après la manière d'agir du Protecteur avec les Ocampas, les intentions de ces créatures extragalactiques semblent pacifiques, même si leurs actions sont parfois violentes. Peut-être ses efforts pour arrêter cette guerre l'ont gardée occupée tout le temps — et c'est peut-être pour ça que vous n'avez jamais entendu parler de la présence de cette compagne, monsieur Neelix.

— Mais si elle est aussi puissante que le Protecteur et qu'elle avait voulu mettre fin à la guerre, elle l'*aurait déjà fait*, protesta Neelix. La technologie des P'nirs et des Hachais n'arrive pas à la cheville de celle de *cette créature extragalactique*!

— Nous ignorons tout de son mode de pensée, dit Janeway. Elle n'est peut-être pas libre d'agir comme elle veut — exactement comme nous sommes limités par la Prime Directive, monsieur Neelix. Le Protecteur semblait se conformer à un code moral extrêmement strict, et peut-être ce code ne permet-il pas à sa compagne d'intervenir directement. Mais elle est peut-être là. Et elle essaie peut-être de faire entendre raison aux Hachais et aux P'nirs.

— Eh bien, si elle l'est, ça ne marche pas fort, dit le petit Talaxien d'un ton maussade — du moins du ton le plus maussade dont il soit capable. Aux dernières nouvelles, ils se battaient toujours et, qu'elle soit présente ou non, je m'attends à ce qu'ils continuent de se battre pendant des années encore.

— Bien, qu'elle soit présente ou non, dit Janeway, si nous tombons sur les Hachais ou les P'nirs, peut-être serons-*nous* capables de leur faire entendre raison.

— Ha! explosa Neelix. Vous pensez pouvoir arrêter une guerre qui dure depuis des *siècles*?

— Il se pourrait, suggéra Tuvok, derrière le Talaxien, qu'après un si long conflit, les Hachais et les P'nirs soient prêts à reconnaître que leur guerre est illogique. Nous serons peut-être le catalyseur requis pour y mettre fin.

— Vous sous-estimez, je pense, à quel point ils sont têtus, dit Neelix sans se retourner.

— Et je pense que *vous* sous-estimez à quel point *nous* le sommes, rétorqua Janeway. Sans mentionner ce que nos talents nous permettent de régler. C'est dans cette direction que se trouve notre planète. Et ce rayonnement tétryonique, qui pourrait nous trouver un moyen plus rapide de rentrer chez nous, venait *aussi* de cette direction. Nous sommes prêts à prendre certains risques...

— Capitaine, l'interrompit soudain Paris, je pense que vous devriez venir voir.

Surprise, Janeway se détourna de Neelix et vit Paris assis à sa console, les yeux rivés sur un écran de visualisation. Elle se leva, s'approcha de lui et examina l'écran par-dessus son épaule.

Les affichages de sortie indiquaient qu'ils approchaient d'un système stellaire à la lisière de l'amas de Kuriyar. Ce système ne se trouvait pas exactement sur le tracé déterminé par Harry Kim, mais à quelques heures-lumière de distance à peine. Onze planètes orbitaient autour d'une étoile de type G : sept géantes gazeuses, deux objets réduits en cendres, trop proches de l'étoile pour abriter quelque vie humanoïde que ce soit, et deux planètes relativement importantes situées dans la zone habitable. Rien donc qui sortait de l'ordinaire.

À part les données concernant les deux planètes de la zone habitable qui, elles, sortaient vraiment de l'ordinaire — leur étrangeté était évidente même au premier coup d'œil.

Ils n'y trouveraient pas de plantation de café.

— Monsieur Kim, ordonna Janeway sans quitter l'écran des yeux, procédez à un balayage senseur complet de la troisième et de la quatrième planète de ce système.

— Oui, capitaine, répondit l'enseigne.

Un instant plus tard, toujours debout à la console avant, Janeway, déconcertée, prenait connaissance des résultats des balayages de Kim.

Si ces deux planètes avaient été, un jour, des mondes habités de classe M, elles ne l'étaient plus.

L'atmosphère de la troisième planète, complètement détruite, avait disparu. Sa surface rocailleuse était en fusion et bouillonnait de lave radioactive. La chaleur ne venait ni du soleil local ni de quelque volcanisme normal; quelque chose avait fait frire d'un coup la planète entière, avait brûlé son atmosphère, et la planète ne s'était pas encore refroidie.

Théoriquement, un bombardement massif d'astéroïdes aurait pu être responsable de la catastrophe, mais il n'y avait, dans la plus grande partie du système, aucune ceinture de débris — et s'il y avait eu un jour une pluie d'astéroïdes, ils avaient bien dû, *tous*, s'écraser contre quelque chose. Des impacts d'astéroïdes n'expliquaient pas non plus la radiation — sauf si ces astéroïdes étaient constitués de certains corps simples très particuliers.

Et il n'y avait aucune trace de tels éléments. En fait, il n'y avait pas d'éléments lourds du tout.

Quelque chose avait anéanti la troisième planète, et Janeway ne connaissait aucun phénomène naturel qui l'aurait laissée dans cet état.

La quatrième planète était un peu moins ravagée. Même si sa température était anormalement élevée, on pouvait y repérer encore certaines parties de la surface originelle, mais couvertes par un bouillonnant brouillard de radiations et de poisons corrosifs, empêchant toute vie organique.

Les senseurs détectèrent, çà et là, certaines structures qui ne semblaient pas dues à des phénomènes naturels, mais il ne restait plus, sur ce monde, aucun signe de vie nulle part — pas même de traces de bactéries anaérobies.

— Est-ce la guerre qui est responsable de ce ravage? demanda Janeway, en se tournant vers Neelix, qui s'était rapproché. Les P'nirs ou les Hachais?

— Je l'ignore, capitaine, répondit le Talaxien. Je vous l'ai dit, personne ne s'aventure par ici. Je présume que c'est effectivement la guerre qui a détruit ces mondes.

Consternée, Janeway étudia de nouveau les relevés des senseurs et découvrit un élément nouveau.

Les deux planètes étaient entourées de nuages de débris — et ces débris avaient quelque chose d'étrange. Janeway plissa le front et vérifia de nouveau les données.

Il n'y avait aucun métal.

Les débris orbitaux étaient essentiellement organiques — des plastiques, des tissus et, vraisemblablement, des cadavres. Le reste était constitué de minéraux plus légers. Il y avait des quantités de matière organique, mais pratiquement aucun métal.

Comment était-ce possible? Toutes les races qui pratiquaient les voyages interstellaires utilisaient des métaux pour construire leurs vaisseaux. Si ces décombres ne provenaient pas d'épaves d'engins spatiaux, d'où *provenaient*-ils?

Janeway examina de nouveau les affichages concernant les surfaces des deux planètes. Maintenant qu'elle y regardait de plus près, elle comprenait exactement ce que signifiait cette absence totale d'éléments lourds.

Les croûtes planétaires avaient été dépouillées de tous leurs métaux.

Les noyaux étaient constitués de l'habituel mélange de nickel et de fer, et l'étoile était assez jeune pour que le système soit riche en éléments lourds; *il y aurait dû y avoir*, dans la croûte de ces planètes, de nombreux gisements de fer, de cuivre, de plomb, de titane…

Il devait y avoir eu des métaux, un moment donné.

Mais il n'y en avait plus.

Même si les gisements naturels avaient tous été exploités pour édifier les civilisations qui s'étaient sans doute un jour développées ici, on aurait quand même dû retrouver trace des métaux, ne fut-ce que sous forme de scories.

— Où sont tous les métaux? s'interrogea Janeway à voix haute.

— Sans doute utilisés pour les coques de leurs vaisseaux, dit Neelix.

Janeway le regarda.

— Je vous l'ai dit, capitaine, ajouta le Talaxien, les Hachais et les P'nirs se font la guerre depuis *longtemps*. Ils ont dépouillé des planètes entières pour construire leurs flottes.

— Et ces débris orbitaux? demanda Chakotay, qui s'était levé pour les rejoindre à la console avant.

— Les restes de leurs défenses, je suppose, répondit Neelix. Ce pourrait être un système p'nir; les P'nirs ont la réputation d'aimer les forteresses orbitales.

— Des défenses qui n'ont pas résisté, fit remarquer le commandant en second.

— Bien sûr que non, opina Neelix. Les Hachais sont un peuple très déterminé. *Aucune* défense ne peut résister *éternellement* à l'attaque d'une armée déterminée.

— C'est exact, dit Janeway, consternée.

— À présent, capitaine, demanda Neelix en prenant son air enjôleur, pensez-vous qu'il ne vaudrait pas mieux changer de cap pour ne pas tomber sur la flotte hachai qui *a détruit* tout ceci?

Janeway se retourna et regarda l'enseigne Kim, derrière la console des opérations, de l'autre côté de la passerelle.

— Quand ces mondes ont-ils été détruits? demanda-t-elle.

— Un instant, capitaine, dit Kim.

L'enseigne étudia ses relevés, puis leva les yeux.

— À en juger d'après l'évaporation sous vide des molécules superficielles des objets que j'ai choisis comme échantillons parmi les débris orbitaux, dit-il, ils dérivent sans interférence d'aucune sorte depuis environ deux cents années standard.

Janeway continua de regarder Kim pendant un moment, puis se raidit et hocha la tête.

— J'ai peine à croire, monsieur Neelix, dit-elle, qu'une flotte de guerre se trouverait encore dans le secteur, à chercher des ennemis isolés, deux siècles après la bataille.

Le regard de Janeway s'attarda sur l'image de ces déserts calcinés qui avaient été un jour des mondes habités, puis s'éloigna de la console et s'installa dans son fauteuil.

— Je ne pense pas non plus que personne ici ait jamais émis de rayon tétryonique, ajouta-t-elle.

— Ils étaient bien trop occupés à se battre, répliqua Neelix. Tout le monde, partout dans l'amas de Kuriyar, est trop occupé à se battre. Vous n'y trouverez rien qui puisse vous aider.

— Ça, vous ne le savez pas, répondit Janeway.

— Mais je savais qu'il y avait eu la guerre ici, pas vrai? protesta Neelix.

— Oui, vous le saviez, concéda Janeway, mais cela ne veut pas dire qu'il n'y a *rien d'autre* que la guerre. Et, en fait, ajouta-t-elle, je parierais que cette guerre est terminée depuis longtemps. Un conflit d'une telle férocité est toujours bref.

Neelix regarda l'écran.

— J'espère que vous avez raison, capitaine, dit-il. J'aimerais le penser. Mais d'après ce que j'ai entendu dire récemment, la guerre se poursuit.

CHAPITRE
4

Une planète habitable avait peut-être déjà gravité autour du soleil du système stellaire dont le *Voyageur* s'approcha ensuite; mais il ne restait plus maintenant qu'une ceinture d'astéroïdes et trois géantes gazeuses.

Il était évident qu'ils ne trouveraient aucun approvisionnement ici non plus. Et, cette fois, personne n'osa faire de plaisanteries concernant la découverte d'éventuelles plantations de café.

Une rapide analyse détermina que le champ d'astéroïdes ne faisait pas partie de la structure originelle du système, mais était né de la destruction d'une petite planète. Après avoir étudié les configurations orbitales, Harry Kim estima que cette destruction s'était produite environ trois siècles plus tôt, sans toutefois parvenir à préciser si elle avait été naturelle ou si ce monde avait été délibérément pulvérisé. Les fragments qui subsistaient ne présentaient aucun signe d'instabilité intrinsèque, mais cela n'excluait pas un bombardement météorique ou quelque autre catastrophe naturelle.

Une analyse du noyau aurait pu leur en apprendre plus, mais le noyau métallique de la planète avait disparu; les astéroïdes, tous rocheux, étaient probablement des débris du manteau ou de la croûte, et ils étaient tous complètement dépourvus de métaux. Quelques-uns des plus gros semblaient avoir été arrachés de la surface même de la planète; Janeway pensait y voir, ici et là, certaines traces, peut-être des vestiges de canaux ou d'autoroutes.

— Rapprochez-nous, ordonna-t-elle au pilote, avant de se lever et de s'avancer de quelques pas pour mieux voir.

Paris obéit; le *Voyageur*, tous boucliers baissés pour se protéger des impacts des bolides à la dérive, se fraya prudemment un chemin dans la ceinture d'astéroïdes.

— Vouliez-vous voir quelque chose en particulier? demanda Paris quand le vaisseau arriva à l'endroit où gravitait jadis la planète.

— Oui, dit Janeway. *Celui-là*. Les senseurs indiquent qu'il est creux.

Elle montra du doigt l'un des plus gros sur lequel il semblait y avoir des restes de structures.

— Creux? dit Paris, étonné, après avoir vérifié ses données. Ce n'est pas ce qu'indiquent mes instruments.

— Il n'est pas *complètement* creux, concéda Janeway, mais il y a des cavités dans le sous-sol, et je veux y jeter un coup d'œil. Ajustez notre vitesse à celle de cet objet et amenez-nous à portée de téléporteur.

— À vos ordres, répondit Paris.

— À portée de téléporteur, capitaine? demanda Chakotay, qui s'était approché d'elle par derrière.

— Je veux jeter un coup d'œil à l'intérieur de cet objet, répondit Janeway en hochant la tête. Je veux vérifier si cette planète *était* vraiment habitée et trouver quelque indice qui nous indiquerait ce qui lui est arrivé.

— Vous allez vous téléporter sur cet astéroïde? demanda Chakotay en plissant le front.

— Exact.

— Il est possible que ce soit dangereux, dit Chakotay. Je devrais peut-être y aller à votre place.

— Non, répondit Janeway en secouant la tête. Je veux vérifier par moi-même. De plus, commander, vous ne possédez pas la formation scientifique requise. Je ne courrai aucun risque; je porterai une combinaison spatiale et, s'il y avait le moindre danger, vous n'aurez qu'à me téléporter tout de suite à bord.

La remarque du capitaine concernant ses connaissances en science était exacte, pensa Chakotay. Janeway était officier scientifique avant d'être promue capitaine. Elle en connaissait plus en matière d'astrophysique, d'exochimie et de xénosociologie que personne d'autre à bord du *Voyageur* — et certainement plus que Chakotay; dont la formation était beaucoup moins technique.

Pourtant l'idée que le capitaine du vaisseau se lance dans une telle aventure ne lui souriait pas du tout.

— J'aimerais vous rappeler, capitaine, dit-il, qu'avec nos boucliers baissés nous serons incapables de maintenir un faisceau de téléporteur verrouillé sur vous.

— Il suffira de tourner la poupe vers l'astéroïde, dit Janeway, et de garder les boucliers antérieurs et latéraux baissés pendant que vous désactiverez ceux de l'arrière, exactement comme lors de l'arrimage d'une navette. Nos systèmes de téléportation resteront pleinement opérationnels, et il est très peu vraisemblable qu'un gros débris céleste nous emboutisse la poupe.

Chakotay admit à contrecœur qu'elle avait raison.

— Bien, dit Janeway. Commander, prenez les commandes de la station des opérations. Monsieur Kim, monsieur Tuvok, vous m'accompagnez.

Quelques minutes plus tard, trois silhouettes vêtues de scaphandres spatiaux se matérialisèrent, dans un miroitement, à la surface de l'astéroïde. Harry Kim examina les environs pendant que Tuvok balayait le secteur à l'aide de son tricordeur.

Le panorama était étrange — la surface n'était pas, comme Harry l'aurait pensé, irrégulière et tourmentée, mais plate comme s'ils se trouvaient sur un étroit plateau planétaire, et elle s'interrompait abruptement à moins de quelques kilomètres plus loin dans toutes les directions. S'ils s'étaient trouvés sur un plateau, ils auraient pu voir le paysage se poursuivre en contrebas. Ici il n'y avait rien par-delà le rebord, rien sinon le noir de l'espace et le scintillant éclat des étoiles.

— Soyez prudent, monsieur Kim, avertit Janeway, alors qu'ils regardaient tous les trois les alentours. Avec une gravité aussi faible, une simple poussée de vos jambes suffirait à vous propulser tout droit dans l'espace.

— Je sais, capitaine, dit Kim. Nous avons été formés aux déplacements en microgravité à l'Académie.

— Sauf qu'à l'Académie, vous portiez des bottes magnétiques, dit Janeway en hochant la tête.

— Mais ma combinaison spatiale — ces bottes ne sont-elles pas… commença Kim en regardant ses pieds, l'air surpris.

— Elles sont magnétiques, c'est exact, dit Janeway. Mais cet astéroïde ne l'est pas. Il ne contient aucun métal ferreux. Déplacez-vous avec d'infinies précautions.

— Oui, madame… Hum, pardon!… capitaine, répondit Kim. Si vous vouliez voir le sous-sol de l'astéroïde, pourquoi ne nous sommes-nous pas téléportés directement sous la surface?

— Parce que je veux voir l'extérieur aussi, enseigne, expliqua Janeway, et parce qu'il est plus vraisemblable que le danger, si danger il y a, se trouve dans le sous-sol de cet objet.

Kim hocha la tête.

— Aussi, ajouta-t-elle, il y a trop de matière en suspension dans les cavités pour s'y téléporter directement — vous ne voudriez certainement pas vous matérialiser avec une roche enfoncée dans le corps.

Kim ne trouva rien à répondre.

— Il semble indubitable que cet endroit ait été habité un jour, capitaine, fit remarquer Tuvok, après avoir étudié la zone qui les entourait à l'aide de son tricordeur.

Ils en étaient tous les trois persuadés.

Ils s'étaient matérialisés dans une tranchée large et peu profonde qui avait peut-être été un jour un fossé de drainage ou une sorte de canal. Vue depuis le *Voyageur*, cette tranchée aurait pu passer pour un accident naturel anormalement régulier.

Mais vue d'où ils se trouvaient à présent, le doute n'était plus possible. Cette tranchée avait été construite. Au contraire d'un phénomène naturel, elle était bordée de blocs de pierre blanche, ornés de motifs décoratifs gravés, parfaitement symétriques.

— Cette planète a déjà été habitée, concéda Janeway. La question est de savoir si elle était habitée au moment de sa destruction ou si ses habitants ont pu se sauver avant.

Elle balaya la région à l'aide de son propre tricordeur, puis pointa du doigt.

—Là-bas, dit-elle. Il y a une ouverture qui donne accès à la cavité que je veux explorer.

Ils avancèrent groupés dans la tranchée peu profonde, se déplaçant très lentement et très prudemment à cause de la gravité ténue de l'astéroïde. Janeway finit par s'arrêter.

— En dessous de ceci, dit-elle, en montrant du doigt une énorme dalle de pierre.

Kim cligna des yeux.

—Comment allons-nous déplacer cela? demanda-t-il. Cela doit peser des tonnes!

— Vous n'y êtes pas, enseigne, répliqua Tuvok en se penchant et en glissant ses doigts gantés sous les bords de la dalle. La *masse* de cet objet se mesure en tonnes; mais il ne *pèse* pas plus que quelques centaines de grammes.

Le Vulcain se redressa et la dalle se leva lentement — avant de s'envoler en tourbillonnant dans l'espace. Kim, après un involontaire mouvement de recul, regarda le bloc de pierre mettre le cap sur les étoiles.

— J'espère qu'elle ne va pas se fracasser contre la coque du *Voyageur*, dit-il quand il vit la dalle culbuter sur elle-même de nouveau.

— Non, elle n'atteindra pas le *Voyageur*, dit Tuvok. J'estimerais, d'après sa trajectoire actuelle, que je l'ai simplement placée en orbite autour de l'astéroïde et qu'elle continuera d'y graviter, à plusieurs kilomètres de distance du *Voyageur*.

— Oh, dit Kim, qui se sentait un peu stupide.

— Votre remarque était pertinente, monsieur Kim, le rassura Janeway. Allons-y.

Elle montra le trou que la dalle avait dissimulé jusque-là, un puits de pierre de forme rectangulaire, manifestement aussi artificiel que la maçonnerie décorative de la tranchée. Kim s'approcha du bord et regarda.

— C'est sombre, dit-il.

Janeway alluma sa lampe-bracelet et en dirigea le faisceau vers le fond.

— Et c'est profond, dit Kim. Comment allons-nous y descendre? Faudra-t-il nous téléporter quand même?

— Je ne pense pas que ce soit nécessaire, monsieur Kim, dit Janeway.

Elle s'approcha du bord du puits et sauta dans le vide. Kim regarda, surpris, Janeway s'enfoncer graduellement.

— Il semble évident, monsieur Kim, dit Tuvok, que vos exercices pratiques de microgravité étaient insuffisants. Si nous rejoignons un jour la Fédération, je demanderai à Starfleet de corriger cette lacune de la formation des cadets à l'Académie.

Puis le Vulcain s'approcha du bord, alluma sa lampe-bracelet et, comme Janeway, sauta dans le vide et descendit, lui aussi, très doucement.

Ils tombaient, Kim le savait — mais très lentement à cause de la gravité presque nulle. Le véritable danger,

Janeway le lui avait dit, n'était pas de se laisser tomber dans ce puits, mais plutôt d'être emporté dans l'espace, loin de la surface de l'astéroïde.

Kim prit une profonde respiration, s'avança jusqu'au bord du trou et, comme l'avaient fait ses supérieurs hiérarchiques, sauta dans le vide.

Il commença, lui aussi, à couler doucement vers le fond. La sensation était très étrange; Kim n'avait pas l'impression de tomber, mais plutôt d'être passé d'un état de microgravité à un état d'apesanteur totale. Il voyait les parois du puits défiler autour de lui, plus vite à mesure qu'il tombait — mais quand même toujours très lentement.

Il atterrit dans le fond sans plus de violence que s'il avait marché — mais rebondit tout de suite.

Tuvok et Janeway l'attrapèrent avant qu'il ne remonte de plus d'un mètre et le tirèrent avec précaution vers le bas. Un moment plus tard, debout tous les trois sur le sol solide du fond — mais pas aussi solide que Kim l'aurait souhaité — ils promenaient les faisceaux de leurs lampes sur les parois du puits et du caveau aménagé à sa base.

L'utilité de cette installation n'était pas évidente; Kim pensa qu'elle avait peut-être servi de décharge souterraine ou de voûte d'entreposage ou même d'abri antiaérien. De toute manière, ce n'était plus maintenant qu'un espace encombré de gravats.

— Que cherchons-nous, capitaine? demanda-t-il.

— Cela, dit avec tristesse Janeway.

Kim dirigea le faisceau de sa lampe vers l'endroit qu'éclairait le capitaine.

— Oh, dit-il.

Ils étaient groupés dans un coin, à demi ensevelis sous les gravats. Il y en avait trois, un grand et deux petits. Le grand avait à peu près la taille de Kim, mais il était un peu plus court et plus rond, tandis que les autres étaient deux fois plus petits.

Ils étaient gris et ratatinés, momifiés par la longue exposition au vide, mais avaient manifestement été déjà des créatures vivantes; chacun avait une tête et quatre bras. Leurs jambes, si toutefois ils en avaient, étaient enfouies dans les débris. Kim pensa d'abord qu'ils n'avaient pas d'yeux, mais il se ravisa — ce qu'il avait pris pour des antennes sur le haut de leurs têtes avait vraiment l'air de pédoncules oculaires.

— Cette planète *était* donc habitée quand elle a été détruite, dit Janeway.

Tuvok balaya les pitoyables petits cadavres avec son tricordeur.

— Ces créatures semblent avoir péri au moment de la destruction de la planète, capitaine, dit-il. La cause et la date de leur décès concordent avec cette hypothèse. Mais nous ne pouvons être certains qu'il s'agisse d'êtres intelligents, et non d'animaux indigènes d'une classe inférieure.

Janeway se pencha et prit quelque chose dans la main d'une des petites momies.

— Vraiment? demanda-t-elle en levant l'objet.

C'était une poupée de chiffon dont la forme était aisément reconnaissable et identifiable. Elle ressemblait exactement, avec ses quatre bras et ses pédoncules oculaires, aux extraterrestres momifiés. Elle portait une petite chemise ornée d'un motif, piqué dans le tissu — identique à celui qu'ils avaient vu sur les pierres de la tranchée, à la surface de l'astéroïde.

— Les animaux ne fabriquent pas de jouets à leur image, monsieur Tuvok, dit Janeway.

— C'est juste, répondit le Vulcain.

Kim regarda la poupée, puis de nouveau les momies, et frissonna dans sa combinaison spatiale. Ce qui s'était passé ne faisait aucun doute. Un parent et deux enfants s'étaient réfugiés ici et y avaient été piégés quand la fin de leur monde était arrivée, et il y étaient toujours, morts depuis trois siècles…

— Nous avons vu ce que je voulais voir, dit Janeway.

Elle tapa son commbadge et donna le signal : « Trois à remonter ».

Quinze minutes plus tard, ils avaient regagné la passerelle du *Voyageur* et Janeway, qui tenait toujours la poupée extraterrestre entre ses mains, l'examinait plus attentivement.

Le jouet était fragile et sur le point de tomber en poussière; un séjour de trois siècles dans le vide absolu avait évaporé du tissu toute trace de fluide ou de moisissure. Un des quatre bras de chiffon s'était déjà détaché et les deux minces pédoncules oculaires, faits d'une sorte de fil raidi, s'étaient désintégrés. Deux jambes boudinées étaient enfoncées dans la base arrondie de la poupée, mais elles devaient l'être depuis le début — la longue exposition au vide de l'espace n'en était pas responsable.

— Monsieur Neelix, dit-elle en tendant le jouet, à quelle espèce ressemble cette poupée?

Neelix l'étudia sans y toucher.

— On dirait qu'elle est hachai, dit le Talaxien. Mais il faudrait deux petites choses sur la tête avec des yeux au bout…

— Elle les avait, dit Janeway qui continua d'examiner le jouet pendant un long moment.

La poupée était de couleur gris-bleu, plus sombre mais assez semblable à la couleur des parois intérieures du *Voyageur*. Janeway se demanda si c'était sa teinte d'origine ou si le vide l'avait altérée — ou autre chose, avant son exposition au vide, quand l'enfant qui la possédait était toujours vivant. Elle se rappela les jouets de couleur vive qu'elle avait donnés à sa jeune chienne et qui étaient vite devenus gris ou d'un brun boueux.

Le souvenir de sa chienne mâchouillant consciencieusement ses jouets la fit sourire, mais son sourire disparut presque instantanément.

Cette poupée n'était pas un jouet de chien; c'était un jouet d'enfant. Un enfant assassiné.

Les momies qu'ils avaient vues étaient grises, mais elles n'étaient pas couvertes de poussière.

Janeway leva les yeux vers l'écran et regarda cette ceinture d'astéroïdes qui avait été jadis une planète.

— C'était donc un monde hachai? demanda-t-elle. Et les P'nirs l'ont détruit?

— Je présume, dit Neelix.

Janeway hocha pensivement la tête et déposa la poupée avec beaucoup de précautions.

— Monsieur Paris, dit-elle, éloignez-nous de ce système. Trajectoire : huit quatre point trois-sept.

— Mais cette trajectoire nous mène tout droit au cœur de l'amas, dit Neelix.

— Bien sûr, répondit Janeway.

— Mais c'est… c'est là que se trouvent les P'nirs! protesta le Talaxien.

— Si les P'nirs existent toujours, monsieur Neelix, concéda Janeway, alors oui, ils se trouvent sans doute quelque part sur notre route.

— Capitaine, dit Neelix, voulez-vous *vraiment* courir le risque de tomber sur des créatures capables de faire ce qu'elles ont fait ici?

— Il y a trois cents ans, les P'nirs étaient peut-être capables d'anéantir des planètes, répondit Janeway. Mais cela ne signifie pas qu'ils en sont encore capables aujourd'hui. Et le rayonnement tétryonique venait de cette direction.

Neelix leva les mains pour marquer son découragement.

— Distorsion un, monsieur Paris, dit Janeway.

CHAPITRE
5

Le *Voyageur* s'approchait d'un autre système stellaire et Janeway avait la tête appuyée contre le tissu gris et doux de son fauteuil de commandement.

— Réduisez l'impulsion. Nous allons jeter un coup d'œil, dit-elle.

— Est-ce bien nécessaire? marmonna Neelix, agrippé au garde-corps derrière elle. Si vous tenez vraiment à traverser l'amas de Kuriyar, au moins traversez le vite.

Janeway le regarda.

— Il n'y a plus rien de vivant dans les parages, capitaine, dit Neelix en se penchant, inquiet, par-dessus le garde-corps. Rien, à part les P'nirs et les Hachais, et ce n'est pas *eux* qui vous approvisionneront.

Janeway détourna le regard et se tourna vers la station des opérations.

— Balayez le secteur, monsieur Kim, dit-elle en ignorant le Talaxien. Prenez tout votre temps.

— Capitaine, protesta Chakotay, penché sur l'accoudoir de son propre fauteuil, je suis de plus en plus d'accord avec Neelix.

Janeway le regarda, surprise.

— Je ne veux pas dire que je suis d'accord de ne pas traverser l'amas de Kuriyar ou d'accord de le quitter, expliqua Chakotay, mais est-il réellement nécessaire d'inspecter chaque système que nous croisons en chemin.

— Je pense que oui, répliqua Janeway. Nous cherchons quelque chose, commander — l'avez-vous oublié? Nous cherchons la source de ce rayon tétryonique. Et il aurait pu provenir de l'un de ces systèmes.

— Il ne provenait d'*aucun* de ces systèmes quand nous avons été scannés, fit remarquer Chakotay. Pourquoi en proviendrait-il maintenant?

— Parce que la source du rayonnement ne se trouve pas dans le vide interstellaire, dit Janeway. Si elle était dans les parages, elle a peut-être disparu ou a déménagé dans un de ces systèmes et s'est perdue dans l'amas.

— Ou bien elle est beaucoup plus loin, dit Chakotay, et en perdant du temps à explorer chaque système stellaire près duquel nous passons, il se pourrait qu'elle nous échappe.

— Cela se pourrait, répondit Janeway. Il faut parfois faire des choix à partir d'informations incomplètes, commander, et peu importe ce que nous choisissons, il se pourrait effectivement que ce soit le mauvais choix. Je préfère jeter un coup d'œil rapide à chaque système que nous rencontrons en chemin.

Elle regarda les restes fragiles de la poupée hachai, un petit paquet de chiffon gris-bleu couché sur le tableau de bord lisse et gris, à côté du fauteuil de commandement.

— Si nous ne trouvons pas ce que nous cherchons dans ces systèmes, au moins nous en apprenons plus sur les Hachais et les P'nirs, et tout ce que nous apprenons à leur sujet pourrait nous être utile si nous rencontrions vraiment ces flottes de guerre dont Neelix ne cesse de nous rabattre les oreilles.

Chakotay serra les lèvres; puis il se redressa et détourna la tête.

— Gardez le cap sur l'intérieur du système, monsieur Paris, dit Janeway en ne quittant pas Chakotay des yeux.

La sortie subite de son second l'avait prise au dépourvu. Peut-être avait-il succombé au stress de leur situation; il était certain que les officiers et les membres de l'équipage avaient de bonnes raisons de ne pas avoir le moral.

Mais elle n'aurait pas pensé que Chakotay s'objecte à leurs brefs détours. Malgré les lacunes de sa formation scientifique, il s'intéressait d'habitude presque autant qu'elle à l'exploration et à la découverte.

Peut-être les mises en garde répétées de Neelix avaient-elles fini par affecter les nerfs du premier officier.

— Monsieur Kim, dit Janeway, qu'avez-vous appris sur ce système?

— L'étoile est de classe K, capitaine, rapporta Kim. Dix planètes — deux des planètes intérieures gravitent sur la même orbite et ne sont que des boules rocheuses sans atmosphère; je détecte un très faible effet de serre sur la troisième planète, comme sur Vénus. Les cinq planètes extérieures sont des gazeuses géantes entourées d'anneaux — aucune vie à base de carbone possible. Dois-je les scanner pour détecter la présence éventuelle de méthano-organismes?

— Ce n'est pas nécessaire, dit Janeway. Sauf si vous y repérerez la construction d'un vaisseau spatial. Les P'nirs ne respirent pas le méthane, n'est-ce pas? demanda-t-elle à Neelix.

— Les Hachais et les P'nirs respirent l'oxygène, lui dit le Talaxien en secouant la tête, et vous ne trouverez qu'eux dans cet amas.

Janeway hocha la tête, puis reporta son attention sur la station des opérations.

— Quelles données avez-vous recueillies concernant la quatrième et la cinquième planète? demanda-t-elle.

— La cinquième a l'air pratiquement morte, rapporta Kim. Son atmosphère est très ténue, pas beaucoup d'oxygène. La seule humidité semble se trouver dans les glaces des calottes polaires, un mélange de glace d'eau et de dioxyde de carbone.

— Un monde froid et pénible, fit remarquer Neelix.

— Froid et pénible sont les termes appropriés, concéda Kim.

— Et la quatrième planète? demanda Janeway.

— Elle se trouve en ce moment à son aphélie, juste derrière son soleil. Les lectures ne sont donc pas...commença Kim.

Puis il se tut et regarda fixement l'écran.

— Je relève des formes de vie, dit-il.

Chakotay, qui regardait jusque-là d'un air maussade Tuvok et la station tactique, se tourna brusquement vers Kim.

— Quelle sorte de forme de vie? demanda Janeway, à la fois surprise et ravie, en se levant et en s'approchant de la console du poste de pilotage pour examiner le moniteur qui s'y trouvait.

Elle commençait à croire qu'il n'y avait plus rien de vivant dans l'amas de Kuriyar, que tout ce qui y avait vécu était mort depuis longtemps, anéanti par la guerre que s'étaient livrés les Hachais et les P'nirs. Rien jusqu'ici ne confirmait l'opinion de Neelix que cette guerre faisait toujours rage; les deux premiers systèmes qu'ils avaient visités étaient dépourvus de toute vie, et rien ne permettait de penser qu'une civilisation survivait quelque part. Ils n'avaient trouvé aucune trace fantôme de traînées ioniques, aucune trace d'énergie, aucun indice que des vaisseaux stellaires sillonnaient encore cette région de l'espace.

Les indications de formes de vie sur la quatrième planète étaient donc aussi totalement inattendues que bienvenues.

Et ces indications étaient indubitables — la description du signal s'étalait en lettres d'or sur l'écran noir.

Bien sûr, s'il s'agissait de P'nirs ou de Hachais, ces formes de vie étaient peut-être armées et hostiles. La guerre faisait *peut-être* toujours rage.

— Baissez les boucliers, ordonna-t-elle, en jetant un coup d'œil à tribord où Tuvok occupait son poste. Monsieur Paris, amenez-nous plus près, mais pas de manœuvre téméraire — monsieur Neelix a peut-être raison concernant cette guerre, après tout.

— À vos ordres, capitaine, répondit Paris. En avant toute! Impulsion un quart. Direction deux-quatre-sept point treize.

Janeway leva les yeux vers l'écran principal où la planète grossissait et où le minuscule point qu'elle était devenait un globe bleu et blanc qui occupait presque tout l'espace. Les senseurs ne détectèrent aucune forteresse orbitale, ni intacte ni détruite; il n'y avait pas la moindre trace de défense d'aucune sorte.

Il n'y avait pas non plus d'indice que des vaisseaux aient un jour visité ou décollé de ce monde; si ses habitants étaient des Hachais ou des P'nirs, ils n'étaient plus impliqués dans une guerre interstellaire — à moins qu'elle ne soit menée avec des armes et des méthodes différentes de tout ce que Janeway connaissait.

Une fois ces paramètres établis, le *Voyageur* dirigea ses senseurs vers la planète elle-même.

Il y avait des cités — ou, du moins, des agglomérations relativement importantes — et des routes les reliaient, mais l'état actuel de cette civilisation paraissait plutôt primitif. Les senseurs ne relevaient aucun indice de mécanisation. Il n'y avait pas d'engins spatiaux, et pas non plus d'avions ni de champs électriques ni d'émissions subspatiales ni de transmissions radio.

Janeway réfléchit à ces informations et décida de ne pas procéder à un repérage visuel plus détaillé. Rien de pressant ne les poussait à se rapprocher et la Prime Directive interdisait d'interférer avec les cultures locales;

de plus, un repérage visuel semblait superflu, étant donné les relevés informatiques. Cette société était manifestement pré-technologique. La raison en était évidente : la croûte planétaire ne renfermait aucun métal. Cet état de fait était suffisamment anormal pour apparaître en lettres clignotantes rouges sur les relevés des senseurs.

— Tout cet *amas stellaire* est donc dépourvu de métaux! s'étonna Janeway à voix haute.

— Je ne sais pas, répondit Chakotay, qui étudiait le moniteur encastré dans l'accoudoir de son fauteuil, mais vous auriez intérêt à jeter un coup d'œil au secteur 63-24 nord de la grille cartographique.

Janeway remarqua que Chakotay avait l'air plus enthousiaste. Elle actionna quelques touches pour régler son propre système d'acquisition des données sur la région qu'il venait d'indiquer et où elle détecta, complètement abasourdie, une quantité impressionnante de métaux, juste là, en surface, difficile à ne pas remarquer : du fer, du cuivre, du titane…

Mais il ne s'agissait pas de gisements naturels — Ces métaux avaient été traités, séparés et incorporés à une sorte de structure artificielle.

— Qu'est-ce que c'est? demanda-t-elle.

Elle réfléchit un moment, puis décida qu'un examen visuel était nécessaire.

— Monsieur Kim, ordonna-t-elle, donnez-moi une meilleure vue de cette structure.

— Balayage télescopique en cours, capitaine, répondit Kim. À l'écran.

Un instant plus tard, Janeway s'avança vers le grand écran, les mains jointes derrière le dos, et étudia l'image que les scanneurs présentaient.

— C'est un vaisseau, dit-elle. Ce doit en être un.

L'engin, de conception extraterrestre, avait la forme d'un bulbe — mais ressemblait effectivement à un vaisseau spatial.

Ou à une partie de vaisseau.

— Il a dû s'écraser sur cette planète, dit Paris.

— Je pense plutôt que ce vaisseau était en cours de construction, dit Chakotay qui s'était levé et pointait du doigt vers un coin de l'écran. Vous voyez ces tours de bois autour de la structure? Elles ressemblent à des échafaudages.

— Mais il n'y a personne dans les environs, dit Janeway. Tout est abandonné.

— La corrosion de la coque semble indiquer que cette construction est abandonnée depuis longtemps. Au moins cinquante ou soixante ans, confirma Kim.

— Ils ont manqué de métaux, dit Neelix penché par-dessus le garde-corps derrière Janeway et Chakotay. Le design est hachai; ils construisaient ce vaisseau et, par manque de métaux, n'ont pu terminer le travail.

Janeway garda pendant un long moment les yeux fixés sur l'écran. Elle essayait d'imaginer les petites créatures arrondies, avec leurs quatre bras et leurs pédoncules oculaires, occupées à construire un vaisseau de guerre.

— Ils ont peut-être effectivement manqué de métaux, dit-elle. De toute manière, personne ici n'a émis de rayonnement tétryonique récemment. Et personne n'est en guerre non plus. Quoi qu'ils soient en train de faire, cela ne nous concerne pas. Éloignez-nous de ce système, monsieur Paris. Distorsion deux!

CHAPITRE
6

Le système stellaire suivant se trouvait à une heure-lumière en-dehors de leur trajectoire directe. Il avait quatorze planètes; la sixième avait déjà été habitable mais elle n'était plus maintenant qu'un bloc de roche nu et sans vie, dépouillé de son atmosphère — et de ses métaux.

Pendant que le *Voyageur* survolait cette immense étendue de totale désolation, Janeway et Chakotay, assis dans leurs fauteuils, observaient l'écran principal sans dire un mot. Quand ils eurent vu le peu qu'il y avait à voir, Janeway donna l'ordre de quitter le système, puis elle se cala dans son fauteuil.

— À vos ordres, répondit Paris, et l'image à l'écran se mit à rapetisser.

— Quand nous avons découvert que le dernier système était toujours habité, dit Chakotay d'une voix calme en se penchant vers le capitaine, je me suis pris à espérer que c'était un bon signe, que nous avions enfin trouvé quelque chose de plus. Car les deux premiers systèmes, avec leurs mondes détruits… avaient attristé mon âme. La vue de ces ruines m'a rongé l'esprit.

Janeway regarda fixement Chakotay qui ne baissa pas les yeux.

— Oui, c'est la raison pour laquelle je me suis objecté à en visiter un troisième. Je ne voulais plus voir d'autres morts, d'autres dévastations, d'autres destructions, dit-il avant de montrer du doigt la poupée hachai. Ce jouet que vous avez ramené, c'est comme si vous l'aviez ramené de chez moi. Des *êtres vivants* habitaient ces mondes, des êtres qui y luttaient et y mouraient, des êtres dont l'aspect physique était peut-être différent du nôtre, mais qui possédaient un *esprit* comme le nôtre, qui avaient des familles, des compagnons ou des compagnes qu'ils chérissaient. L'enfant à qui appartenait cette poupée a été tué, sans doute sans savoir pourquoi, et assurément sans mériter une aussi horrible fin. Cette guerre que se sont livrés les P'nirs et les Hachais a détruit des millions, peut-être des milliards, de personnes dans les deux camps — et pourquoi? Leur attitude est plus insensée encore que l'impérialisme cardassien — d'après ce que nous en a dit Neelix, personne ne *sait* plus pourquoi ces gens étaient en guerre!

— Ce sont des choses qui arrivent, dit Janeway. Vous avez déjà connu la guerre. Vous avez été un combattant, vous-même.

— Je sais, dit Chakotay. Mais que toute la civilisation des Hachais et des P'nirs soit détruite, que leurs deux races soient complètement effacées...

— Il restait des survivants dans le troisième système, dit Janeway.

— Il y avait là des êtres vivants effectivement, dit Chakotay, mais nous ne savons pas si ce sont des survivants; nous ne sommes pas allés vérifier. Nous ne savons pas s'ils ont la même apparence physique que cette poupée. C'est peut-être une tout autre espèce, une race qui n'a pas été impliquée dans la guerre.

Il se redressa.

— J'*espère* que ce sont des survivants, dit-il. S'ils le sont, ils ont peut-être appris quelque chose. Ils reconstruiront peut-être un jour leur planète et la quitteront pour s'aventurer dans l'espace sans, cette fois, commettre les mêmes erreurs.

— Ils n'ont plus aucun métaux, dit Janeway en secouant la tête. Ils ne seront vraisemblablement plus jamais capables de décoller de cette planète.

Chakotay ne répondit pas.

— Même s'ils ne voyagent plus, ne reconstruisent jamais leur technologie perdue, leur destin est plus enviable que celui de *ce monde*, dit Janeway, en pointant du doigt vers l'écran, où la surface dénudée de la sixième planète luisait d'un terne éclat dans la lumière de son soleil.

Il était impossible à Chakotay de dire le contraire. Il hocha la tête. En cet instant précis, il n'avait plus d'envie d'argumenter avec personne — sauf peut-être avec les dieux ou les esprits qui régnaient sur cet amas stellaire et avaient permis qu'une telle catastrophe se produise.

Après que le *Voyageur* eut quitté le quatrième système stellaire et sa sixième planète anéantie, Janeway s'approcha de la station de navigation et consulta les cartes du vaisseau. Les quatre systèmes qu'ils venaient de visiter se trouvaient dans un bras extérieur de l'amas de Kuriyar, et plus loin devant eux il y avait le cœur de l'amas, mais avant de l'atteindre, ils devaient traverser une gigantesque étendue de vide et de néant.

Janeway regarda ce vide et se sentit soudain lasse.

Elle crut d'abord que le spectacle de cette désolation l'avait affectée, mais se rendit compte ensuite qu'elle n'avait pas quitté la passerelle depuis les onze dernières heures. Quelque chose en elle lui disait qu'elle devait saisir la chance de se reposer. Son équipage était capable de se débrouiller sans elle pour un bout de temps. Il n'y avait aucun système stellaire à inspecter avant une bonne dizaine d'années-lumière.

— Commander, dit-elle, la passerelle est à vous; je vais me reposer un peu.

— À vos ordres, capitaine, dit Chakotay.

Quand Janeway quitta la passerelle, elle remarqua que le corps de Chakotay, qui s'était installé dans son fauteuil, semblait s'affaisser — il était sans doute épuisé, lui aussi.

Au moment où les portes du turbolift se refermèrent, elle vit son commandant en second ramasser la fragile et friable poupée hachai et la tourner et retourner entre ses doigts.

CHAPITRE
7

Janeway se réveilla en sursaut, sans savoir exactement ce qui l'avait réveillée; elle avait rêvé de sa maison, de Marc et de sa chienne, et le rêve s'était transformé en cauchemar : elle les avait découverts, tous les deux, momifiés dans un vieux tunnel. Maintenant, revenue à bord du *Voyageur*, dans un cadre qui lui était devenu un peu *trop* familier, elle regardait fixement les étoiles par les fenêtres inclinées au-dessus de son lit

— La présence du capitaine Janeway est requise sur la passerelle, répéta le haut-parleur à la tête de son lit.

— J'arrive, dit-elle en posant les pieds à terre.

Elle jeta un coup d'œil à sa montre et plissa le front. À moins que Chakotay ait ordonné au pilote d'accélérer — d'accélérer *considérablement* — ils se trouvaient toujours dans le vide intersidéral. Pourquoi sa présence était-elle requise?

Elle hésita pendant un moment; l'appel ne semblait pas urgent. En cas d'urgence, elle se serait rendue sur la passerelle en peignoir, mais vu les circonstances, elle prit le temps d'enfiler son uniforme.

— Lumière, ordonna-t-elle.

Une seconde plus tard, elle sortait du turbolift.

— Qu'y a-t-il? demanda-t-elle.

Chakotay était debout au centre la passerelle, penché par-dessus l'épaule du lieutenant Paris.

— Désolé de vous avoir réveillée, capitaine, dit le commander en se tournant vers elle. Il y a quelques minutes, nous avons pénétré dans un immense nuage de poussière, anormalement dense.

Il fit un geste en direction de l'écran principal où des bandes de noir obscurcissaient la plupart des étoiles.

— Le nuage est constitué surtout de particules de métaux ionisés — c'est peut-être là qu'est passé tout le métal de l'amas. La densité du nuage augmente, et je vous aurais appelée bientôt de toute manière, mais quand nous nous sommes enfoncés un peu plus profondément dans le nuage, les senseurs ont repéré quelque chose que j'ai pensé que vous voudriez voir immédiatement.

Janeway hocha la tête et descendit vers le niveau central. À cause de la poussière, il n'y avait pas grand-chose à voir sur l'écran principal. Elle s'approcha de la fenêtre d'affichage de l'ordinateur de la console avant.

Les senseurs, capables de percer le nuage de poussière, racontaient une tout autre histoire. Il y avait quelque chose devant eux, c'était exact — quelque chose d'étrange. Une chose qui s'enregistrait sur tous les types de senseur, mais aucune des lectures n'était compréhensible.

Pendant quelques secondes, elle les étudia en silence, en essayant d'y voir une configuration cohérente ou une logique, mais en vain.

— Qu'est-ce que *c'est*? finit-elle par demander.

— Je l'ignore, répondit Chakotay.

Il plissa le front et fixa l'écran principal, même si l'anomalie n'y apparaissait que de manière intermittente et y ressemblait à une étoile ordinaire ou à une nébuleuse.

— Le phénomène est encore trop éloigné pour pouvoir le dire et le nuage de poussière altère gravement nos données. Mais cette chose est gigantesque, peu importe ce qu'elle est, et la quantité d'énergie qu'elle émet est comparable à celle qu'émettait le Dispositif du Protecteur. Elle est trop stable pour être un ouragan plasmique et sa puissance effective ne ressemble à celle d'aucun ouragan plasmique connu. Et elle se trouve directement devant nous sur le tracé prévu par l'enseigne Kim; en présumant que le rayonnement tétryonique ne s'est pas déplacé, ou bien c'est cette chose qui l'a produit ou bien le rayon est passé directement au travers.

— Elle ne génère aucune radiation tétryonique en ce moment? demanda Janeway.

— Non, concéda Chakotay, mais elle génère à peu près tout le reste.

C'était exact, comme Janeway s'en rendit compte par elle-même. La chose irradiait d'incroyables quantités d'énergie sur toute l'étendue du spectre électromagnétique.

La quantité globale d'énergie émise restait constante, mais les signaux de sortie fluctuaient violemment. Par moments, il en jaillissait de la lumière et de la chaleur, et l'instant d'après la chose s'assombrissait — relativement, en tout cas; car le débit énergétique ne s'approchait jamais de zéro. Des rayons gamma fulguraient et flamboyaient; puis du rayonnement radioélectrique, des micro-ondes, des rayons infrarouges, ultraviolets, des particules porteuses électrisées qui se dispersaient à partir de la source de l'émission, dansaient dans toutes les directions et bondissaient de haut en bas du spectre, se diffractant dans le nuage de poussière qui enveloppait à la fois l'objet et le *Voyageur*. L'indicateur cathodique de l'oscilloscope sautait et retombait comme un chaton hyperactif.

Les pulsations d'énergie du Dispositif étaient presque aussi régulières que des battements de cœur; cette chose-ci crépitait comme une chandelle de feu d'artifice.

— La compagne du Protecteur est peut-être en difficulté, suggéra Paris.

Il était évident que ces signaux de sortie n'étaient ni normaux ni sains.

— Ce n'est peut-être pas la compagne, répondit Janeway. C'est peut-être quelque chose d'entièrement différent.

— Mais, capitaine, protesta Kim depuis sa station, quoi d'autre pourrait émettre une telle quantité d'énergie?

— Je l'ignore, dit Janeway en regardant Chakotay qui haussa les épaules.

— Je ne suis pas mieux placé que vous pour déterminer ce que c'est, dit le premier officier. La signature énergétique est tout à fait différente de celle du Dispositif — mais elle ne ressemble à rien d'autre non plus. Depuis que je l'observe, elle ne se ressemble même pas à elle-même; remarquez-vous comme elle change?

— Aucune idée de ce que cela signifie?

Chakotay haussa de nouveau les épaules.

— C'est *certainement* la compagne du Protecteur, dit Kim.

— Nos données sont insuffisantes pour le décider, fit remarquer Tuvok.

Janeway regarda Neelix, debout derrière la console de commande d'état primaire du vaisseau.

— Je n'ai jamais rien vu de pareil, admit le petit extra-terrestre. Mais si vous me permettez de deviner…

— Nous aussi, nous sommes capables de deviner, le coupa Janeway. Si c'est tout ce que vous en savez, alors je vous saurais gré de vous taire, monsieur Neelix.

Elle s'installa dans son fauteuil et appela : « Passerelle à Ingénierie ».

— Torres, j'écoute, répondit une voix.

— Nous avons repéré quelque chose devant nous, B'Elanna, quelque chose de gigantesque qui émet de colossales quantités d'énergie, dit Janeway. Nous sommes à peu près certains qu'il s'agit d'une sorte de structure et non d'un phénomène naturel. En présumant que des êtres vivants ont construit cette chose, j'aimerais votre opinion sur sa *finalité*.

— J'y jette un coup d'œil, répondit la voix.

B'Elanna Torres, en bas dans la section d'ingénierie, était passionnément plongée dans la mise au point du cœur du réacteur de distorsion du *Voyageur*. Après des années à retaper l'archaïque équipement que le Maquis parvenait à mendier, emprunter ou voler, c'était pour elle un pur délice de promener ses mains sur le modèle le plus récent de Starfleet, même endommagé par l'onde de délocalisation du Protecteur.

Elle était à moitié klingonne et réputée pour ses crises de colère. Elle savait que c'était en partie pour ça que les machines lui plaisaient. Le contact avec l'équipement lui était plus facile que les relations humaines. Et un réacteur de distorsion moderne était une merveille tellement délicate et complexe qu'elle aurait pu passer des mois, sinon des années, à le bricoler et l'ajuster pour l'amener à un degré absolu d'efficacité.

Mais les circonstances ne lui en laissaient pas le loisir. Elle était l'ingénieur en chef du *Voyageur* et avait une multitude d'autres prenantes responsabilités.

Elle détestait être interrompue dans son travail, mais l'étrangeté de cette interruption ne la frappa qu'au moment où elle alluma l'écran de la station d'acquisition de données la plus proche.

Depuis quand Janeway, elle-même officier scientifique de très haut niveau, avait-elle besoin d'aide pour identifier un phénomène naturel?

Préoccupée par les niveaux de pression au cœur du réacteur et les fréquences de résonance, Torres n'y avait pas pensé quand elle avait répondu à l'appel du capitaine; mais maintenant, après avoir jeté un coup d'œil à l'écran et marmonné : « Bon dieu! *Qu'est-ce que c'est?* », même si elle ne le dit pas tout haut, elle se demanda pourquoi Kathryn Janeway pensait que c'était elle, B'Elanna Torres qui, mieux que quiconque dans toute la Galaxie, était la plus capable d'identifier le phénomène.

Elle commença à examiner les données, puis pensa comprendre pourquoi Janeway lui demandait son opinion.

Une scientifique était démunie pour identifier cette chose. La science étudiait l'univers des phénomènes naturels, et cet objet n'avait pas l'air d'un phénomène naturel. La science cherchait à donner un *sens* aux choses et cet objet, avec ses violentes décharges d'énergie, n'avait pas de sens.

L'ingénierie cherchait à saisir la signification des choses aussi, bien sûr — mais parfois le sens n'était pas immédiatement évident. L'ingénierie était une science appliquée. Elle s'occupait de l'univers créé, plutôt que de l'univers naturel, et parfois les êtres vivants créaient les machines les plus invraisemblables.

Torres aimait penser qu'elle avait un certain talent pour comprendre les machines, même les plus invraisemblables, mais l'objet qu'elle avait devant elle était totalement incompréhensible. Elle étudia les données et essaya d'y trouver un sens.

Pendant un long moment, alors que Torres réfléchissait et que le capitaine attendait, il n'y eut aucun bruit sur la passerelle, à part le doux vrombissement des moteurs et les bips et stridulations ténues émis par les équipements automatisés. Personne ne parlait; les pieds chaussés de noir glissaient silencieusement sur la moquette grise.

À l'arrière de la passerelle, le regard malheureux de Neelix passait d'un officier à l'autre. Il avait manifestement envie de parler, mais se retenait; il savait qu'il avait irrité le capitaine, et que recommencer à discuter l'irriterait encore plus.

— Capitaine, j'ai maintenant une meilleure idée de la taille de l'objet, dit Kim, rompant le silence. Et… il est vraiment *démesuré*. Beaucoup plus gros que le Dispositif — son diamètre mesure des centaines de milliers de kilomètres. Le plus souvent. Parce que la taille de l'objet ne cesse de se modifier, comme s'il s'étendait puis se contractait.

— Ingénierie à passerelle, dit la voix de Torres avant que Janeway n'ait le temps de répondre à Kim. Capitaine, j'ignore la finalité de cette chose, mais si mes relevés sont exacts et que c'est effectivement une machine occupée à faire ce pourquoi elle a été construite, ses concepteurs sont des fous. Ou bien c'est délibérément qu'elle gaspille l'énergie et détruit, ou bien c'est l'engin le plus dément que des ingénieurs ont jamais construit.

— Pensez-vous que ce soit la compagne du Protecteur qui l'ait construite? demanda Janeway.

— Non, répondit sans hésiter Torres. Le Dispositif émettait d'énormes quantité d'énergie, mais il avait été méticuleusement conçu Ce design-ci, si c'*est* un design, ne lui ressemble en rien.

Les officiers sur la passerelle se regardèrent. Tuvok se racla la gorge et Janeway tourna la tête vers lui.

— Capitaine, dit le Vulcain, je voudrais vous rappeler que nous sommes dans ce qui fut un jour, et qui pourrait l'être encore, une zone de guerre. Peut-être cette… chose devant nous a-t-elle un lien direct avec ce conflit?

Neelix hocha la tête avec véhémence, ouvrit la bouche pour parler, puis regarda les autres et se ravisa.

— Vous avez raison, dit Janeway.

Elle plissa le front quand elle se rendit compte à quel point elle avait été lente à admettre l'évidence; elle n'était peut-être pas encore tout à fait réveillée. Une machine folle et destructrice, avait dit Torres… Quelle machine pouvait être plus folle et destructrice qu'une machine de guerre? C'était peut-être même celle qui avait détruit la planète du système stellaire où elle avait trouvé la poupée hachai.

Elle aurait dû s'en rendre compte tout de suite. La précarité de la situation du *Voyageur* et le problème central auquel ils étaient tous confrontés — rentrer chez eux — lui avaient obnubilé l'esprit. Elle avait pensé que cet objet les aiderait à atteindre cet objectif, plutôt que de le considérer avec objectivité et de le voir réellement tel qu'il était.

C'était inadmissible. Penser que tout pouvait être un raccourci pour regagner le Quadrant Alpha était un vœu pieux, et les vœux pieux étaient dangereux.

Leur guide avait essayé de le lui signifier depuis le début, avait essayé de lui dire qu'elle dirigeait le *Voyageur* tout droit dans le danger. Il était peut-être temps de l'écouter.

Elle se tourna vers le Talaxien, qui s'était fait discret pour ne pas déranger les officiers au travail.

— Monsieur Neelix, dit-elle, apprenez-moi en plus sur les Hachais et les P'nirs.

— Capitaine? s'empressa de répondre Neelix en se dépêchant de revenir près du garde-corps.

— Vous m'avez bien compris, dit Janeway. Je veux savoir tout ce que vous êtes capable de m'apprendre sur les habitants de cet amas.

Surpris, Neelix ouvrit grand la bouche, puis la referma d'un coup.

Tout?

Ces gens de la Fédération n'avaient jamais voulu *rien* entendre de ce qu'il savait. D'habitude, ils voulaient juste qu'il se taise. Il jeta un coup d'œil aux autres officiers pour s'assurer qu'ils ne s'apprêtaient pas à se moquer de lui, puis il reporta son attention sur le capitaine

— Bon sang! Je ne sais vraiment pas par où commencer, dit-il.

— Bien, pourquoi pas par une comparaison? suggéra Janeway. Lequel de ces deux peuples, par exemple, possède la technologie la plus avancée? Le savez-vous? Ont-ils, tous les deux, la capacité de bâtir une arme de cette dimension? demanda-t-elle en montrant du doigt le moniteur de la station des opérations.

Neelix comprit alors qu'elle ne voulait pas vraiment *tout* savoir sur les Hachais et les P'nirs; il faudrait attendre un moment plus propice pour lui expliquer, par exemple, l'art d'utiliser les coutumes funéraires hachais dans les négociations pour récupérer les marchandises à bord des bâtiments en perdition ou le code d'honneur p'nir, appliqué au renflouement des vaisseaux spatiaux. Maintenant qu'ils étaient tombés sur autre chose que des mondes dévastés ou d'inoffensifs primitifs, le capitaine Janeway voulait savoir à quoi s'attendre de la chose qu'ils avaient devant eux.

Neelix commença par se lancer dans un flot de mises en garde concernant l'incroyable puissance militaire des Hachais et des P'nirs, mais il se reprit rapidement. Il ne voulait ennuyer personne ni amuser personne en exagérant et, de plus, ces gens avaient déjà vu les ravages dont les belligérants étaient capables. L'exagération n'était pas nécessaire et Neelix voulait que le capitaine *écoute*. Il regarda le nuage de poussière sur l'écran principal et pesa ses mots avant de parler, puis s'en tint, autant qu'il le pouvait, à l'exacte vérité.

— Leurs technologies ont toujours été assez équilibrées, dit-il. Sinon, leur guerre n'aurait pu s'éterniser. Même si le conflit est maintenant terminé, comme vous semblez le croire, il a duré des siècles.

Janeway hocha la tête.

— Poursuivez, dit-elle.

Neelix resta silencieux un moment, réfléchissant comme il faut à ce qu'il allait dire.

— Bien, on raconte que les deux camps étaient passés maîtres dans l'art de la technologie défensive — les générateurs de bouclier hachais, avant qu'il ne soit plus possible d'en obtenir à l'extérieur de Kuriyar, étaient très recherchés, et c'était toujours très lucratif de parvenir à en obtenir.

Un souvenir agréable le fit sourire. Neelix aimait les bonnes affaires. Il allait ajouter quelque chose quand Janeway l'interrompit.

— Les boucliers hachais étaient-ils meilleurs que ceux des P'nirs? demanda-t-elle.

— Pas vraiment, mais il était impossible d'*obtenir* des boucliers p'nirs, expliqua Neelix. Je n'ai jamais entendu parler de quelqu'un qui y soit parvenu — pas depuis que je suis au monde, en tout cas.

— Les deux races pourraient-elles avoir construit quelque chose qui ressemble à cela? demanda Janeway en faisant un geste vers l'écran.

— Je l'ignore, admit Neelix, après un moment d'hésitation. Je ne suis pas certain de comprendre vos relevés…

— Nous nous sommes enfoncés assez loin dans le nuage de poussière pour être à portée visuelle de l'objet, capitaine, rapporta Kim en interrompant le Talaxien.

— À l'écran, dit Janeway.

Le visualiseur s'alluma, balayé de scintillantes ondes de couleur, trop éblouissantes pour être regardées sans risque. Janeway leva le bras pour se protéger les yeux.

— Filtrez l'image. Diminuez-en la brillance, jappa-t-elle.

L'aveuglant éclat de la lumière s'atténua, révélant une masse arrondie, irrégulière de tourbillonnants points d'ombre et d'éclairs polychromes. L'objet changeait constamment de forme, comme une gigantesque amibe, et un fin brouillard de débris en émanait, qui se répandait lentement dans toutes les directions et se mélangeait au nuage de poussière.

— Quelle est la taille de *cet objet* ? demanda Janeway.

Une échelle s'afficha à l'écran. L'objet avait approximativement deux cent cinquante mille kilomètres de diamètre : la taille d'une petite étoile.

— Monsieur Neelix, dit Janeway, sans se retourner pour le regarder, d'après ce que vous en savez, les P'nirs ou les Hachais sont-ils capables de construire une structure de la taille d'une étoile?

— Non, répondit Neelix en secouant vigoureusement la tête. Du moins, je ne le *pense* pas. Mais tout le métal a quand même dû servir à *quelque chose…*

Neelix regardait fixement l'écran et essayait de toutes ses forces de comprendre ce qu'il voyait.

— Cette chose n'est-elle qu'une *machine*? demanda Paris. On dirait qu'elle est vivante!

— Quelle est sa masse? demanda Janeway.

L'ordinateur afficha rapidement, sur l'un des côtés de l'écran principal, la lecture des senseurs; quand elle prit connaissance des chiffres, Janeway plissa le front.

— Ce n'est pas une machine ordinaire, dit-elle. Avec la taille qu'elle a, et avec cette masse, sa densité serait moins élevée que celle de la plupart des gaz.

— Cette chose est peut-être creuse? suggéra Paris en jetant un coup d'œil par-dessus son épaule.

— Il ne s'agit peut-être pas d'*une* seule machine, mais bien de *nombreuses* machines, suggéra Tuvok derrière sa console. Je crois que nous avons mal interprété ce que nous voyons; cet objet n'est pas unique.

— Augmentez le grossissement. Améliorez l'image, ordonna Janeway.

La tache grossit jusqu'à remplir l'écran. Les officiers sur la passerelle fixaient l'image en gardant un silence stupéfait. Il était de plus en plus évident que Tuvok avait raison.

Il ne s'agissait pas d'un objet unique; la chose était faite de très, très nombreux objets plus petits, qui bougeaient tous indépendamment, manœuvraient tous les uns autour des autres. Des champs d'énergie les entouraient et parfois entraient en collision, et des rayons d'énergie, fulgurants comme des éclairs étincelaient à l'avant et à l'arrière de chacun de ces objets qui, en fait, étaient des vaisseaux — des milliers et des milliers de vaisseaux stellaires.

— Ils sont gigantesques, dit Paris, avec effroi et admiration.

— Les plus petits que je suis capable de repérer ont environ la taille des vaisseaux de classe Galaxie, observa Chakotay, après avoir observé les derniers rapports des senseurs. Les plus gros… eh bien, j'ai déjà vu des lunes qui étaient plus petites.

— Mais que *font-ils*? demanda Harry Kim, les yeux fixés sur l'écran. Pourquoi sont-ils agglutinés de la sorte? Pourquoi sont-ils si *nombreux*? Pourquoi ne vont-ils nulle part?

— Je pensais que c'était évident, enseigne, dit Janeway qui avait, elle aussi, les yeux rivés à l'écran. Ils se battent. Nous avons trouvé la guerre et, du même coup, nous savons où est passé tout le métal de cet amas stellaire obtus.

CHAPITRE
8

Le *Voyageur* était suspendu dans l'espace, profondément enfoncé dans le nuage de poussière de métal ionisé, pratiquement immobile, hors de portée des milliers d'armes mises à feu quelques secondes-lumière plus loin.

Le *Voyageur* attendait et, pendant qu'il attendait, l'équipage observait. Paris était à son poste de pilote, Kim aux opérations, Tuvok à la sécurité; Janeway et Chakotay occupaient les deux fauteuils de commandement. Neelix et Kes, debout, observaient. Neelix se tenait maintenant à la gauche de Janeway et Kes était à l'arrière de la passerelle, près du turbolift tribord.

La poupée hachai était tombée en poussière quand quelqu'un, par inadvertance, l'avait heurtée; il n'en restait plus qu'une traînée de poussière sale sur la plateforme à côté du fauteuil de Janeway. Du gris foncé sur du gris pâle.

Janeway tendit la main pour attraper la poupée, puis se rappela qu'elle était désintégrée. Elle regarda la tache, puis de nouveau le visualiseur.

Ce qu'elle y voyait n'était pas immédiatement évident. À l'œil nu, sans assistance technologique, l'image sur

71

l'écran principal était une masse informe et incompréhensible, une éruption d'ombre et de feu.

L'officier tactique du vaisseau, assisté de ses senseurs et de ses ordinateurs, y lisait quelque chose d'entièrement différent.

— Je dénombre environ deux mille vaisseaux de guerre opérationnels que je décrirais comme des cuirassés ou de gros croiseurs. Chacun de ces bâtiments est plus imposant que les plus puissants vaisseaux de Starfleet, rapporta Tuvok en étudiant ses relevés. Ils sont accompagnés de plusieurs milliers de vaisseaux plus petits, qui s'échelonnent de la taille de croiseurs de classe Galaxie à celle de vedettes lance-torpilles. J'observe aussi, dans le secteur, d'énormes quantités de débris macroscopiques — ce qui semble suggérer que les deux flottes ont déjà été considérablement plus importantes.

Tuvok leva les yeux de ses instruments pour s'adresser directement à Janeway.

— J'estimerais, capitaine, dit-il, qu'il a fallu les ressources d'environ quinze cents planètes de classe M pour construire et maintenir ces flottes — bref, la production industrielle totale de cet amas stellaire.

— Des *milliers* de vaisseaux? s'exclama Janeway. C'est presque aussi incroyable qu'une machine de la taille d'une étoile!

— Vous avez dit l'entière production industrielle de cet amas? demanda Chakotay.

— Oui, commander.

— Mais cet amas stellaire n'a aucune production industrielle! s'exclama Chakotay.

— Malheureusement exact, répondit calmement le Vulcain. Cependant, je suis parti de l'hypothèse d'un niveau technologique à peu près équivalent au nôtre, raisonnablement organisé et réparti, et évoluant, pour produire ces flottes, jusqu'au point de sa propre destruction.

— S'ils ont détruit toute leur base industrielle pour les construire, comment *entretiennent-ils* de telles flottes? demanda Janeway.

— Je dirais, capitaine, dit Tuvok, qu'ils n'ont pas détruit leur base industrielle, mais plutôt qu'ils l'ont consommée et transférée entièrement à leurs flottes de guerre. Les plus gros vaisseaux semblent entièrement autonomes et équipés de systèmes d'entretien automatique — ce qui, combiné au besoin de puissance de feu maximale, explique la démesure de leur format.

— Vous pensez donc que ces flottes sont tout ce qui reste des technologies hachais et p'nirs? demanda Janeway.

— Effectivement, dit Tuvok. Cela semble le cas.

Janeway se retourna et regarda l'écran principal.

— Incidemment, capitaine, poursuivit Tuvok, tout porte à croire que le nuage de poussière qui nous entoure et qui s'étend sur plusieurs millions de kilomètres, émane de la bataille. Ce nuage est constitué de gaz et de particules de matière provenant des navires détruits ou endommagés. La densité augmente à proximité de la bataille et, à l'intérieur de la bataille elle-même, le nuage est suffisamment dense pour interférer de façon significative avec nos senseurs; ce qui, combiné à l'imbrication des champs d'énergie des boucliers défensifs, explique pourquoi nos lectures initiales indiquaient une construction unique.

— Des particules de matière? demanda Kes, qui observait la bataille avec un intense intérêt.

— De la poussière, lui dit Janeway.

— De la poussière métallique, des cristaux de glace, et plusieurs autres substances, dont deux variétés de ce que je présume être du fluide circulatoire, expliqua Tuvok.

— Vous voulez dire du sang, dit Chakotay.

— Ou de l'ichor, oui, confirma le Vulcain.

— Hachai et p'nir, sans aucun doute, dit Janeway.

— Sans aucun doute, opina Tuvok.

Kes eut un frisson et regarda, mal à l'aise, le visualiseur.

— Nous sommes à l'intérieur d'un nuage de sang? demanda-t-elle.

— Oui, répondit prosaïquement Tuvok.

Janeway observa pendant un moment l'incroyable complexité de cette gigantesque configuration de vaisseaux en mouvement, avec le feu de leurs armes et le flamboiement de leurs boucliers, et demanda : « Pouvez-vous déterminer qui gagne? »

— Pour le moment, capitaine, répondit le Vulcain, aucun des deux camps.

— C'est donc un match nul? Une impasse? demanda Janeway en se tournant pour le regarder.

— Si voulez dire qu'aucun vainqueur n'émergera jamais, alors non, ce n'est pas nécessairement le cas, répondit Tuvok. Si cette bataille se poursuit jusqu'au bout sans interférence extérieure et sans changement de tactique majeur, il devrait effectivement y avoir un vainqueur, du moins au sens technique du terme. Or, tout indique que les belligérants ont l'intention de continuer jusqu'au bout, plutôt que de battre en retraite ou de négocier. On peut donc s'attendre à ce qu'il y ait, à plus long terme, un vainqueur. En ce sens, ce n'est pas un match nul.

— Bien, alors *quel* camp gagnera? demanda Janeway. Êtes-vous capable de le dire?

— Je regrette, capitaine, j'en suis incapable, admit le Vulcain. Je viens à peine de commencer l'analyse des formations de combat. Leur intrication est stupéfiante — elles sont tellement intriquées qu'elles forment un système où des perturbations majeures à un endroit donné et à un moment donné pourraient être absorbées sans affecter de façon significative l'ensemble, tandis qu'ailleurs un simple changement mineur pourrait modifier la suite entière du conflit. Quand de tels systèmes dépassent un certain niveau de complexité, les ressources que nous avons à bord de ce vaisseau ne permettent pas d'en prédire avec certitude l'évolution.

— Mais quelles sont les chances des deux camps?

— Les chances, capitaine, sont de cinquante-cinquante. Il est d'ores et déjà tout à fait clair que les deux camps, comme monsieur Neelix nous l'a dit, s'équilibrent parfaitement — si parfaitement que la perte d'un seul vaisseau au bon moment et au bon endroit déterminera l'issue de la bataille. Et dans une bataille aussi âpre, une simple erreur d'un équipage ou une panne d'équipement peut provoquer la perte d'un vaisseau n'importe quand. Il n'existe aucun moyen de prédire un événement aussi fortuit — mais si la bataille dure encore assez longtemps, il est statistiquement certain qu'un tel événement se produira.

— Et quand il se produira, dit Janeway, quand l'un des camps subira cette perte aléatoire, l'autre profitera de son avantage — et gagnera.

— Pas une perte *aléatoire*, capitaine, la corrigea Tuvok. Il faut que cette perte se produise exactement au bon endroit et au bon moment. Sinon, le camp qui aura perdu le vaisseau s'ajustera, se regroupera et attendra, et peut-être la fois d'après ce sera l'ennemi qui, à son tour, perdra un bâtiment. Il est impératif, pour qu'un événement du genre soit fatal, que la perte intervienne à un moment décisif de la bataille.

— Vous voulez dire qu'il s'agit d'un système chaotique, opina Janeway. Tout événement peut se perdre dans la marge de bruit, mais le signal ou l'événement *approprié* peut déclencher de façon intempestive un effet de bascule, c'est-à-dire des réactions en cascade qui feront passer l'ensemble de l'état bloqué à l'état passant.

— Exactement.

Janeway plissa pensivement le front.

— Supposez que cet événement ne se produise jamais? demanda-t-elle. Les systèmes chaotiques sont, à certains moments, d'une stabilité à toute épreuve.

— Si rien ne se produit pour rompre l'équilibre, dit Tuvok, j'estime que ce conflit se poursuivra jusqu'à ce que tous les vaisseaux des deux camps aient épuisé leur énergie. Le camp toujours capable de manœuvrer quand l'autre aura totalement épuisé ses ressources gagnera la guerre — mais je suis incapable de déterminer si le vainqueur sera p'nir ou hachai.

— Et si la puissance de feu actuelle se maintient, combien de temps faudra-t-il, selon vous, avant que leurs ressources ne s'épuisent? demanda Janeway en hochant la tête.

— Vous êtes consciente, j'imagine, capitaine, qu'à cause du nuage de débris et des boucliers, je n'ai, de la plupart de ces vaisseaux, que des lectures très imprécises et ne peux pour cette raison avancer plus qu'une estimation sommaire.

— Avancez donc.

— Les deux camps sont équipés de réacteurs matière-antimatière, même si rien à ce stade n'indique que leurs vaisseaux aient la capacité d'atteindre les vitesses de distorsion. Ils sont aussi dotés de systèmes auxiliaires de propulsion fission/fusion qui pourraient, si leurs capitaines choisissaient de le faire, transformer en carburant les débris microscopiques du nuage de poussière; de plus, même s'ils emploient une pléthore d'armes énergétiques, vous remarquerez que ces équipements à haut rendement sont extrêmement efficaces, et donc très peu énergivores. Leurs boucliers sont également très efficaces et soigneusement réglés — plus efficaces que les nôtres, je dirais.

— Et?

— Et j'estime donc, capitaine, que les belligérants sont capables de maintenir l'intensité du combat à son niveau actuel pendant encore trente ans.

Janeway cligna des yeux, médusée, puis regarda Tuvok.

— Trente *ans*?

— Oui.

— C'est impossible, dit Janeway, les batailles spatiales ne durent que quelques minutes ou quelques heures au plus, pas des *années*!

— Si je me fondais sur ma propre expérience antérieure au phénomène que nous avons sous les yeux, capitaine, je dirais que votre généralisation est valide, accorda Tuvok. Cependant, après avoir étudié le niveau des dégâts infligés ici, analysé les débris dans le secteur et le contenu du nuage de poussière qui nous entoure, et après avoir mesuré la radiation de fond, je suis forcé de conclure que l'action de ces flottes dure *déjà* depuis six à huit cents années standard.

— De six à huit *cents*?... Comment peuvent-ils soutenir une telle bataille pendant des siècles? lui demanda Janeway en le fixant dans les yeux.

— Les vaisseaux amiraux semblent totalement autonomes, capitaine, dit Tuvok. Ils pourraient donc théoriquement continuer de se battre indéfiniment.

— Mais quel genre de créatures sont-elles donc pour être capables de *faire* ça? demanda Janeway en regardant Neelix.

— Certains des comportements des Hachais et des P'nirs sont indubitablement étranges, dit le Talaxien en levant les mains pour signifier que tout cela le dépassait.

CHAPITRE
9

Neelix ne savait pas s'il devait prendre le capitaine au pied de la lettre. Elle lui avait demandé de lui dire tout ce qu'il savait des Hachais, des P'nirs et de leur guerre ancestrale et interminable. Le Talaxien regarda autour de lui d'un air embarrassé et vit que tous ceux qui n'étaient pas occupés à leurs instruments le regardaient — Tuvok d'un côté de la passerelle, Harry Kim de l'autre, Chakotay et le capitaine, juste en plein centre.

Ils avaient tous l'air de vouloir entendre ce qu'il avait à dire. Neelix se racla la gorge avant de commencer.

— Bien! Comme je l'ai déjà dit, les Hachais et les P'nirs ont toujours été spécialistes des technologies de défense. Ils fabriquaient les meilleurs boucliers de tout le Quadrant, des équipements parfaitement fiables et très efficaces. Les deux peuples étaient de grands partisans de la position défensive.

Neelix s'interrompit et regarda ses interlocuteurs pour savoir s'il devait continuer.

— Poursuivez, lui dit Janeway.

— Bien! J'ai entendu dire qu'il y a longtemps, au tout début de la guerre, les deux camps ont commencé par ériger des ouvrages de défense. Ils ne voyaient pas l'utilité d'une stratégie offensive et tenaient mordicus à ne pas changer de tactique, même si certains de mes... malgré les tentatives de certains groupes de vendre aux Hachais une excellente panoplie d'armes d'assaut à des prix *défiant toute concurrence*, des prix qu'ils ont été stupides de ne pas considérer...

— Monsieur Neelix! dit Janeway pour le mettre en garde.

Le Talaxien s'arrêta, surpris, et la regarda.

— Je présume que, parmi ces groupes qui négociaient avec les Hachais, il y avait des Talaxiens, fit remarquer Janeway.

— C'est très possible, admit Neelix.

— Abstenez-vous de passer des commentaires sur la stupidité des Hachais, dit Janeway, et poursuivez votre histoire.

— Bien sûr, capitaine, dit Neelix.

Il s'éclaircit la voix, se frotta les deux mains sur l'avant de son excentrique veste et continua.

— Les deux camps, dit Neelix, ont donc tout misé sur les systèmes défensifs aux dépens des moyens d'attaque, et le conflit s'est retrouvé dans une impasse. On m'a raconté que les P'nirs et les Hachais ont choisi la même solution pour sortir de cette impasse. Chaque camp a construit une flotte de gigantesques vaisseaux de guerre, conçus pour sillonner l'amas stellaire et exterminer l'ennemi, planète après planète. Ces vaisseaux étaient totalement autonomes. Ils n'avaient aucun besoin de revenir à leurs bases entre les attaques et évitaient ainsi tout risque que l'adversaire intercepte leurs convois d'approvisionnement. Ils avaient le loisir de prendre tout le temps qu'il fallait pour anéantir les défenses planétaires.

— Poursuivez, dit Janeway en hochant la tête.

— Cependant, continua Neelix, les deux camps commirent la même erreur. Ils conçurent leurs vaisseaux pour qu'ils soient presque indestructibles et négligèrent l'armement offensif. Les deux flottes détruisirent donc une grande quantité de mondes — vous en avez vu quelques-uns — mais quand elles finirent par se rencontrer et ouvrirent le feu l'une sur l'autre, eh bien... il ne se passa pas grand-chose, du moins pas au début. C'est alors que commença la bataille qui fait rage en ce moment. Là-bas, dit Neelix en montrant du doigt l'écran principal. Et cette bataille se poursuit toujours. Chaque fois qu'un camp construisait un nouveau vaisseau, il était lancé dans la mêlée. Sinon, l'adversaire risquait de gagner et sa flotte serait libre de razzier tout l'amas. Pendant des siècles, la totalité de la production industrielle de Kuriyar a servi à engloutir de plus en plus de vaisseaux dans cette bataille; ce qui a complètement ruiné toute perspective de commerce dans les parages, et...

Neelix se rendit compte que le visage de Janeway se fermait et décida qu'il valait mieux ne pas lui parler des sommes astronomiques que cette tournure des événements avait fait perdre aux honnêtes marchands de canons talaxiens.

— Bien, comme vous le voyez, capitaine, conclut-il, les P'nirs et les Hachais ont, les uns et les autres, misé l'avenir de leur civilisation sur l'issue de ce combat. Le perdant sera sans aucun doute à ce point affaibli que le vainqueur — *si jamais il y en a un* — anéantira totalement le vaincu. Vous vous souvenez de cette planète où nous avons vu le vaisseau à moitié terminé — elle était sans défense. Toutes les planètes de Kuriyar sont sans doute comme ça.

— Vous dites : « s'il y a un vainqueur »? demanda Janeway.

— Votre officier affirme que les deux flottes sont de force égale, dit Neelix avec un haussement d'épaules. Peut-être se détruiront-elles complètement.

— La version locale de Ragnarok, fit remarquer Tuvok, en quittant les commandes de sa console grise, lisse et brillante.

— La version locale de quoi? demanda Neelix.

— Ragnarok, répéta le Vulcain en descendant vers le niveau central de la passerelle. Un vieux mythe terrestre, une légende des cultures scandinaves de la partie nord-ouest du continent eurasien.

— Cette légende ne m'est pas familière, dit Neelix.

— Les poètes vikings affirmaient qu'Odin, roi d'un groupe de dieux appelés les Aesirs, avait échangé un de ses yeux contre le don de prescience, et cette connaissance infaillible de l'avenir lui donnait une vision claire des détails de la bataille finale que les Aesirs livreraient à leurs ennemis héréditaires, les Géants de Glace. Au cours de cette bataille, qu'ils appelaient Ragnarok, les dieux et les Géants de Glace périraient tous, et le monde lui-même serait anéanti avec eux. Les deux camps, après le marché conclu par Odin, savaient que cette bataille signifierait leur destruction, mais ils étaient incapables de l'empêcher ou d'en modifier l'issue.

— Quel mythe déprimant! dit Neelix en fixant le Vulcain.

— Il est *effectivement* déprimant, reconnut Janeway. Les anciens Scandinaves n'étaient pas des peuples très joyeux.

— Je trouve cette légende fascinante, dit Kes.

— Il existe, sur Terre, un autre mythe plus connu où il est question d'une bataille finale : la prophétie de l'Armageddon, dit Tuvok, mais elle est plus optimiste et prédit que les forces du Bien survivront et triompheront des forces du Mal. Le désespoir fondamental du mythe de Ragnarok me semble correspondre mieux au cas qui nous occupe.

— Sommes-nous capables d'intervenir? demanda Janeway. Je n'ai pas très envie de rester là à rien faire et à regarder deux cultures se détruire.

Elle baissa les yeux et vit le petit tas de poussière qui était, il n'y a pas si longtemps, une poupée hachai, puis les leva vers l'écran, juste au moment où deux vaisseaux de guerre extraterrestres entraient en collision et explosaient de façon spectaculaire.

— Un vaisseau hachai et un p'nir, fit remarquer Tuvok. L'équilibre est maintenu.

— Lequel était p'nir et lequel hachai? demanda Janeway.

— Je ne sais pas, répondit Tuvok. Je distingue facilement les vaisseaux des deux camps d'après leur design, mais je n'ai aucun moyen de déterminer avec certitude lesquels sont p'nirs et lesquels sont hachais.

— Les vaisseaux longs et minces sont p'nirs. Les noirs, intervint Neelix sans se faire prier.

— Merci, dit Janeway avant de se remettre à étudier l'image à l'écran.

En ajoutant cette information au souvenir qu'elle avait gardé du vaisseau hachai inachevé, cloué au sol sur la quatrième planète du dernier système qu'ils avaient visité, il lui fut facile de distinguer les belligérants, malgré le brouillard des débris, le feu des tirs et le brasier des champs d'énergie.

Les vaisseaux hachais étaient des objets lisses et d'un gris terne, arrondis comme des ballons. Certains étaient ornés de larges bandes bariolées — le plus souvent orange ou jaune verdâtre.

Les vaisseaux p'nirs étaient des masses irrégulières, hérissées de saillies — des antennes, des tourelles et d'autres dispositifs moins facilement identifiables. Ces vaisseaux étaient noirs, comme l'avait dit le Talaxien, mais avaient des sections peintes en un vert profond et, parfois, un sigle rouge sang.

Le vaisseau stellaire inachevé sur la planète primitive était donc effectivement un bâtiment de guerre hachai, réalisa Janeway. Neelix ne s'était pas trompé. Et elle se rendit compte aussi que cette planète n'était pas pré-industrielle du tout; elle était *post*-industrielle. Ses habitants avaient donné jusqu'au dernier morceau de métal qu'ils possédaient pour construire leur part de la gigantesque flotte.

Les habitants de *tout l'amas stellaire* avaient fait pareil. Tout le métal, toute la technologie, tout ce que ces deux grandes civilisations avaient de plus précieux se trouvait devant elle, englouti dans une orgie de destruction.

Janeway se demanda si d'autres espèces intelligentes avaient un jour habité l'amas de Kuriyar. Si tel était le cas, elles avaient sûrement été prises dans le feu croisé des belligérants et étaient détruites depuis longtemps…

À moins que… Janeway venait de repérer quelque chose de différent dans la mêlée.

— Y a-t-il autre chose là-dedans que des vaisseaux de guerre hachais et p'nirs? demanda-t-elle.

— Des épaves, répondit Tuvok immédiatement,

— Rien d'autre?

Tuvok remonta les marches et se pressa de regagner sa station où il étudia ses instruments; l'enseigne Kim, de l'autre côté de la passerelle, procéda, lui aussi, à de nouveaux balayages plus détaillés.

— Il semble y avoir, de fait, un objet qui ne soit ni de fabrication hachai ni p'nir, et qui n'est pas non plus d'origine naturelle, dit Tuvok un moment plus tard.

— Montrez-le moi, dit Janeway.

Une image brouillée apparut sur le visualiseur principal; Janeway savait qu'elle était constituée de centaines d'instantanés rapides, assemblés et améliorés par les systèmes informatiques de bord. Pour indiquer la taille de l'objet, l'ordinateur afficha une échelle bleue à côté de l'image et, pour faciliter la comparaison, les silhouettes d'un cuirassé hachai et d'un vaisseau p'nir. Il afficha aussi, sur l'un des côtés de l'écran, le relevé émanométrique des gaz radioactifs inertes qui émanaient de l'objet.

La chose semblait plutôt sphérique. Son diamètre était d'environ deux kilomètres. Sa surface était constituée de centaines de petites cellules arrondies identiques, des sortes de facettes qui faisaient penser aux alvéoles d'une ruche. Plusieurs grandes ouvertures, noires et irrégulières, brisaient la régularité de cette configuration.

Janeway pensa y reconnaître quelque chose de vaguement familier, sans parvenir à déterminer quoi.

— Qu'est-ce que c'est, monsieur Tuvok? demanda-t-elle. Un vaisseau? Une station?

— Je manque de données, même pour deviner, capitaine, répondit le Vulcain.

— Où se trouve-t-il dans le champ de bataille?

Tuvok tapa sur quelques contrôles et un plan schématique de la position des formations militaires apparut sur le visualiseur; le mystérieux globe se trouvait près du centre de la mêlée.

— D'après la localisation de l'objet et le déroulement apparent de la bataille, dit Tuvok, il se pourrait même que les deux flottes se battent pour s'en s'emparer

— Qu'en pensez-vous, Neelix? dit Janeway.

— Je ne sais pas, capitaine, répondit l'extraterrestre. Personne en dehors de l'amas de Kuriyar ne connaît vraiment la cause du déclenchement de la guerre. Les Talaxiens pensaient que le conflit était dû aux incompatibilités de caractère des deux races.

— Avez-vous la moindre idée de ce qu'est cette… cette chose?

— Pas du tout, capitaine.

— L'objet produit une gamme de radiations des plus intéressantes, dont certaines que je ne connais pas — et dont un rayonnement tétryonique secondaire, capitaine, fit remarquer Tuvok qui étudiait ses relevés à la console avant, une main posée sur les touches bleues et or.

— Monsieur Kim, est-ce la source de notre rayon tétryonique? demanda Janeway en se tournant vers la station des opérations.

— L'objet se trouve exactement sur le tracé que j'ai établi quand j'ai déterminé la direction du rayon, capitaine, répondit Kim, après avoir hésité un peu, mais ce n'est peut-être qu'une coïncidence. Et le rayonnement secondaire est *peut-être* dû au balayage lui-même, s'il se trouve dans la coque de cet objet des substances susceptibles d'avoir été irradiées par le bombardement tétryonique.

— Ou c'est peut-être de la résonance interne. Êtes-vous capable de m'en apprendre plus sur cet objet?

— Je crains que non, capitaine — avec la bataille qui fait rage autour, les débris, les boucliers, l'interférence des tirs, je n'obtiens aucun relevé décent. Il faudrait se rapprocher considérablement, pénétrer dans la zone de combat, pour y jeter un meilleur coup d'œil.

Janeway, pensive, regarda l'écran.

Cet étrange objet éveillait son intérêt. C'était peut-être le moyen de rentrer chez eux. La chose ne ressemblait pas au Dispositif, mais elle hébergeait peut-être quand même la compagne du Protecteur.

Et la destruction, le gaspillage de cette immense bataille qui faisait rage autour de la mystérieuse structure étaient navrants. Deux civilisations avancées s'anéantissaient.

Janeway se rappela les trois pitoyables momies qu'elle avait découvertes dans le tunnel de l'astéroïde. Ces *créatures* se détruisaient elles-mêmes.

Il fallait les arrêter.

Le *Voyageur* n'était pas équipé pour intervenir directement; et si Janeway l'avait ordonné, elle aurait violé la Prime Directive, mais il fallait amener les P'nirs et les

Hachais à se rendre compte à quel point leur guerre était un gaspillage! Neelix avait dit que les étrangers évitaient ce secteur depuis des siècles — sauf, peut-être, quelques trafiquants d'armes, qui n'étaient assurément pas intéressés au rétablissement de la paix. La bataille tirait à sa fin et l'issue en était toujours incertaine — il ne restait plus qu'une trentaine d'années, après plus de six siècles de féroces combats.

Les Hachais et les P'nirs étaient peut-être prêts maintenant à entendre raison.

Ces enfants morts dans l'astéroïde… leurs familles, elles, étaient certainement prêtes!

La Fédération s'enorgueillissait de fournir des arbitres et des négociateurs à tous les peuples qui en avaient besoin. Janeway n'avait jamais été formée à la diplomatie — du moins, pas plus que n'importe quel autre capitaine de vaisseau stellaire — mais il lui serait difficile d'envenimer la situation. Les deux camps étaient déjà génocidaires. Dans trente ans, si personne n'intervenait, toute vie serait anéantie dans l'amas tout entier — ou bien une seule des deux espèces y règnerait, avec une économie ruinée, sans autre ressource qu'une flotte de guerre massive. Et juste *ce fait-là* ne mettait-il pas en péril la paix et la sécurité du Quadrant Delta tout entier? Le vainqueur sillonnerait sans doute l'espace, à l'extérieur de Kuriyar, à la recherche de mondes à conquérir, non par vicieux besoin de dominer, mais juste pour reconstruire sa propre civilisation anéantie.

Les Kazons-Oglas, ou quelque autre puissance locale, s'avéreraient peut-être capables de résister au vainqueur, qu'il soit p'nir ou hachai, mais la perspective de la destruction éventuelle d'une autre flotte n'était pas non plus très réjouissante. Janeway savait qu'elle ne serait plus jamais capable de se regarder dans un miroir, si elle décidait de changer de trajectoire et de poursuivre son chemin sans avoir au moins *essayé* de mettre fin à cette obscène boucherie — et, en plus, il y avait la question, plus importante pour son équipage, de la source du rayon tétryonique, ou de la nature de l'étrange objet sphéroïdal pris dans la mêlée. Le rayon qui les avait scannés provenait-il de ce globe? La compagne du Protecteur s'y trouvait-elle?

Janeway devait au moins tenter d'intervenir, essayer d'arrêter le carnage et pénétrer dans le champ de bataille pour examiner de plus près cet énigmatique globe — mais qu'espérer, avec un seul vaisseau relativement petit?

Elle n'avait que des paroles à offrir. Et avant de commencer à parler, elle devait savoir quoi dire, et savoir si au moins quelqu'un, parmi tous ces combattants, était le moindrement intéressé à entendre ce qu'elle avait à dire.

Aucun des deux camps n'avait menacé le *Voyageur* ni communiqué avec lui. Était-ce révélateur?

— Enseigne Kim, dit Janeway, disposez-vous d'indices qui indiqueraient que les Hachais ou les P'nirs ont détecté notre présence?

— Je ne vois pas comment ils ne s'en seraient pas aperçus, capitaine, répondit Kim après un moment d'hésitation. Nous ne faisons rien pour nous cacher et nous sommes à portée de senseur.

— Ils ont peut-être, en ce moment, d'autres préoccupations plus immédiates qui requièrent toute leur attention, dit sèchement Janeway. Je sais qu'ils *pourraient* nous avoir vus, mais nous *ont*-ils vus?

— Je l'ignore, capitaine.

— Personne ne nous a scannés ou n'a essayé d'entrer en contact avec nous? demanda Janeway.

— Pas depuis le balayage tétryonique.

Janeway hocha la tête. C'est bien ce qu'elle pensait. Les Hachais et les P'nirs étaient totalement concentrés sur leur combat. Le reste avait cessé d'exister.

Il fallait leur rappeler qu'il existait d'autres êtres vivants dans l'Univers.

— Contactez-les, dit-elle.

L'enseigne Kim hésita.

— Contacter *qui*? demanda-t-il. Il y a des milliers de vaisseaux là-bas!

— Contactez-les tous, monsieur Kim, répondit Janeway. On verra bien qui répond.

Harry Kim se tourna d'un air piteux vers ses contrôles.

— Fréquences de contact ouvertes, dit-il.

CHAPITRE
10

— Ici Kathryn Janeway, capitaine du vaisseau stellaire fédéral *Voyageur*, dit Janeway d'une voix claire et forte. Nous voulons vous offrir nos services de médiateurs neutres pour vous aider à régler de manière pacifique vos différends.

Après avoir envoyé son message, Janeway s'assit et attendit une réponse — n'importe quelle réponse.

Elle n'escomptait pas vraiment que les combattants lui fassent confiance tout de suite ou souscrivent à son offre immédiatement, mais espérait juste susciter une réaction. Et si ce message n'y parvenait pas, elle essayerait autre chose. Elle n'avait aucune envie de passer simplement son chemin, de continuer l'interminable périple du *Voyageur* vers l'espace fédéral en laissant cette guerre démente se poursuivre jusqu'à sa navrante conclusion — et en laissant aussi cet objet non identifié piégé en plein milieu de la mêlée, c'est-à-dire sans résoudre le mystère de l'origine du rayonnement tétryonique. Elle était consciente qu'en bout de ligne elle y serait peut-être obligée parce qu'elle savait pertinemment qu'il n'était pas certain qu'elle parvienne à persuader les combattants de l'écouter.

Mais pour vivre en paix avec elle-même, elle devait d'abord tenter l'impossible, et si elle était quand même obligée de renoncer et de continuer sa route, elle savait qu'elle passerait le reste de sa vie à se demander si elle avait vraiment tout essayé.

— Pas de réponse, capitaine, dit Harry Kim.

— Alors, appelez le vaisseau le plus proche. Sur une bande étroite — son camp m'est égal, dit-elle en poussant un soupir.

— Un gros croiseur p'nir passe à proximité… commença Kim.

Janeway l'interrompit avant qu'il ne termine sa phrase.

— Ça fera l'affaire, dit-elle.

— Fréquence ouverte.

Kim attendit. Il écouta, penché sur sa console, puis secoua la tête.

— Navré, capitaine. Il refuse le contact.

— Essayez un vaisseau hachai alors, ordonna Janeway.

— À vos ordres, dit Kim en tapant sur ses contrôles. Fréquence de contact ouverte.

Avant que Janeway n'ait le temps de rien ajouter, le visualiseur s'alluma et l'image de la passerelle hachai apparut.

Le design était étrange, mais aisé à comprendre; un Hachai, sans doute le commander du bâtiment, était assis dans un globe transparent au centre d'un espace ouvert, entouré de congénères juchés sur des stations individuelles, réparties sur au moins trois niveaux différents — il y en avait peut-être d'autres, mais la transmission ne les montrait pas.

Les Hachais étaient des créatures grassouillettes, à la peau gris-bleu, avec des pédoncules oculaires et quatre bras dotés de multiples articulations, exactement comme la poupée — ou comme les momies. Janeway se rappela que les gravats en cachaient les jambes, et celles de la poupée étaient de petites choses boudinées, poussées à l'intérieur de la base arrondie du jouet; elle se rendit compte qu'ici non plus, elle ne voyait aucune jambe. Les Hachais en avaient certainement, puisque la poupée en avait, mais Janeway ne les voyait pas. Elles étaient peut-être rétractiles.

Il était extrêmement agréable, et extrêmement surprenant, de voir des Hachais vivants. La rencontre contribuait à chasser le morne souvenir des tristes petites momies.

— Nous ne désirons pas vos transmissions, dit le commander hachai avec brusquerie. Nous n'écouterons aucun de vos stratagèmes p'nirs.

— Il n'y a pas de stratagème, s'empressa de répondre Janeway. Nous sommes des neutres qui ne voulons voir personne mourir inutilement…

Le commander hachai l'interrompit.

— Nous sommes obligés de présumer que votre présence est un stratagème p'nir, dit-il, un truc dont l'objectif est de nous amener à commettre des erreurs ou, à tout le moins, de nous distraire. Si vous n'êtes pas une supercherie p'nir, si vous êtes vraiment neutres, quittez ce secteur immédiatement — vous n'êtes pas les bienvenus.

— Nous ne sommes pas… commença Janeway.

Le capitaine hachai l'interrompit de nouveau.

— Si vous ne partez pas, nous présumerons que vous êtes des ennemis et nous réagirons en conséquence. Cette mise en garde est notre ultime avertissement.

L'écran devint noir.

— Contactez-les de nouveau, dit Janeway en plissant le front.

— Fréquence de contact ouverte, dit Kim. Ils refusent la communication, ajouta-t-il en secouant la tête.

Janeway réfléchit à leur position. Que pouvaient-ils essayer d'autre? Un cri interrompit ses pensées.

— Capitaine! cria Paris. Le bâtiment hachai quitte sa formation et fonce droit sur nous!

— En visuel! dit Janeway en se penchant dans son fauteuil.

De fait, un des cuirassés hachais avait quitté la bataille et se dirigeait à vive allure vers le *Voyageur*. La forme grise et ballonnée grossissait rapidement sur le visualiseur.

— Il est énorme, dit Chakotay, sans que ce soit nécessaire.

La taille gigantesque de ce bâtiment hachai donnait au *Voyageur* des allures de vaisseau nain.

— Alerte rouge, jappa Janeway. Boucliers au maximum. Contactez-les; demandez ce que nous pouvons…

— Le vaisseau hachai ouvre le feu, capitaine, rapporta Tuvok d'une voix calme. Il nous bombarde de ce qui semble un faisceau d'énergie phasée multifréquence…

Le « faisceau d'énergie phasée » éclaira d'un rouge éclatant le visualiseur pendant une fraction de seconde; l'image, à l'écran, clignota et l'éclairage de la passerelle, déjà plus faible pour l'alerte, baissa brièvement encore un peu pendant que les boucliers antérieurs drainaient toute l'énergie du vaisseau. La lumière rouge rendait la moquette presque noire et, par contraste, donnait à l'incandescence douce et multicolore des panneaux de contrôle un éclat plus vif.

Tous les sens de Janeway étaient aux aguets. Les boucliers du *Voyageur* absorbèrent sans difficulté le tir hachai et ne laissèrent pas son énergie destructrice atteindre le vaisseau lui-même.

— Le cuirassé vire de bord, dit Paris. Il rompt le combat.

— Ce n'était donc qu'un coup de semonce, dit Chakotay.

— Je serais porté à être du même avis que le commander Chakotay, capitaine, dit Tuvok. Le vaisseau hachai a ouvert le feu à distance maximale, puis il a tout de suite rebroussé chemin.

— Cette arme, Tuvok, demanda Janeway en se tournant vers sa droite, qu'était-elle? Comment l'avez-vous appelée?

— Un faisceau d'énergie phasée, répondit Tuvok derrière sa console. Ce n'était pas un véritable phaseur, mais le produit d'une technologie similaire, un peu plus primitive.

Janeway réfléchit aux paroles du Vulcain. Les phaseurs étaient l'armement standard de la Fédération depuis un siècle et la technologie s'en était répandue dans tout le Quadrant Alpha — mais elle n'était apparemment pas aussi courante ici.

Les phaseurs fonctionnaient à partir de faisceaux monopolarisés d'énergie cohérente à amplification directe, modulés pour obtenir divers effets, depuis le blocage des impulsions nerveuses sans autre tort à la cible à toute une gamme d'effets de plus en plus dévastateurs et, ultimement, la neutralisation de la force nucléaire forte, avec pour conséquence la désintégration des particules de matière à leur niveau subatomique.

Tuvok affirmait que les armes utilisées ici étaient différentes.

— Donnez-moi en les caractéristiques techniques.

— Sur votre écran, capitaine, répondit le Vulcain.

Janeway releva le panneau près de son fauteuil et étudia l'affichage. Comme Tuvok l'avait dit, les armes n'étaient pas des phaseurs; ils projetaient de l'énergie cohérente, mais cette énergie n'était pas monopolarisée, ce qui signifiait qu'il était impossible de l'ajuster finement. Il y avait, de toute évidence, moyen d'en amplifier ou d'en réduire la phase; ce qui en modifiait, dans une certaine mesure, les effets, sans offrir toutefois la variété de possibilités de l'armement du *Voyageur*. Il était impossible de régler ces faisceaux en position « paralysie » et ils n'étaient pas non plus assez puissants pour désintégrer la matière; ils servaient essentiellement à provoquer des effets de souffle et pouvaient être ajustés de façon à produire une chaleur intense ou un rayon capable de couper la matière, ou encore diverses formes d'explosion, mais restaient néanmoins beaucoup moins efficaces que des vrais phaseurs.

Personne, dans l'amas de Kuriyar, n'avait découvert le circuit de Kawamura-Franklin sans lequel les véritables phaseurs étaient impossibles.

— Est-ce leur meilleure arme? demanda Janeway.

— Je ne peux le préciser, répondit Tuvok, mais il semble que ce soit leur arme principale.

— Nos boucliers y ont résisté sans difficulté, commenta Janeway.

— Le coup a été tiré à distance maximale, souligna le Vulcain. Mais tout porte à croire que nos boucliers supporteraient effectivement, pendant une assez longue période, le feu raisonnablement nourri de telles armes.

— Pendant des années? demanda Janeway en levant les yeux vers le Vulcain, après s'être rappelée que Tuvok avait estimé que la bataille durerait encore trente ans.

— Non, dit Tuvok. Les boucliers hachais et p'nirs semblent plus résistants que les nôtres; dans les conditions actuelles, notre consommation d'énergie épuiserait relativement rapidement les moteurs du *Voyageur* et nos boucliers deviendraient alors inopérants. Mais nous survivrions pendant au moins quelques heures à un bombardement sérieux.

C'était une donnée intéressante; elle ouvrait des perspectives. Et signifiait, entre autres, que le *Voyageur* pouvait, s'il le fallait, continuer à négocier avec l'un des camps, même si l'autre l'attaquait. Ce n'était pas la manière habituelle de négocier, mais la situation ici n'était pas habituelle non plus.

Et cela impliquait peut-être autre chose, un élément qui les concernait plus directement.

— Survivrions-nous assez longtemps pour atteindre cette chose qui se trouve au milieu de la mêlée, cette sphère, et découvrir ce qu'elle est? demanda-t-elle.

Tuvok hésita.

— Êtes-vous capable de reformuler votre question, capitaine?

— Je vous demande, monsieur Tuvok, dit Janeway, quelles sont nos chances d'atteindre vivants ce mysté-rieux objet, si nous pénétrons dans la bataille avec tous nos boucliers à pleine capacité et en esquivant les tirs p'nirs et hachais du mieux que nous le pouvons?

— Capitaine, les variables sont trop nombreuses pour vous donner une réponse exacte…

— Une réponse approximative fera l'affaire. De quel ordre de grandeur s'agirait-il?

— Nous n'aurions qu'une chance sur plusieurs centai-nes, énonça Tuvok, l'expression légèrement chagrine de donner une réponse aussi imprécise.

— Pourquoi? demanda Chakotay. Si leurs armes sont aussi inefficaces?

— Ce ne sont pas les armes à énergie phasée dont nous aurions surtout besoin de nous inquiéter, expliqua Tuvok. Si vous observez la bataille, vous constaterez que les bel-ligérants n'y sont pas notablement plus vulnérables que nous; ils se servent des faisceaux de leurs armes essen-tiellement pour forcer l'ennemi à prendre une direction donnée, poursuivit-il en faisant un geste vers l'écran, et infligent les dommages réels de diverses autres façons — par exemple, en piégeant un vaisseau sous le feu croisé et nourri d'une variété d'armes différentes, ce qui provoque une surcharge de ses boucliers et, à terme, leur neutrali-sation; ou encore en écrasant un ennemi entre les champs défensifs de plusieurs bâtiments; ou en introduisant der-rière les boucliers, à l'aide de rayons constricteurs, des engins explosifs ou des armes cinétiques; mais ce sont rarement les faisceaux d'énergie eux-mêmes qui infligent les vrais dégâts. C'est la raison pour laquelle la bataille est si stable; d'innombrables manœuvres délicates sont requises pour immobiliser un ennemi isolé assez longtemps pour le détruire et, dans l'entre-temps, l'ennemi manœuvre, lui aussi, pour se dégager du piège…

Pendant que Tuvok parlait, Janeway observait le visualiseur principal. Elle vit le cuirassé hachai replonger dans la bataille et prendre un croiseur p'nir par le flanc, le forçant à se rapprocher d'un vaisseau hachai plus petit, tandis qu'une formation de trois autres p'nirs s'avançait pour encercler le petit hachai — et ainsi de suite et de suite. L'entière masse des vaisseaux manœuvrait. Les bâtiments tournaient les uns autour des autres, essayaient de se coincer et de s'écraser, exactement comme l'avait décrit Tuvok.

— Je vois, dit Janeway. Vous pensez donc que nous serions piégés et détruits si nous pénétrions dans la zone de combat?

— Presque à coup sûr. Au contraire des Hachais et des P'nirs, nous n'avons pas d'alliés pour venir à notre secours, si l'un ou l'autre camp décidait de nous immobiliser.

Janeway hocha la tête.

— Et si nous nous *faisions* des alliés? demanda le lieutenant Paris. Supposez que nous nous rangions aux côtés des P'nirs? Ne serait-ce pas un moyen de briser l'impasse?

— Pourquoi les P'nirs? demanda Chakotay.

Paris pivota pour regarder le commandant en second.

— Parce que les Hachais viennent de nous *tirer* dessus, répondit-il.

— Juste un coup de semonce, dit Chakotay. S'ils avaient voulu nous infliger des dégâts sérieux, ils n'auraient pas fait demi-tour après une seule attaque.

Janeway regarda Neelix dont l'expression était presque désespérée

— Je présume que, si vous aviez à choisir, vous vous rangeriez aux côtés des Hachais, Neelix?

— Si j'avais à choisir, capitaine, dit le Talaxien, oui, je préférerais les Hachais.

— Je pense bien que moi aussi, dit Janeway en se remémorant la famille coincée dans le tunnel et la poupée de chiffon. Mais je ne sais rien des P'nirs; nous avons juste vu des Hachais jusqu'ici.

— Je ne pense pas que vous aimeriez beaucoup les P'nirs, capitaine, dit Neelix. Mais quelle importance? Vous n'allez pas plonger dans la bataille.

Puis Neelix vit l'expression de Janeway.

— Vous *n'y allez pas*, n'est-ce pas? demanda-t-il horrifié.

CHAPITRE
11

Janeway soupira. Elle n'avait pas particulièrement envie de répondre à la question de Neelix.

— Non, dit-elle sans enthousiasme, nous n'allons pas nous impliquer ouvertement dans cette guerre. Nous n'aiderons pas les Hachais à vaincre les P'nirs, et nous n'aiderons pas non plus les P'nirs à vaincre les Hachais. Choisir un camp dans ce conflit serait une violation flagrante de la Prime Directive.

— Et aurait sans doute aussi pour conséquence de nous anéantir, souligna Chakotay. Même si nous parvenions à débloquer l'impasse et donnions la victoire à un des deux camps, nos chances de survie…

Il s'interrompit, cherchant ses mots, puis regarda Tuvok d'un air désespéré.

— En présumant que le camp que nous choisirions d'attaquer réagisse de manière logique et concentre ses forces sur la nouvelle menace que nous représenterions, dit le Vulcain, et en présumant de plus, quand nous ne serions plus capables de nous battre efficacement, que nous tentions de nous échapper à la vitesse maximale de nos propulseurs, nos chances de survie seraient grosso modo de trois sur un million.

Janeway regarda son vieil ami.

— Pas une sur un million? demanda-t-elle avec un sourire contraint.

— Non, dit Tuvok. Trois sur un million. Ou approximativement une sur trois cent trente-trois mille, si vous préférez cette formulation.

— Tant pis pour les chiffres ronds, dit Chakotay.

— Le plus logique pour nous, dit Tuvok, dans la mesure où nous ne sommes pas équipés pour intervenir efficacement dans ce conflit, serait de contourner entièrement la bataille et de mettre le cap sur le Quadrant Alpha.

— Et d'ignorer le rayonnement tétryonique? protesta Paris. Et cette chose… ronde au milieu de la mêlée?

— Précisément, répondit Tuvok. La preuve qu'il existe un rapport entre ce sphéroïde et le rayonnement tétryonique est largement circonstancielle et n'est pas concluante. Même en ajoutant l'énergie et le temps additionnels requis pour contourner la zone de combat, nos chances de regagner l'espace fédéral sains et saufs sont nettement meilleures si nous ne nous impliquons pas dans le conflit.

— Non, dit Janeway, il ne faut pas partir sans intervenir. Sinon les Hachais et les P'nirs continueront de se battre jusqu'à la destruction totale d'un des deux camps.

— Exact, répondit Tuvok. La poursuite de cette bataille jusqu'à son ultime conclusion est un désastre, mais je ne vois aucun moyen de l'empêcher.

— Nous devons essayer, dit Janeway. Nous ne pouvons pas passer notre chemin et fermer simplement les yeux sur ce génocide. Nous devons *essayer* de l'arrêter.

— Vous avez *déjà* essayé, protesta Neelix. Ils ont ouvert le feu sur vous.

— Nous n'avons pas essayé assez fort, insista Janeway. Ne vous rendez-vous pas compte, Neelix et les autres, de ce qui arrivera quand la bataille sera terminée? Peu importe le vainqueur. À la fin du conflit, ce vainqueur rentrera chez lui et découvrira que tous ses mondes sont ravagés — ravagés ou complètement anéantis. Il se rendra compte qu'il a gaspillé toutes ses ressources, tout ce qu'il a jamais possédé comme richesses, pour construire sa flotte. Quand la guerre sera terminée, il ne restera rien au vainqueur, *à part* cette flotte — et le vainqueur, quel qu'il soit, devra se *servir* de sa flotte, ou de ce qu'il en reste, pour survivre.

Les yeux de Neelix s'agrandirent. Il se pencha par-dessus le garde-corps et regarda l'écran.

— Vous voulez dire… Je dois admettre, capitaine, que la perspective d'une flotte de guerre p'nir sillonnant la Galaxie pour en piller les mondes habités, sans aucune force pour s'interposer, n'est pas très réjouissante.

— Oh? Le serait-elle plus s'il s'agissait d'une flotte hachai?

— Oh, oui, dit Neelix. Incontestablement. Il y a moyen de négocier avec les Hachais.

— Même quand ils vous tiennent au bout de leurs fusils? demanda le commandant en second.

— Bien… la position est certainement moins avantageuse, admit Neelix. Mais il reste trente ans avant la fin de la guerre, et quels choix s'offrent à nous? Le capitaine *a essayé* de leur parler!

— Ils ne nous ont pas crus, dit Janeway. Nous devons essayer encore, nous y prendre de façon à ce qu'ils nous *croient* — peut-être envoyer un ambassadeur à chaque camp …

— Nous ne savons même pas pourquoi ils se battent, dit Paris.

— Ce serait le rôle des ambassadeurs de le découvrir, dit Janeway.

— Vous êtes déterminée à envoyer des ambassadeurs? demanda Chakotay en regardant son capitaine.

— Absolument, répondit tout de suite Janeway. La Fédération se voue à la paix; c'est la principale vocation de Starfleet.

Le visage du commander resta imperturbable, même si Chakotay se rappelait qu'avant de décider de se joindre à l'équipe du *Voyageur*, ses propres contacts avec Starfleet avaient été tout, sauf pacifiques. Aucun des membres du Maquis, dans la Zone démilitarisée, n'affirmerait jamais — sauf peut-être par amère ironie — que la principale vocation de Starfleet était la paix.

Chakotay n'exprima pas le fond de sa pensée; il se contenta de dire : « Nous sommes très, très loin de la Fédération, capitaine. » — et résista à la tentation d'ajouter : « Plus loin de la Fédération que ne l'était la Zone démilitarisée. »

— Mais nous sommes toujours un équipage de Starfleet, dit Janeway. Le maintien de la paix est toujours une de nos missions.

Elle étudia l'affichage à l'écran de visualisation. Des faisceaux d'énergie flamboyaient et la bataille continuait de faire rage.

— Mais comment…

— Je suis volontaire pour être l'un de vos ambassadeurs, dit Chakotay en lui coupant la parole.

Il avait pris la décision presque spontanément, et ce n'était qu'après coup qu'il la comprenait lui-même. La Fédération n'avait peut-être pas réussi à conclure une paix satisfaisante dans la Zone démilitarisée et Chakotay avait ses doutes sur l'efficacité réelle de Starfleet en matière de maintien de la paix, mais la paix restait un idéal valable — l'idéal d'une paix juste, et non la paix des cimetières vers laquelle s'orientaient les P'nirs et les Hachais, ou que les Cardassiens projetaient pour le Maquis.

Si le *Voyageur* quittait cet endroit sans intervenir et poursuivait son long voyage de retour, Chakotay ne voulait pas vivre avec la conscience d'avoir laissé derrière lui un nombre encore plus grand de mondes dévastés comme ceux qu'il avait rencontrés sur sa route jusqu'ici.

Cet idéal de paix valait qu'il consente quelques efforts et prenne quelques risques.

Il était clair que Janeway croyait en la vocation pacificatrice de Starfleet, même si Chakotay n'y croyait pas. Mais Chakotay croyait en Janeway. Peut-être ici, si loin, désencombrés des contextes historique et géopolitique de la Fédération, Janeway et le *Voyageur* étaient-ils capables de faire du bien.

Janeway méritait la chance de le faire.

Et aussi, Chakotay croyait en lui-même. Personne à bord du *Voyageur* n'était mieux placé que lui pour travailler à la restauration de la paix. Chakotay avait assez d'expérience réelle de la guerre pour apprécier, à sa juste valeur, la paix.

Et il avait tenu cette poupée entre ses mains, réfléchi à ce qu'elle avait représenté pour l'enfant mort qui l'avait possédée il y a longtemps. Il ne voulait pas qu'aucun autre Hachai meure inutilement.

Et ce globe mystérieux, en plein milieu de la bataille, détenait peut-être la clé de leur retour.

Quand Chakotay parla, Janeway se tourna, surprise, et regarda son second.

Il n'aurait pas été son premier choix. Avant de se joindre à l'équipage du *Voyageur*, il était commander d'un vaisseau maquis et menait une guerre illégale, mais très efficace, contre les Cardassiens — à première vue, un profil qui n'était certainement pas celui d'un artisan de la paix.

Par ailleurs, Janeway avait constaté son respect de la vie et son amour de la paix, des valeurs propres à ses ancêtres amérindiens. Elle avait vu son visage quand ils regardaient ces planètes détruites et anéanties, et savait qu'il avait souffert à la pensée de ce qui s'était passé, à l'idée de toutes ces morts innocentes.

Chakotay s'était battu contre les Cardassiens, mais il avait rejoint le Maquis parce qu'il avait cru nécessaire de défendre sa patrie, et non par malsaine quête de pouvoir, de gloire ou d'aventure.

Cependant, même en admettant les bonnes intentions de son second, son amour de la paix ne le qualifiait pas automatiquement pour le travail.

— Vous n'êtes pas exactement expert en diplomatie, commander, dit-elle.

— Non, concéda Chakotay. Je suis un guerrier. Comme eux, ajouta-t-il en faisant un signe de tête vers l'écran. Je pense être capable de comprendre ces gens aussi bien que quiconque à bord de ce vaisseau — excepté peut-être Neelix.

L'argument était valable; Janeway avait le plus grand respect pour les aptitudes de Chakotay. Et Neelix n'était vraiment pas la personne à envoyer comme ambassadeur de Starfleet.

Elle réfléchit pendant encore un moment, puis hocha la tête.

— Bien, dit-elle. Mais à cause de tous les boucliers déployés là-bas, nos systèmes de téléportation sont inopérants; vous devrez utiliser la navette.

— Il ne nous reste qu'une seule navette, protesta Paris. Je pensais que vous vouliez envoyer une ambassade dans chaque camp.

— Ce que je veux, monsieur Paris, et ce dont je suis capable sont parfois deux choses distinctes, fit remarquer Janeway d'un ton acerbe. Cependant, oui, j'ai l'intention d'envoyer une ambassade dans chaque camp. À moins que monsieur Neelix nous offre d'utiliser *son* vaisseau, notre unique navette les transportera toutes les deux. C'est tout.

Elle se retourna et regarda le Talaxien.

— Oh non, dit Neelix en levant ses deux mains du garde-corps dans un geste de dénégation. *Mon* vaisseau ne s'approchera pas plus de cette bataille!

Paris accepta sans enthousiasme la position du Talaxien.

— Chakotay s'est porté volontaire pour être l'un de nos ambassadeurs, dit Janeway en pivotant sur elle-même pour regarder la station des opérations. Je crois que l'enseigne Bereyt a eu quelque expérience diplomatique dans le système bajoran; monsieur Kim, voulez-vous, je vous prie, lui demander de rejoindre le commander dans le hangar des navettes? Et nous avons besoin d'un équipage aussi…

Janeway commença par se tourner vers la console de la navigation, occupée par le lieutenant Tom Paris — le meilleur pilote du *Voyageur*, comme tout le monde le savait.

— J'irai, dit Harry Kim.

Surprise, Janeway se tourna vers l'officier chargé des communications.

— Oh? dit-elle.

— Avec la permission du capitaine, bien sûr, s'empressa d'ajouter Kim d'une voix légèrement hésitante. Vous aurez besoin de monsieur Paris à bord, capitaine, au cas où l'un des deux camps se braque contre vous — je veux dire, si nous contactons d'abord les P'nirs, les Hachais présumeront peut-être qu'il s'agit d'une ruse et essayeront sans doute de détruire le *Voyageur*…

— Ou vice-versa, dit Chakotay. Je suis d'accord, capitaine. Je serais heureux que vous m'affectiez monsieur Kim comme pilote et gardiez Paris à bord.

Janeway avait été surprise que Kim se porte volontaire. La déclaration de Chakotay surprit Kim presque autant parce qu'il ne croyait pas que le commander appréciait beaucoup ses talents.

Bien sûr, Kim n'était pas dupe. Chakotay aimait peut-être encore moins Paris que lui. L'enseigne n'était pas encore arrivé à comprendre la relation particulière qui existait entre Paris et Chakotay — les deux hommes semblaient se mépriser et cependant se respecter l'un l'autre en même temps. Chakotay considérait Paris comme un mercenaire et un traître au Maquis, tandis que Paris, d'après la perception de Kim, pensait de Chakotay qu'il n'était qu'un idéaliste arrogant. Pourtant, chacun avait déjà sauvé la vie de l'autre...

Mais Kim se dit qu'il n'était pas lui-même très perspicace pour deviner les mobiles des gens, pas même les siens. Il n'était pas tout à fait sûr des raisons pour lesquelles il s'était porté volontaire pour piloter la navette, et ne savait vraiment pas ce qui se passait derrière le front tatoué de Chakotay ou ce que cachait le sourire insouciant de Paris.

Le capitaine regarda Kim d'un air songeur; il se demanda si elle comprenait ses mobiles mieux que lui-même. Et se dit que ce devait être le cas.

— Très bien, concéda Janeway. Et je pense qu'une personne de plus est nécessaire à bord de la navette comme officier de relève — monsieur Kim, demandez à monsieur Rollins de vous rejoindre au hangar.

— Oui, capitaine!

Kim se tourna une dernière fois vers ses contrôles pour transmettre l'ordre de Janeway, avant de se lever et de se diriger vers le turbolift.

Chakotay suivit l'enseigne d'un pas souple et mesuré. Il s'arrêta devant l'ascenseur assez longtemps pour dire : « Souhaitez-nous de la chance, capitaine. »

Avant que Janeway n'ait le temps de répondre, la porte s'était refermée et les deux hommes étaient partis.

— Bonne chance, dit-elle quand même en direction de la porte close du turbolift.

CHAPITRE
12

— C'est vraiment très beau, dit Kes, fascinée par le spectacle à l'écran principal.

Étonnée, Janeway se retourna pour regarder l'Ocampa et déterminer ce qu'elle trouvait si beau.

Janeway constata que Kes observait la même chose que la plupart des officiers présents sur la passerelle : la bataille qui faisait rage devant eux.

— Qu'est-ce qui est beau? demanda le capitaine.

— Ça, dit Kes en montrant l'écran.

— Vous voulez dire la bataille? demanda Janeway, médusée.

Cela semblait contraire à la personnalité de Kes. Les Ocampas n'étaient pas une race guerrière; leur civilisation souterraine était pacifique, sereine et non-violente. Quelle beauté une Ocampa voyait-elle dans une mêlée sanglante et meurtrière?

— Oui, répondit Kes.

Elle détourna les yeux de l'écran et vit la surprise du capitaine. Puis elle regarda la traînée de poussière noire qu'avait laissée la poupée hachai et son regard croisa de nouveau celui de Janeway.

— Je veux dire, c'est beau quand on ne sait pas qu'il s'agit de milliers de créatures vivantes qui essaient de se tuer, tenta d'expliquer Kes. À cette distance, c'est *visuellement* beau. Même si la bataille est horrible pour les êtres impliqués. Quand on regarde seulement les structures, les formes et les couleurs, alors *c'est* beau. Oui, c'est beau.

Janeway se tourna et regarda l'écran, tachant de percevoir ce que Kes y voyait.

Ils étaient assez près maintenant que, même sans agrandissement, l'éclatante et lointaine boule de lumière était devenue une masse étalée sans contours précis où les formes des vaisseaux se distinguaient, imbriquées les unes dans les autres dans le nuage de poussières et de débris laissés par leurs frères d'arme détruits. Des éclairs roses, or, ou d'un riche bleu profond jaillissaient des systèmes d'armement. Des faisceaux d'énergie fulguraient et s'éteignaient, raccordaient pendant une fraction de seconde un vaisseau à un autre, puis disparaissaient quand les boucliers s'embrasaient ou que la cible esquivait le feu. Des formations naissaient, comme par génération spontanée, balayaient un secteur ou coinçaient une victime isolée, avant de se diviser de nouveau quelques instants plus tard en un essaim de vaisseaux individuels quand l'ennemi contre-attaquait.

Janeway ne discernait aucune structure cohérente. Les éclairs multicolores et éphémères des tirs, les trajectoires des vaisseaux et leurs descentes en piqué lui semblaient le fruit du hasard.

Un hasard dépourvu de toute beauté; au contraire de Kes, elle n'oubliait pas qu'il s'agissait de vaisseaux, des vaisseaux manœuvrés par des équipages composés d'êtres vivants, de créatures sensibles et palpitantes qui essayaient par tous les moyens de se tuer. Janeway ne parvenait pas à effacer de son esprit l'image des trois pitoyables momies hachais dans le tunnel de l'astéroïde, tuées par les P'nirs en même temps que leur monde était anéanti; elle ne parvenait pas à oublier que leurs descendants, trois siècles plus tard, luttaient toujours et mouraient dans cette bataille, et c'étaient ces morts qu'ils regardaient tous depuis le *Voyageur*.

Il n'y avait aucune beauté là-dedans.

Même si Janeway s'efforçait de passer à un plus haut degré d'abstraction, d'oublier qu'il s'agissait d'êtres vivants qui s'entretuaient, pour ne plus voir que les manœuvres des navires, ces cuirassés hachais, gris et boursouflés, et ces noirs croiseurs p'nirs hérissés de tourelles ne correspondaient en rien à l'idée que Janeway se faisait de la beauté d'un vaisseau stellaire.

La zone de combat semblait maintenant plus proche, pensa-t-elle. Le *Voyageur* avait peut-être dérivé ou certains des vaisseaux hachais et p'nirs, dans leurs manœuvres et leurs esquives, s'étaient peut-être rapprochés.

Ce devait être le cas, supposa Janeway. Pour tirer son coup de semonce le bâtiment hachai était sorti de la mêlée et avait mis le cap sur eux, et les armadas entières s'étaient légèrement déplacées pour s'y ajuster. Le *Voyageur était* plus près. Cela ne faisait aucun doute. Elle se rendit compte qu'elle distinguait plus de détails que jamais.

Kes trouvait le spectacle beau; Janeway, les yeux fixés sur l'écran, restait incapable d'y voir la moindre beauté.

Elle vit soudain un bouclier hachai gauchir sous l'impact d'un violent bombardement p'nir. Puis l'explosion d'énergie dorée d'une batterie p'nir déchira le flanc du vaisseau; des gaz en jaillirent qui gelèrent instantanément et formèrent un miroitant nuage blanc qui se dispersa dans le vide de l'espace. Trois minuscules formes en basculèrent, taches noires projetées loin du nuage cristallin — les cadavres de membres de l'équipage aspirés à travers la brèche de la coque.

Les Hachais réparèrent rapidement leur bouclier déflecteur — Janeway imaginait le personnel de bord dans un état voisin de la panique s'affairant à condamner les sections endommagées, à dérouter l'énergie et à réorienter les champs de force — puis le bâtiment hachai parvint à s'échapper et poursuivit sa route, hors de danger; et, plus loin, ses propres armes ouvrirent le feu sur deux vaisseaux p'nirs plus petits, alors que le premier assaillant virait sur l'aile et prenait une autre direction.

Le nuage de cristaux de glace blancs se déploya et, mélangé à une bande de poussière métallique sombre, se dispersa pour créer une tourbillonnante spirale d'ombre et de lumière. Les trois cadavres se perdirent dans la dérive des débris.

— Beau? dit Janeway.

Elle imaginait ces trois corps dont les lipides dermiques bouillonnaient et les fluides organiques s'échappaient en une pluie de gouttelettes pulvérisées pendant qu'ils basculaient sur eux-mêmes interminablement dans le vide de l'espace. Trois vies détruites, trois êtres sensibles tués pour rien.

Ils dériveraient pour l'éternité, comme les débris des forteresses orbitales p'nirs ou ce champ d'astéroïdes, seul reste d'un monde hachai anéanti. Et quand leurs fluides se seraient évaporés sous l'effet du vide, ils deviendraient trois autres momies hachais desséchées par le froid, jusqu'à ce qu'elles s'écrasent un jour dans une étoile ou s'embrasent en pénétrant dans l'atmosphère d'une planète.

Si quelque voyageur interstellaire récupérait ces corps, des siècles plus tard, ils tomberaient sans doute en poussière, comme la poupée hachai.

À supposer, bien sûr, qu'ils ne soient pas pris dans le feu croisé des vaisseaux et réduits à l'état de simples particules avant de quitter la zone de combat.

Janeway ne voyait aucune beauté dans tout cela.

RAGNAROK

La poussière chatoyante, les éclairs de lumière colorée qui giclaient de la masse des grands vaisseaux tournoyant les uns autour des autres, l'interaction constante des formes et des mouvements fascinaient Kes.

— Oui, dit-elle, c'est beau.

— Je suis obligé d'être d'accord, capitaine, dit Tuvok en levant les yeux de sa console. L'intrication des deux flottes est magnifique. Les équations qui rendent compte de leurs interactions sont des plus élégantes. La beauté de telles choses est indéniable.

Janeway réprima un frisson. Autant elle aimait et admirait son chef de la sécurité, autant son insensibilité vulcaine, à certains moments, la troublait.

— Janeway à Chakotay, dit-elle pour se changer les idées. Prêts pour le départ?

— Oui, capitaine, répondit son second. Dès que vous le serez aussi.

Janeway fit un signe à Paris.

— Capitaine, il n'est pas trop tard pour que j'y aille, dit Paris. Harry Kim n'appartient pas à…

— Monsieur Paris, dit Janeway d'un ton cassant, je veux que vous ouvriez les portes du hangar et donniez le signal de départ à la navette. Je *ne veux pas* de discussion!

— Oui, capitaine, répondit calmement Paris, avant de se concentrer sur ses contrôles. Autorisation de départ confirmée, annonça-t-il.

Un moment plus tard, la voix de Chakotay s'éleva de nouveau dans l'intercom.

— Procédure de séparation engagée, dit-il. Je commence à émettre immédiatement, capitaine. Puis je m'éloignerai du *Voyageur* et m'approcherai de la zone de combat.

— Pas *trop* près, répondit Janeway. Nous ne pouvons nous offrir le luxe de perdre la navette — ni de vous perdre aucun des quatre.

— Ne vous tracassez pas, capitaine, répondit Chakotay. J'ai l'expérience de ce genre de chose, rappelez-vous... Je sais où m'arrêter.

Janeway ravala sa réponse, résistant à la tentation de rappeler à Chakotay qu'une fois au moins il avait commis une erreur de jugement et s'était retrouvé à bord du *Voyageur* au lieu de garder le commandement de son petit vaisseau dans la guerre de guérilla du Maquis contre les Cardassiens.

Elle n'avait aucune raison de passer des remarques désagréables à Chakotay. Après tout, l'Indien n'était pas un imprudent casse-cou, pensa-t-elle en tournant les yeux vers Tom Paris, et il avait sans doute tiré les leçons de ses erreurs passées.

Janeway vit apparaître la navette dans l'image de l'écran. Sa silhouette familière et peu élégante se découpait sur l'éblouissant éclat de la bataille; elle la regarda décroître dans le lointain jusqu'à n'être plus qu'un minuscule point noir perdu dans un déchaînement de lumière et de couleurs.

Janeway avait du mal à apprécier l'échelle réelle des vaisseaux hachais et p'nirs, mais elle avait l'impression que Chakotay s'en approchait d'un peu trop près; les mesures télémétriques qu'elle rappela rapidement à l'écran lui confirmèrent ses craintes.

— Chakotay, dit-elle, reculez; vous êtes trop près. Un tir perdu risque de vous atteindre.

— Mes boucliers sont au maximum, capitaine, répondit calmement Chakotay.

— Vous êtes dans une *navette*, Chakotay, pas dans un vaisseau stellaire, lui rappela Janeway, et ces gens projettent une quantité infernale d'énergie.

— Je prends le risque, capitaine.

Janeway hésita.

Il lui était possible, bien sûr, d'ordonner à Chakotay de rebrousser chemin — mais elle devait faire confiance au bon sens de son second. Tout capitaine de vaisseau stellaire devait toujours faire confiance à ses officiers, mais elle peut-être plus que les autres. Janeway savait que pour garder la paix à bord du *Voyageur*, avec son difficile mélange de membres d'équipage de Starfleet et du Maquis, il fallait en plus qu'elle *paraisse* faire confiance à Chakotay. Si cette confiance n'était pas évidente, Janeway risquait de saper l'autorité du commander auprès du personnel de Starfleet ou de susciter du mécontentement parmi les Maquis.

Si Chakotay s'estimait en sécurité là où il était, Janeway devait l'accepter.

— Soyez prudent, dit-elle. Au premier signe de danger, éloignez-vous. Cette guerre n'est pas notre guerre et les belligérants sont supérieurs à nous.

— Compris, capitaine, répondit Chakotay. Maintenant, laissez-moi m'occuper de l'effet de mes émissions. Chakotay, terminé.

Janeway alors dut se résigner à attendre, attendre et voir si les Hachais ou les P'nirs étaient disposés à écouter les messages qui leur proposaient de négocier.

Elle se retourna et promena son regard sur la passerelle, cherchant quelque chose à faire pour se garder occupée pendant que la minuscule navette de Chakotay se retrouvait seule dans l'espace là-bas, face à des milliers de vaisseaux de guerre.

Neelix, à l'arrière près du turbolift, vit le capitaine regarder autour d'elle et saisit l'occasion pour lui parler.

— Capitaine Janeway, dit le Talaxien, pourquoi ne pas nous éloigner maintenant? Aller quelque part plus loin de cette bataille? Et revenir quand le commander Chakotay aura eu le temps de parlementer…

Janeway, préoccupée par le sort des membres de son ambassade et ennuyée par les tentatives répétées du petit extraterrestre d'éloigner le *Voyageur* de la zone de

combat, se tourna vers lui et lui dit d'une voix brusque :
« Vous n'avez pas de cuisine à faire, monsieur Neelix? »

— Vous m'avez demandé de venir sur la passerelle
pour vous conseiller... commença le Talaxien.

— Et vous êtes venu, dit Janeway. Merci. Maintenant
allez-vous en, je vous prie.

Neelix la regarda, l'air piteux, pendant un moment. Il
pensa demander à Janeway d'au moins lui permettre de
sortir son propre vaisseau du hangar des navettes et de le
laisser partir vers un endroit plus sûr — mais elle n'avait
pas l'air d'humeur à être raisonnable. Neelix regarda
Paris, Tuvok et les autres officiers sur la passerelle; aucun
d'entre eux ne semblait particulièrement porté à être raisonnable non plus.

Il se retourna et se dirigea vers le turbolift.

— Viens, Kes, dit-il. Nous savons quand nous sommes
de trop.

Kes hésita, les yeux rivés sur l'écran où la minuscule
forme noire de la navette était suspendue devant une
effervescente masse d'ombre et de couleurs. Puis, elle fit
demi-tour et suivit Neelix à contrecœur.

CHAPITRE
13

— Ce message est émis par un parti neutre. Nous sommes une navette de la Fédération. Nous vous offrons nos services de conciliateurs ou d'arbitres pour toute négociation que vous voudriez entreprendre, répétait la voix de l'ordinateur. Veuillez nous contacter si vous êtes disposés à négocier. Ce message est émis par un parti neutre…

Chakotay tapa sur une commande. Le haut-parleur se tut et les membres de l'équipage n'entendirent plus que le sifflement ténu des systèmes de pressurisation atmosphérique et le faible ronronnement des moteurs de la navette, mais ils savaient, tous les quatre, que le message continuait d'être émis.

— Ils ne semblent pas y prêter beaucoup d'attention, monsieur, fit remarquer l'enseigne Bereyt.

— Laissez-leur le temps, dit Chakotay. Il faut parfois marteler pendant assez longtemps quelque chose dans la tête de quelqu'un avant que cela finisse par y pénétrer.

Le commander se recala dans son fauteuil et inspecta du regard l'intérieur du petit vaisseau spatial.

Bereyt et Rollins étaient aux commandes; pour l'instant, Chakotay et Kim prenaient leur pause. Harry Kim était parti vérifier s'il y avait du café à bord.

L'idée n'avait pas paru très importante à Chakotay quand Kim l'avait suggérée, mais à la réflexion, il avait changé d'avis. Le café ferait du bien. Ils risquaient tous les quatre de rester assis pendant un bon bout de temps. Ils avaient quitté précipitamment le *Voyageur* sans plan précis — le plan consistait juste à « s'approcher des belligérants et à jouer les ambassadeurs », persuader les Hachais et les P'nirs de faire la paix de façon à ce que le *Voyageur* ait la possibilité d'examiner de plus près le globe mystérieux.

Mais comment jouer les ambassadeurs quand ceux avec qui il était censé parlementer l'ignoraient purement et simplement.

S'il continuaient d'émettre leur message, quelqu'un tôt ou tard réagirait. Sa monotone répétition ennuierait peut-être suffisamment l'un des capitaines pour qu'il leur tire dessus. Ce qui pourrait amener l'autre camp à leur parler.

Leur situation serait catastrophique, bien sûr, si ce premier tir touchait la navette. Chakotay regarda les tableaux de bord et plissa le front.

Leur appareil tiendrait-il le coup plus que quelques secondes si l'un des camps l'attaquait?

— Enseigne Bereyt, dit-il, nous n'avons rien à faire pour l'instant. J'aimerais que Rollins et vous procédiez à une vérification de nos systèmes. Je ne pense pas que personne ait eu le temps de le faire récemment; B'Elanna Torres était trop occupée, ces jours-ci, à la maintenance des moteurs du *Voyageur* pour se soucier de cette navette, et le lieutenant Carey trop occupé à surveiller Torres.

Chakotay nota que Rollins fit la grimace; sa plaisanterie concernant Carey ne lui avait pas plu.

Il était trop tard pour se dédire.

— Oui, monsieur, dit Bereyt. Je procède à un diagnostic immédiat.

Chakotay nota qu'*elle* ne semblait pas ennuyée, ni par sa remarque ni par leur situation. Tout le personnel de Starfleet ne faisait donc pas front commun contre l'intégration des Maquis à l'équipage du *Voyageur*.

Bereyt était bajoranne, et donc peut-être un peu plus sensible que la plupart des autres à la cause du Maquis ou à tout combat contre les Cardassiens.

Ou peut-être avait-elle mieux réussi que d'autres à passer outre à de vieilles querelles qui n'avaient de toute manière plus aucune raison d'être; après tout, le Maquis, les Cardassiens, la Zone démilitarisée se trouvaient à l'autre extrémité de la Galaxie. Leur vilaine petite guerre se déroulait à des années-lumière d'ici. Et n'avait plus aucune pertinence maintenant qu'il s'agissait essentiellement de ramener le *Voyageur* sain et sauf dans l'espace fédéral — ou de mettre fin à la guerre entre les Hachais et les P'nirs.

Par comparaison avec l'ampleur de ce conflit, la guerre de résistance du Maquis paraissait vraiment dérisoire. N'importe lequel des gigantesques vaisseaux qui se battaient là-bas aurait probablement annihilé les troupes du Maquis en quelques heures.

Ou bien Chakotay sous-estimait-il les siens; après tout, les Cardassiens avaient pensé qu'*ils* écraseraient rapidement leur résistance. Mais ils n'y étaient pas parvenus. Du moins jusqu'au moment où le Protecteur avait arraché le vaisseau de Chakotay de sa trajectoire et l'avait expédié à l'autre bout de la Galaxie. Le Maquis avait tenu bon contre les Cardassiens — *et* contre Starfleet.

Chakotay regarda les trois officiers de Starfleet qui l'accompagnaient.

Harry Kim ramenait quatre tasses de café de la minuscule coquerie logée dans la poupe; Bereyt et Rollins avaient commencé leurs vérifications.

Ils en énonçaient les résultats à voix haute quand Kim leur distribua les tasses.

— Boucliers pleinement opérationnels, monsieur, annonça Bereyt.

— Léger problème d'alignement au réacteur de distorsion, rapporta Rollins un instant plus tard. Rien de grave pour le moment, mais le mélange matière-antimatière n'est pas optimal. La situation s'aggravera si nous ne la corrigeons pas.

Chakotay hocha la tête pour indiquer qu'il avait bien reçu l'information.

— Poursuivez la liste de vérification.

— Systèmes de pressurisation atmosphérique opérationnels, dit Bereyt.

— Système de téléportation fonctionnel, rapporta Rollins.

Il ne leur fallut que quelques minutes pour terminer la vérification de tous les systèmes de bord; tout était parfait, sauf le réacteur de distorsion.

— Enseigne Rollins, dit Chakotay, voyez si vous êtes capable de réajuster l'alignement défectueux.

— Oui, monsieur.

Rollins se leva et se dirigea vers le panneau qui donnait accès au cœur du réacteur. Harry Kim qui, debout sur le côté, buvait son café, se dégagea du chemin pour le laisser passer.

Rollins, en quelques secondes, ouvrit le panneau et entreprit le travail. Chakotay le regarda procéder aux ajustements; l'enseigne ne semblait pas à l'aise.

Mais pourquoi le serait-il quand il s'agissait de jouer dans la machinerie? se demanda Chakotay. Rollins n'était pas ingénieur mais officier de pont.

Le commander plissa le front et se demanda s'il devait lui donner un coup de main; dans le Maquis, la spécialisation excessive était un luxe que les partisans ne pouvaient s'offrir. Chaque officier devait y être polyvalent;

Chakotay lui-même, quand B'Elanna n'était pas disponible, avait déjà bricolé une ou deux fois des propulseurs.

— Un vaisseau p'nir s'approche, monsieur! s'écria soudain Kim.

Chakotay virevolta et regarda l'écran principal.

La bataille faisait rage devant eux et remplissait tout leur champ de vision; les vaisseaux de guerre louvoyaient et tournoyaient, manœuvraient les uns autour des autres dans une danse complexe. Un des vaisseaux p'nirs, sorti en vrille du gigantesque enchevêtrement, descendait en piqué vers la navette, hérissé de ses tourelles et de son armement.

Leur message avait-il ennuyé si vite l'un des capitaines? Chakotay établit rapidement dans sa tête la trajectoire de retour au *Voyageur*, puis décida de ne pas partir.

— Ce n'est pas nous qu'il poursuit, dit-il. Voyez! Il esquive cette escadre hachai.

Chakotay montra du doigt un cercle fermé d'énormes vaisseaux gris qui maintenant s'ouvrait, comme les pétales d'une fleur épanouie.

— Oh, dit Kim, calmé, avant de s'écrier d'une voix pleine de nervosité de nouveau : Monsieur!…

Un cuirassé hachai se détachait de la mêlée et pourchassait le p'nir. Les deux bâtiments se dirigeaient vers la navette.

Le vaisseau p'nir la dépassa, épouvantablement près, mais sans aucune manœuvre menaçante. Le vaisseau hachai, qui le poursuivait à pleine poussée de ses moteurs, se trouvait plus loin et ne tirait pas encore.

Chakotay commença par dire : « Je ne pense pas… »; puis il ajouta : « Bon sang! »

Deux nouveaux vaisseaux p'nirs s'étaient, à leur tour, lancés à la poursuite du hachai, et une phalange entière d'autres hachais réagissait.

— *Nous* ne sommes pas concernés, dit Chakotay. Ce ne sont que leurs feintes et leurs mouvements habituels.

Mais d'ici cinq minutes cet endroit sera plutôt malsain. Monsieur Rollins, ramenez-nous, je vous prie...

Il se tut quand il réalisa que Rollins n'était pas aux commandes.

Il avait toujours les mains plongées dans le panneau d'accès au réacteur de distorsion. Chakotay regarda l'enseigne et se prit à espérer que les mains de l'homme ne tremblaient pas.

— Monsieur Kim, ordonna Chakotay, voyez si vous pouvez aider Rollins.

— À vos ordres, commander, dit Kim en se pressant de gagner l'arrière.

— Enseigne Bereyt, notre réacteur de distorsion est-il fonctionnel? demanda Chakotay.

— Non, monsieur, répondit Bereyt. L'enseigne Rollins a dû le déconnecter le temps des ajustements.

— Mais nos propulseurs fonctionnent, n'est-ce pas?

— Oui, monsieur.

— Alors activez les accélérateurs et tirez-nous de là, ordonna Chakotay. Ramenez-nous au *Voyageur*.

— Monsieur, je... balbutia Bereyt, avant de montrer le visualiseur d'un geste désemparé.

Les lèvres de Chakotay se serrèrent quand il comprit ce qu'elle n'avait pas eu le temps de formuler.

L'espace entre la navette et le *Voyageur* n'était plus qu'un champ de feu; le vaisseau p'nir qui, le premier, était sorti de la mêlé avait bifurqué et coupé le sillage de la navette, et le hachai, sans le suivre directement, avait fait demi-tour pour l'intercepter; les Hachais aspergeaient maintenant toute la zone d'une pluie de faisceaux d'énergie et de missiles — des sortes de torpilles, se dit Chakotay.

Ou des mines; certains de ces missiles ralentissaient, puis devenaient pratiquement invisibles. Si la navette rebroussait chemin par où elle était venue, elle risquait d'emboutir un de ces engins de plein fouet.

— Prenez une trajectoire latérale, enseigne, dit Chakotay. Dégagez-nous comme vous pouvez.

— Réacteur de distorsion en ligne, cria Rollins depuis la poupe.

— Merveilleux, marmonna Chakotay.

Le sens de l'humour des esprits de l'espace, comme celui de beaucoup d'autres esprits plus traditionnels de son peuple, était parfois très déplaisant. Le réacteur de distorsion avait été déconnecté pendant quatre-vingt-dix secondes au plus; et, naturellement, ces quatre-vingt-dix secondes étaient le temps où ils en auraient eu le plus besoin.

Mais, pour être honnête, Chakotay n'était pas sûr que Bereyt et lui auraient réagi à temps, même si le réacteur de distorsion n'avait pas été déconnecté. L'épicentre de l'engagement s'était déplacé à *la vitesse de l'éclair*.

— Monsieur, je... je ne trouve plus de passage nulle part, dit Bereyt. Chaque fois que j'en entrevois un, un nouveau vaisseau s'avance et le bloque.

— Enseigne Kim, appela Chakotay en plissant le front, êtes-vous un aussi extraordinaire pilote que votre ami Paris?

— Non, monsieur, répondit spontanément Kim. Mes talents de pilote sont limités.

— Alors je prends les commandes, dit Chakotay.

Il se glissa dans un des sièges à l'avant, transféra les contrôles à son tableau de bord et examina la situation.

Bereyt avait raison; le bouillonnement des deux flottes s'était rapproché et ce n'était plus maintenant qu'une question de secondes avant qu'elles n'entourent complètement la navette. Ils n'étaient plus de simples observateurs qui regardaient la bataille de l'extérieur; ils étaient *au cœur* de la mêlée.

Ils étaient quatre humains dans une navette légèrement armée, équipée de boucliers peu puissants, entourée de milliers de vaisseaux de guerre gigantesques, et peut-être hostiles.

CHAPITRE
14

— Capitaine, s'écria Tom Paris, regardez!

Sa remarque était tout à fait inutile; Kathryn Janeway avait déjà bondi de son fauteuil. Elle fixait l'écran et regardait le mouvement presque aléatoire des deux formations qui venait d'engloutir la navette.

Juste avant, la navette se trouvait en toute sécurité à distance de la zone de combat et, une fraction de seconde plus tard, elle avait disparu. Une nuée de vaisseaux avait jailli de la mêlée, comme une éruption solaire droit vers le ciel, mais au lieu de retomber, elle avait attiré d'autres bâtiments dans son sillage, comme si le champ de bataille était devenu un gigantesque pseudopode.

Puis l'œil du cyclone entier avait changé de place et la ligne de front s'était reformée — entre le *Voyageur* et la navette.

Janeway observa l'écran puis se tourna vers la station tactique.

— Tuvok, demanda-t-elle, sont-ils capables de se tirer de là sains et saufs?

— Données insuffisantes, capitaine, répondit presque tout de suite Tuvok. Nous ignorons si les belligérants prendront la navette pour cible ou si les deux camps continueront de l'ignorer.

— Capitaine, nous devons foncer dans la bataille et les tirer de là! dit Paris.

— Non, répondit immédiatement Janeway, qui gardait les yeux fixés sur l'écran. Si la navette est incapable de s'échapper par ses propres moyens, le *Voyageur* ne le pourra pas non plus. Je ne veux pas que cent quarante membres d'équipage meurent pour tenter d'en sauver quatre.

— Mais, capitaine, protesta Paris, le *Voyageur* est plus puissant, mieux armé et plus rapide que la navette; nos boucliers sont cinq fois plus efficaces! *Au moins* cinq fois!

Janeway plissa le front. Cet argument de Paris était à considérer. Tuvok avait dit que les boucliers du *Voyageur* supporteraient un bombardement hachai ou p'nir pendant plusieurs heures; il n'avait rien dit concernant ceux de la navette.

Tuvok connaissait probablement le degré d'efficacité *théorique* des boucliers de la navette, mais il ignorait leur état actuel.

Une seule personne à bord devait le savoir, une personne dont le travail consistait précisément à connaître l'état de tout l'équipement du vaisseau.

— Janeway à Ingénierie, dit le capitaine. Torres, quel est le degré d'efficacité des boucliers de la navette?

À l'Ingénierie, B'Elanna Torres, surprise, leva les yeux du panneau de contrôle du réacteur de distorsion. Derrière elle, le cœur du réacteur émettait un miroitement bleu pâle et vibrait d'énergie.

— La navette? demanda-t-elle. Quelle navette? J'ai été trop occupée à garder *ce vaisseau* fonctionnel pour me tracasser de la navette!

Elle jeta un coup d'œil à un moniteur, puis se tourna et lança un regard noir au lieutenant Carey qui passait par hasard à proximité, un bloc-notes informatique à la main, pour vérifier le flux de neutrons du mélange matière-anti-matière.

— Vous, Carey, jappa-t-elle, quel est l'état de notre navette?

— Je vous demande pardon, demanda Carey, médusé.

— La navette! cria Torres. Celle dont le capitaine vient de parler! Dans quel état est-elle? À quand remonte la dernière inspection?

— Nous avons procédé aux entretiens normaux, selon les échéances prévues, dit Carey. Tout est inscrit dans le journal de navigation…

— Alors, foutez le camp, jappa Torres en actionnant les commandes du dispositif d'affichage du fichier des vérifications techniques.

Elle le parcourut rapidement.

Le *Voyageur* ne possédait plus qu'une seule navette. Il était donc facile de savoir celle à laquelle référait le capitaine; de plus, le journal incluait le registre des membres de son équipage actuel, l'objet de sa mission en cours et l'autorisation de départ.

Le rapport d'état actualisé indiqua à Torres l'endroit précis où se trouvaient en ce moment Chakotay, Kim, Rollins et Bereyt. Et elle comprit alors pourquoi le capitaine posait des questions sur l'efficacité des boucliers de cette navette.

Torres se mordit les lèvres. Elle connaissait à peine Rollins, ne connaissait pas Bereyt du tout, mais avait affronté, aux côtés de Chakotay, d'innombrables dangers et, avec Harry Kim, elle avait séjourné chez les Ocampas, quand le Protecteur avait failli les tuer, tous les deux, en essayant de procréer. Pourquoi Kim et Chakotay risquaient-ils leur peau là-bas?

Elle avait tellement peu d'amis à bord du *Voyageur* qu'elle n'avait pas envie de perdre ces deux-là.

Le rapport d'état décrivait la situation présente de la navette, mais Torres devait consulter la chronologie du journal beaucoup plus haut pour trouver les données de l'enregistreur de maintenance. Elle les parcourut rapidement.

Aucun problème n'était signalé, aucune réparation programmée — mais la date de la dernière entrée la rendit nerveuse. Elle tapa son commmbadge.

— Ingénierie à passerelle, dit-elle. Capitaine, la dernière vérification exhaustive des systèmes de cette navette remonte à bien avant notre petite rencontre avec le Protecteur, l'inspection était prévue pour dans deux jours. Étant donné que nos équipements en ont bavé pendant la délocalisation et la conception qu'a Starfleet d'une maintenance adéquate...

Torres prit une profonde inspiration.

— Capitaine, dit-elle, il est urgent que nous foncions dans la mêlée et sortions la navette de là.

Janeway, sur la passerelle, secoua la tête, un seul petit mouvement sec et rapide, même si elle savait que Torres ne la voyait pas.

— Impossible, répondit-elle.

Janeway s'aperçut que Paris bandait les muscles de ses épaules quand il entendit Torres exprimer la même opinion que lui; la couleur rouge du haut de son uniforme amplifiait le mouvement, le mettait en évidence sur le gris lénifiant des parois de la passerelle. Elle ignora la réaction du pilote et lui donna ses ordres.

— Rapprochez-nous, monsieur Paris. Préparez-vous à envoyer un rayon tracteur pour ramener la navette si elle parvient à se dégager, dit-elle. Mais *nous n'entrons pas* nous-mêmes dans la zone de combat.

— Allez-vous leur parler au moins? Leur demander s'ils ont besoin d'aide? protesta Paris.

— Non, dit Janeway. Ils savent que nous sommes ici. S'ils ont besoin de nous, ils nous appelleront. Comme ils ne nous ont pas appelés, je présume, monsieur Paris, qu'ils sont trop occupés et je n'ai pas l'intention de les distraire.

— Et vous ne partez pas les chercher?

— Je crois avoir déjà répondu à cette question, monsieur Paris, répondit sèchement Janeway.

— Mais regardez la violence de ces tirs! Ils…

Puis Paris se ressaisit et finit par dire à contrecœur : « À vos ordres, capitaine. »

Il observait avec la plus extrême attention les grands vaisseaux de guerre qui tournoyaient et dansaient dans l'espace, et la petite navette perdue dans cette cohue, comme une souris au milieu d'un troupeau d'éléphants, ignorée de tous mais en danger constant d'être piétinée.

Il s'attendait à ce que, d'une seconde à l'autre, la navette soit prise dans un feu croisé, à ce qu'elle s'embrase quand ses boucliers seraient surchargés et explose ensuite dans la fulgurance d'une brume de poussière. Il la regardait manœuvrer, disparaître pendant un moment derrière un gigantesque vaisseau, puis réapparaître brièvement avant qu'un autre bâtiment l'éclipse.

Paris savait que s'il avait été à bord de cette navette, devant ses commandes, il l'aurait ramenée intacte — il se rendit compte qu'il essayait d'en deviner chaque mouvement et réfléchissait à ce qu'il aurait fait à la place du pilote.

Chakotay, ou celui qui pilotait, s'esquivait et parvenait chaque fois à se dégager du fourmillement des combattants. Le pilote faisait ce qu'il fallait faire, mais un peu trop lentement, d'après Paris — il laissait passer des occasions. Et il était trop conventionnel — une manœuvre totalement inattendue lui ouvrirait une brèche.

Paris observait les folles embardées de la navette. Bâbord, bâbord, tribord, piqué, bâbord, pleine poussée verticale…

Puis la surprise lui fit cligner des yeux. Il s'était dit que Chakotay devait faire quelque chose de totalement inattendu, et Chakotay venait précisément de le faire — mais pourquoi précisément *cela*?

— Que diable *fabriques-tu*? dit-il tout haut.

CHAPITRE
15

Au moment précis où Tom Paris, à la station de navigation du *Voyageur*, se posait tout haut la question, l'enseigne Rollins, à bord de la navette, posait exactement la même.

— Que diable *fabriquez-vous*, commander?

— J'essaie de nous sauver la vie, dit Chakotay. Monsieur Kim, contactez-les.

Harry Kim n'avait pas besoin de demander qui contacter; Chakotay, quelques secondes plus tôt, après s'être rendu compte que son espace de manœuvre rétrécissait rapidement, avait envoyé plonger la navette droit vers un croiseur p'nir qui, à ce moment-là, n'était engagé dans aucun duel d'artillerie.

Il était évident que Chakotay voulait que Kim contacte ce vaisseau p'nir.

— Nous nous écraserons contre leurs boucliers dans quatre secondes environ, dit Bereyt d'une voix étonnement calme. Nos propres boucliers se déformeront sous l'impact. La rétroaction détruira la navette, même si nous survivions à la collision. Mais nous n'y survivrons pas.

L'énoncé de ce constat dura près de quatre secondes, mais au moment où Bereyt arrivait au milieu de sa deuxième phrase, Chakotay vira d'un coup sec sur l'aile, évitant in extremis la collision mais envoyant la navette raser la surface des boucliers p'nirs d'assez près pour provoquer un sillage bleu vif d'interférences.

— Fréquence de contact ouverte, dit Kim. Ils ne répondent pas.

— Ohé, du vaisseau p'nir! appela Chakotay d'une voix forte. Nous sommes les émissaires de la Fédération. Nous vous demandons respectueusement l'autorisation de monter à bord.

Kim ouvrit la bouche; Rollins se tourna pour dévisager le commander.

— Vous voulez monter *à bord*, monsieur? demanda Rollins.

Chakotay regarda les autres.

— C'est *la raison* de notre présence, n'est-ce pas? Monter à bord de leurs vaisseaux et jouer les ambassadeurs? Eh bien, puisque nous sommes venus jusqu'ici, aussi bien tenter le coup.

— Ils ne réagissent pas, dit Rollins en revenant à ses contrôles.

— Ici les émissaires de la Fédération, répéta Chakotay. Laissez-nous monter à bord!

— Ils continuent de… commença Rollins.

Les batteries principales du croiseur ouvrirent le feu, en direction d'où la navette avait surgi avant de virer de bord.

— Non, dit Chakotay. Ils…

— Leurs boucliers sont levés! cria Kim, en l'interrompant.

Puis il y eut une violente secousse.

— Qu'est-ce que c'était? demanda Rollins.

— Rayon tracteur, dit Chakotay d'une voix calme.

Il éteignit la commande centrale de la navette et laissa le croiseur p'nir héler son petit vaisseau.

— Leurs boucliers sont de nouveau baissés, annonça Kim, mais nous sommes à *l'intérieur*.

— Bien sûr, dit Chakotay. Ils ont tiré cette salve pour éloigner les Hachais et nous donner le temps d'entrer.

Kim et Rollins le regardèrent; Bereyt gardait les yeux rivés sur les écrans de visualisation.

— C'est la raison pour laquelle j'ai choisi d'essayer un vaisseau p'nir, expliqua Chakotay. Neelix a décrit les Hachais comme des êtres paranoïaques, mais il a dit que les P'nirs étaient imprévisibles; je savais que nous n'avions aucune chance avec les Hachais, mais que si nous tentions quelque chose d'absurdement dangereux, il y avait une possibilité que le geste frappe l'imagination du capitaine p'nir assez pour qu'il décide de nous capturer plutôt que de nous réduire en miettes.

— Et cela a marché, dit Kim, la voix remplie d'admiration. Nous sommes vivants. Nous sommes sains et saufs.

— Je ne dirais pas *sains et saufs*, répliqua Chakotay. Le prochain caprice du capitaine sera peut-être de nous réduire en miettes quand même. Il ne semble pas réellement intéressé à négocier. Et nous n'avons pas grand-chose à lui offrir, pas vrai?

Kim se retourna et regarda le flanc du vaisseau p'nir qui approchait rapidement. Une porte de hangar grossissait droit devant eux. De toute évidence, leur destination finale; l'éclairage, à l'intérieur du hangar, était d'un vert morbide.

— Mais nous avons peut-être des petits cadeaux pour eux dont ils ne se doutent pas, dit Chakotay d'un air songeur, pendant qu'il étudiait le vaisseau p'nir.

— Commander? demanda Rollins, qui ne comprenait pas.

— À l'exception sans doute de leurs boucliers, leur technologie est légèrement moins avancée que la nôtre, expliqua Chakotay, et nous savons que la téléportation n'est pas très courante dans ce quadrant. Nous allons leur réserver une petite surprise, ajouta-t-il. Monsieur Kim, prenez une combinaison environnementale et allez au téléporteur. Enseigne Bereyt, levez nos boucliers et scannez ce vaisseau. Trouvez un endroit tranquille et désert où envoyer monsieur Kim, au cas où nous aurions besoin de renfort.

— Une combinaison environnementale, monsieur? demanda Rollins, étonné.

— Nous ignorons ce que respirent les P'nirs, expliqua Chakotay.

— Oui, monsieur, répondit Rollins, confus.

La navette alors tamponna le pont du hangar p'nir et les secoua tous les quatre. La combinaison que tenait l'enseigne Kim lui échappa des mains.

— L'air est respirable, monsieur, rapporta Bereyt. Il est constitué d'une bonne quantité d'oxygène. Il pue, mais il n'est pas toxique.

— Oubliez la combinaison, cria Chakotay.

— J'ai les coordonnées de ce qui ressemble à une réserve d'équipement quatre ponts plus bas, dit Bereyt.

— Bien.

Chakotay vérifia si Kim était en position.

— Énergie, dit le commander.

La silhouette de Harry Kim clignota pendant quelques secondes, puis se dématérialisa.

Presque à l'instant où disparut la dernière étincelle de l'effet téléporteur, alors que la porte du hangar tournait toujours sur ses gongs et que le vaste local continuait de s'emplir de l'épaisse atmosphère p'nir, les haut-parleurs de la navette diffusèrent une voix étrange et monocorde.

— Quittez votre vaisseau immédiatement, dit la voix. Sortez sans armes.

Rollins regarda Chakotay.

— Combien d'entre nous? demanda Chakotay.

Personne ne répondit.

— Dites-nous combien d'entre nous doivent sortir sans armes! répéta Chakotay.

— Tous les trois, dit la voix.

Les trois officiers se regardèrent.

— Eh bien, nous n'enverrons personne tenir compagnie à Harry pour le moment, fit remarquer Chakotay.

— Vous avez huit secondes, les informa la voix p'nir. Exécution!

— Venez, dit Chakotay en soupirant.

Ils sortirent tous les trois dans la phosphorescence verdâtre du hangar à navettes.

À bord du *Voyageur*, Tom Paris scrutait les relevés des senseurs.

— Ils ont été amenés à bord du croiseur p'nir, rapporta-t-il d'une voix incrédule.

— Au moins, ils sont vivants, répondit Janeway, soulagée.

Elle arpentait le niveau central de la passerelle, depuis la station des opérations à celle de la sécurité et retour; elle s'arrêta quelque part au centre et dit : « Ouvrez un canal de communication avec le vaisseau p'nir, si vous en êtes capable. »

— Contact établi.

Janeway trouvait la passerelle étrangement vide, depuis le départ de Chakotay, de Kim et de Rollins; pendant un instant, elle regretta même d'avoir chassé Neelix et Kes. Le vrombissement ténu des moteurs y accentuait encore le silence, et les gris apaisants lui paraissaient ternes maintenant.

— Capitaine, dit Tuvok, regardez.

Le regard de Janeway revint à l'écran principal juste à temps pour apercevoir un cuirassé hachai qui se détachait de la mêlée et se dirigeait vers le *Voyageur*.

Quelqu'un leur prêtait finalement attention.

— Alerte rouge! cria-t-elle.

L'éclairage faiblit, et les gris devinrent des noirs presque menaçants. Les signaux rouges d'alerte s'allumèrent. Paris semblait complètement absent; le vaisseau restait immobile.

— Lieutenant, l'interpella Janeway d'un ton cassant.

Paris, étonné, leva les yeux.

— Ils nous contactent, capitaine, dit-il.

— Qui nous contacte, monsieur Paris? demanda Janeway. Les P'nirs nous répondent?

— Non, monsieur... Je veux dire, capitaine. Je veux dire que les Hachais nous contactent.

Il fit un signe de la tête vers le cuirassé.

— En visuel!

L'image de la bataille disparut et un commander hachai apparut dans sa bulle transparente.

— Nous vous avions avertis, dit le Hachai sans préambule. Vous envoyez quand même vos engins chez les P'nirs, vous essayez de leur parler. Nous ne vous permettrons pas de continuer de les aider. Si vous vous approchez à moins de six cent mille kilomètres de toute installation ou de tout vaisseau hachai, nous vous détruirons.

— Quatre des nôtres ont été faits prisonniers... commença Janeway.

— Pas de stratagèmes p'nirs! hurla le Hachai. Pas d'autres trucs *thagn*!

L'image de la passerelle hachai disparut, remplacée par celle de l'espace extérieur. Au centre de l'écran, le cuirassé hachai grossissait, toujours plus près, masquant la plus grande partie de la bataille.

Janeway, quelque part dans sa tête, trouva le temps de se demander ce que signifiait le mot *thagn* et pourquoi le Traducteur universel était incapable de le transposer; elle supposa qu'il s'agissait d'une obscénité propre aux seuls Hachais. Leurs pédoncules oculaires et leurs jambes rétractiles offraient certaines intéressantes possibilités de grivoiserie…

— Ils ont interrompu la transmission, dit Paris sans que ce soit nécessaire. Et…

Il n'eut pas besoin de terminer sa phrase; quand le visualiseur s'embrasa, Janeway constata par elle-même que le cuirassé avait ouvert le feu.

Un tir très précis qui frappa le *Voyageur* de plein fouet.

— Les boucliers tiennent bon, rapporta Tuvok. Faut-il riposter, capitaine?

— Non, dit Janeway. Ce n'est pas notre guerre. Il s'agit d'un malentendu. Manœuvre de dégagement, monsieur Paris, sans mouvements hostiles.

— Nous ne nous en allons pas? demanda Paris.

— Non, dit Janeway. Bien sûr que nous ne partons pas. Les nôtres sont toujours coincés quelque part là-dedans. La sphère est là-dedans aussi. Nous n'allons nulle part; tâchez juste d'éviter leurs tirs.

— À vos ordres.

Une violente embardée secoua le vaisseau et Janeway se demanda si c'était la manière de piloter de Paris ou le tir hachai qui en était responsable. L'image à l'écran zigzagua follement pendant un moment.

— Capitaine, dit Paris, dois-je tenter de me rapprocher du vaisseau p'nir qui a capturé la navette?

Janeway soupesa rapidement différentes considérations avant de répondre. S'ils se rapprochaient, les Hachais y verraient une preuve supplémentaire que le *Voyageur* participait de quelque conspiration p'nir — mais l'idée des Hachais était déjà faite, et s'éloigner plus encore du croiseur réduirait leurs chances de récupérer la navette ou son équipage.

— Allez-y, monsieur Paris, dit-elle. Approchez aussi près que possible sans mettre le *Voyageur* en danger.

— Capitaine, je vous le déconseillerais… commença Tuvok.

Un tir de barrage hachai interrompit l'objection du Vulcain; les boucliers drainèrent l'énergie et l'éclairage de la passerelle faiblit. Les armes hachais crépitaient. Le feu des tirs remplissait l'écran principal. L'image n'était plus qu'un éblouissement de lumière et de couleurs.

— Nos boucliers tiennent bon, rapporta Tuvok. Capitaine, je déconseillerais de rapprocher le *Voyageur*. Rappelez-vous comment la navette s'est retrouvée coincée dans la mêlée quand…

— Oui, je me souviens, dit Janeway. Il faut prendre le risque.

Elle se rendit compte alors que Tuvok, dans une action complètement atypique, s'était, avant qu'elle ne l'interrompe, arrêté de parler en plein milieu de sa phrase. Elle se retourna, surprise, pour vérifier ce qui l'avait tant distrait.

— Je crains que le mot *risque* ne soit plus le terme approprié, dit le Vulcain.

— Pourquoi? demanda Janeway en se tournant vers l'écran principal.

— Diagramme de la bataille à l'écran, dit Tuvok.

La fureur et la violence des combats réels disparurent du grand écran, remplacées instantanément par la froide précision d'un affichage numérique tridimensionnel qui, sous forme de diagramme, affichait le plan d'ensemble de la bataille.

Une silhouette blanche représentait le *Voyageur*; des cercles rouges les vaisseaux hachais et des triangles bleus les bâtiments p'nirs. Les formes rouges et bleues formaient un sphéroïde irrégulier aux contours relativement nets.

Et la silhouette blanche du *Voyageur* se trouvait déjà profondément à l'intérieur de ce sphéroïde.

CHAPITRE
16

Harry Kim se matérialisa à bord du croiseur p'nir dans la plus complète obscurité. Avant de s'éteindre, l'incandescence du faisceau du téléporteur lui permit de voir pendant une fraction de seconde et il entr'aperçut une pièce grande et étroite, dont un côté était rempli de formes sombres et arrondies.

Puis il se matérialisa complètement. Le champ du téléporteur s'estompa et il ne vit plus rien.

Pendant un moment, il resta immobile à écouter et tenter de discerner ce qui l'entourait.

L'air était épais et nauséabond; la gravité était légère, pas plus de la moitié de la pesanteur sur Terre, estima Kim. Il n'entendait rien, sauf un ronronnement constant et très faible, sans doute la vibration de la tête motrice principale du vaisseau, filtrée à travers les ponts et les cloisons. La différence entre ce bruit et le ronronnement familier des moteurs du *Voyageur* était perceptible, mais à peine.

Tout était plongé dans un si profond silence qu'il lui était difficile de croire qu'il se trouvait en plein milieu d'une bataille.

Puis il y eut un bruit sourd quelque part très loin. Le pont sembla tanguer très légèrement — le vaisseau p'nir venait sans doute d'essuyer un tir ennemi. Dans le tréfonds de l'immense bâtiment de guerre où il avait été téléporté, le choc avait paru infime, même s'il était peut-être dû à une énorme et stupéfiante décharge d'énergie.

À moins que ce bruit distant n'ait été celui de la navette qui se posait dans le hangar, quelques centaines de mètres et quatre ponts plus haut.

Cette pensée lui rappela que le commander Chakotay et les autres pouvaient avoir besoin de son aide n'importe quand et qu'il ne devait pas se contenter de rester debout ici dans le noir.

Kim avança lentement, les mains tendues et, à tâtons, finit par atteindre un mur; il s'y appuya et réfléchit un moment.

Il n'avait pas apporté de lampe. Il *aurait dû* pourtant — il aurait dû y penser, se dit-il.

S'il avait eu sa combinaison environnementale, il aurait eu une lampe — il y en avait une incorporée dans le casque — mais il l'avait laissée dans la navette pour ne pas s'encombrer inutilement.

Le fuseur qu'il portait à la ceinture était chargé — il lui avait semblé évident que pour venir fureter dans un vaisseau de guerre sans doute hostile, il avait besoin d'une arme — mais il n'avait pas pensé apporter de lampe.

Le commander Chakotay ne lui en avait pas parlé; peut-être n'y avait-il pas pensé non plus ou peut-être était-ce tellement évident qu'il n'avait pas cru bon de le mentionner.

C'était un truc dont les instructeurs, à l'Académie, étaient fiers — taire une donnée fondamentale d'un problème auquel les cadets étaient confrontés sous prétexte que c'était, comme ils l'expliquaient toujours plus tard, tellement évident qu'ils n'avaient pas besoin de le mentionner

Kim avait toujours détesté ce genre d'attrape.

Mais il n'était plus l'Académie. Il était dans la vraie vie. Il était dans un vaisseau stellaire extraterrestre, et peu importe ce que Chakotay avait dit ou n'avait pas dit, *Harry* aurait dû y avoir pensé. Un officier de Starfleet devait penser à tout. C'était l'*élément central* de tous les exercices à l'Académie.

Bon, se dit-il, je n'y ai pas pensé, et maintenant il faut que je me débrouille et m'arrange avec ce que j'ai.

S'arranger avec ce qu'on a! Un autre des thèmes favoris de l'enseignement à l'Académie.

La pièce devait avoir des lumières quelque part. Il suffisait qu'il les trouve et les allume — Mais en avait-elle vraiment? Les P'nirs n'avaient peut-être pas besoin de lumière visible pour voir. La phosphorescence verdâtre qui émanait du hangar à navettes était peut-être accidentelle.

Pourtant, la lumière visible était indispensable à *la plupart* des espèces intelligentes; quoique certaines soient aveugles et que d'autres ne voient que dans l'infrarouge ou l'ultraviolet. Mais le spectre de vision de la plupart chevauchait le champ de vision humain.

Il existait donc *sans aucun doute* un moyen d'éclairer cette pièce, mais Harry ne parvenait pas à imaginer comment ni où découvrir l'interrupteur.

Il lui était évidemment possible d'utiliser son fuseur pour chauffer un objet matériel jusqu'à ce qu'il brasille; c'était une procédure d'urgence habituelle à Starfleet pour éclairer des cavernes, par exemple. Sauf qu'il n'était pas dans une caverne; ces ballots qu'il avait entrevus quand il s'était matérialisé étaient peut-être remplis de matières inflammables. Tirer du fuseur dans cette pièce risquait d'être dangereux. Même s'il ne provoquait pas d'explosion ou n'allumait pas d'incendie, les senseurs internes du vaisseau pourraient le détecter. Et alors le capitaine enverrait une équipe de gardiens le capturer.

Il fallait qu'il se débrouille sans lumière — du moins pour le moment. Il avait déduit du bref coup d'œil qu'il avait pu jeter lors de son arrivée et du silence quasi total qui régnait dans la pièce qu'il ne s'y trouvait personne d'autre que lui. Il y était donc en sécurité pour l'instant.

Il ne lui restait plus qu'à en sortir, à retourner au hangar et à découvrir ce qui était arrivé aux autres...

En pensant aux autres, il tendit automatiquement le doigt vers son commbadge, mais se ravisa juste avant de le toucher. Sa présence à bord était clandestine; si le commandant en second était entouré de P'nirs au moment de la communication, le secret serait éventé.

Lumière ou pas, Harry Kim devait trouver son chemin tout seul.

Il commença prudemment à longer à l'aveuglette une des parois à la recherche d'une porte.

Pendant qu'Harry Kim tâtonnait dans le noir, le commander Chakotay franchissait le seuil du sas de la navette et voyait pour la première fois des P'nirs de près — ou les voyait dans la mesure où il était possible de les voir dans la semi-pénombre, étrangement colorée, de la zone du hangar.

Il aspira aussi sa première bouffée de leur atmosphère puante. Une puanteur huileuse, métallique qui rappelait un atelier de mécanique mal entretenu. Mais Chakotay n'y prêta pas attention et se concentra sur la demi-douzaine de créatures debout quelques mètres plus loin que lui.

C'étaient donc eux les redoutables P'nirs.

Du moins, il le présumait. Mais ils étaient tellement immobiles qu'ils auraient presque pu passer pour des statues. Et bien sûr, il s'agissait peut-être d'une espèce esclave ou alliée des P'nirs, mais jusqu'à preuve du contraire Chakotay décida qu'il s'agissait bien des P'nirs eux-mêmes.

Ils étaient grands — environ trois mètres — et avaient une peau brillante bleu-noir qui semblait dure et cassante — ou peut-être n'était-ce pas de la peau, mais un exosquelette. Dans l'éclairage blafard et verdâtre, Chakotay n'en était pas certain; il se dit que quand il verrait ces créatures bouger il le saurait, mais pour le moment l'immobilité des six P'nirs était absolue, inhumaine.

Ils se tenaient debout sur deux jambes, avec leur tronc dressé et une tête à peu près humanoïde. Mais chaque P'nir avait quatre bras — deux de chaque côté du corps, à la verticale à partir de l'épaule — une conformation rare chez les humanoïdes. La position de leurs bras, combinée avec leur chair chitineuse, leur donnait une vague allure d'insecte.

Leurs visages toutefois ne ressemblaient pas à des têtes d'insecte; ils avaient plutôt l'air de masques ovales et vides. Leurs deux paires d'yeux rouges qui luisaient derrière des fentes horizontales, étaient très différentes des yeux à facettes des insectes. Le bord inférieur en dents de scie de chaque visage cachait peut-être une bouche ou des narines; il était probable que ces créatures possèdent un appareil respiratoire, mais les ouvertures par lesquelles elles respiraient n'étaient pas visibles.

Elles n'avaient pas d'autres traits que les yeux et ce bas du visage en dents de scie. Chakotay n'apercevait pas d'oreilles externes ni aucun autre organe sensoriel.

Par contre, il voyait clairement les armes, serrées dans leurs pinces complexes. Il tendit ses propres mains, paumes ouvertes, dans un geste de paix — ou de capitulation.

— Dirigez-vous vers votre gauche, dit un P'nir.

Comme ils n'avaient pas de bouche apparente, Chakotay n'était pas sûr de savoir lequel avait parlé.

— Nous souhaitons parler à votre capitaine, répondit Chakotay d'une voix claire et forte.

— Dirigez-vous vers votre gauche, répéta le P'nir.

Le second à partir de la gauche fit un grand geste avec l'un de ses bras droits et Chakotay détermina que c'était lui qui avait parlé.

Chaque bras des P'nirs avait deux articulations et les sections entre les jointures restaient complètement rigides — il s'agissait donc bien d'exosquelettes. Chakotay en était certain maintenant. C'était très inhabituel pour des créatures de cette taille. Les P'nirs avaient dû évoluer dans un environnement de microgravité.

La gravité à bord de leur vaisseau était, de fait, plutôt faible; Chakotay leva un pied pour la tester. Oui, il le levait sans difficulté.

— Est-ce le chemin pour rencontrer votre capitaine? demanda Rollins, debout derrière Chakotay.

— Avancez! ordonna le P'nir, en pliant trois bras dans un geste de colère et en pointant son arme vers les humains avec son quatrième bras.

— Je pense que nous devrions obéir, dit Chakotay.

Il se tourna vers la gauche et s'avança avec une lenteur qui, même dans ce champ de faible gravité, était nettement exagérée — car la pesanteur était *vraiment* plus faible; Chakotay l'estima a peut-être un tiers de celle sur Terre, identique à celle qu'il avait expérimentée lors de ses séjours sur Mars, des années plus tôt.

Chakotay avait travaillé assez souvent dans des environnements de microgravité pour bondir comme un kangourou, s'il l'avait voulu — il y avait, dans ces couloirs construits pour les P'nirs, beaucoup plus grands que les humains, tout l'espace pour sauter.

Mais Chakotay ne bondit pas; il préféra marcher à pas lents et sans lever les pieds. Rollins et Bereyt l'imitèrent.

Ce pas de tortue ne visait pas à provoquer délibérément la colère de leurs ravisseurs; les P'nirs n'étaient sans doute pas assez familiers avec les mouvements d'êtres vivants dépourvus de carapace pour identifier leur façon normale de marcher. Chakotay voulait se donner du temps pour observer, réfléchir et élaborer une stratégie avant d'arriver où les P'nirs avaient l'intention de les conduire.

À part ça, il n'y avait aucune raison de s'énerver. Pas avant d'en savoir plus sur ce qui les attendait.

Derrière lui, l'enseigne Bereyt ferma la porte du sas de la navette avant d'emboîter le pas. Ce qui n'empêcherait pas les P'nirs d'y entrer s'ils y étaient déterminés, mais découragerait les pillards occasionnels — et il faudrait aux P'nirs plus d'efforts pour découvrir le téléporteur et déterminer à quoi il servait.

Chakotay pensa qu'il était scandaleux que les téléporteurs soient incapables de traverser les boucliers. Sinon, au lieu de se laisser capturer, il leur aurait suffi de se téléporter tous à bord du *Voyageur*.

Car ils *étaient* captifs; les règles de la politesse étaient fort différentes d'une espèce à l'autre, mais, de toute évidence, les P'nirs ne les traitaient pas en invités. Leur escorte était armée, alors qu'eux ne l'étaient pas. Ils avaient reçu l'ordre de quitter la navette et on les contraignait à aller quelque part.

Chakotay quitta le hangar et s'avança lentement dans un couloir étroit et très haut. Ce couloir sentait aussi mauvais que le hangar et le même lugubre éclairage verdâtre l'éclairait; les parois étaient noires avec, de temps à autre, toujours beaucoup plus haut que le niveau de l'œil, d'incompréhensibles graffitis rouges ou vert foncé. Chakotay, étrangement, se rappela son enfance, quand il était si souvent entouré de meubles conçus pour les adultes et d'objets beaucoup trop grands pour lui.

Mais ici les proportions étaient différentes et il n'avait jamais vu de graffitis aussi agressifs. Il continua de marcher à pas lents et s'efforça de ne pas les regarder.

Les P'nirs ne les pressaient pas; ils ne réalisaient certainement pas que les humains étaient capables de se déplacer plus vite.

— Allez à droite, ordonna un P'nir, quelque part derrière eux.

Chakotay tourna vers la droite et franchit le seuil d'une porte ouverte qui donnait sur une pièce vide.

Elle ne ressemblait pas beaucoup à une salle de conférences destinée à une rencontre entre un ambassadeur et un capitaine de vaisseau; pour seul ameublement, elle n'avait que quelques barres horizontales plantées en saillie dans deux des murs, plus haut que la tête de Chakotay. Les barres étaient disposées par paires, l'une au-dessus de l'autre, mais légèrement décentrées. Le regard du commander passa des barres aux P'nirs et il remarqua qu'elles étaient à la bonne hauteur pour qu'ils y appuient leurs quatre bras.

Elles ne servaient pas à grand-chose pour des humains — ou des Bajorans. À part s'ils voulaient s'y balancer et pratiquer quelques exercices de gymnastique.

Les parois noires de la pièce, dépourvues de tout graffiti, étaient vraiment sinistres.

— Dites-moi, c'est ici que nous allons rencontrer le capitaine? demanda Chakotay, après que Rollins et Bereyt furent entrés dans la pièce.

— Non, dit le P'nir le plus proche, sans y entrer lui-même.

Il actionna un contrôle et l'éclair d'un champ de force emplit soudain l'embrasure d'un brasillement bleu pâle. Les trois émissaires étaient prisonniers.

Le P'nir leur tourna le dos et s'éloigna, sans un regard aux officiers enfermés dans la pièce noire et nue.

— Toute une surprise, dit Rollins avec amertume. Tant pis pour la diplomatie!

— Peut-être, dit Chakotay. Peut-être pas. Ils ne nous ont pas encore tués.

Rollins pencha la tête et jeta un regard de biais à Chakotay.

— Pas encore, concéda-t-il.

— S'ils avaient l'intention de nous tuer, si c'est tout ce qu'ils avaient derrière la tête, ils l'auraient déjà fait, dit Chakotay.

— Pas nécessairement, monsieur, fit remarquer Bereyt. Ils veulent peut-être nous punir en public, pour l'exemple — comme les Cardassiens le faisaient parfois. Ou peut-être un gradé se réserve le plaisir de nous torturer à mort juste pour s'amuser; quelques Cardassiens faisaient *cela* aussi.

— J'en ai entendu parler, admit Chakotay.

Il aurait préféré que Bereyt se taise. Ce genre de remarque n'était pas bon pour le moral. Il se demanda si elle savait réellement ce dont elle parlait. Lui-même n'avait jamais été témoin de tels actes de cruauté de la part de Cardassiens.

Mais sa guérilla contre les Cardassiens n'avait pas duré très longtemps, et le plus souvent c'était une guerre franche, des duels de vaisseaux ou des raids air-sol; il n'avait pas, comme les Bajorans, connu l'interminable et épouvantable terreur de l'occupation cardassienne.

Il avait entendu des histoires, bien sûr. Les partisans, dans le Maquis, se racontaient les atrocités cardassiennes pour garder vive la haine qui les stimulait au combat. À force d'être répétées, certaines de ces histoires étaient manifestement exagérées, comme dans le cas de la plupart des histoires colportées de bouche à oreille, même si Chakotay était persuadé qu'il y avait très certainement, parmi les Cardassiens, quelques véritables sadiques qui avaient profité de l'occupation pour satisfaire leurs penchants pervers.

Mais ces sadiques étaient l'exception, et c'étaient des Cardassiens, et non des P'nirs.

STAR TREK : VOYAGEUR

— Je ne pense pas que cette espèce pratique la torture,
dit-il. Je suis prêt à parier que leurs exosquelettes empêchent d'infliger des blessures douloureuses sans
provoquer de très graves lésions. Les P'nirs n'ont pas dû
développer *l'art*… de la torture.

— On ne peut pas savoir, dit Rollins. Ils se sont peut-
être exercés sur d'autres espèces.

Chakotay regarda l'enseigne pendant un moment avant
de rétorquer : « Ce n'est pas l'optimisme qui nous étouf-
fe, n'est-ce pas? D'accord, nous ne savons pas à quoi
nous attendre des P'nirs; mais ce n'est pas une raison
pour présumer le pire. Oui, nous sommes prisonniers.
Mais, en ce moment même, ils négocient peut-être notre
libération avec le capitaine Janeway. Tant que nous sommes en vie, il y a de l'espoir. Et n'oubliez pas l'enseigne
Kim; il est là quelque part dans ce vaisseau. »

—Oui, monsieur, répondit Rollins d'une voix fatiguée.
Je n'oublie pas Harry Kim.

CHAPITRE
17

Une violente secousse ébranla le *Voyageur*; Janeway s'agrippa à la main courante pour garder son équilibre.

— Ingénierie! cria-t-elle. Êtes-vous capable de dérouter plus d'énergie vers les boucliers?

L'Ingénierie était complètement débordée; des ingénieurs s'affairaient à tenter de stabiliser les flux d'énergie nécessaires au fonctionnement du vaisseau malgré les violents ressacs provenant des boucliers mis à rude épreuve. La rétroaction énergétique était ici pleinement perceptible. Chaque fois que les Hachais attaquaient, un grondement sourd et profond s'élevait dans la section technique et une vibration irrégulière agitait les tuiles du pont. Le miroitement uniforme bleu-blanc du cœur du réacteur de distorsion semblait plus intense, mais uniquement parce que l'éclairage habituel était plus faible, toute l'énergie disponible ayant été déviée vers les systèmes de défense.

B'Elanna Torres, l'ingénieur en chef, se débattait pour accomplir une dizaine de tâches différentes en même temps. En plein milieu du chaos, elle se pencha pour crier dans le communicateur.

— Navrée, capitaine, répondit-elle. Nous vous avons envoyé toute l'énergie excédentaire dont nous disposions.

Puis elle remarqua un affichage sur un des écrans de visualisation.

— Mais j'essaierai, dit-elle.

Elle manœuvra quelques contrôles, puis sourit.

— Mission accomplie, dit-elle.

Torres pensait parfois que le réseau informatique bioneural ultramoderne du *Voyageur* était un vrai fléau; comme la plupart des technologies de pointe relativement peu testées, elle était difficile et capricieuse.

Mais parfois il fonctionnait exactement comme il devait fonctionner et quand cela se produisait l'équipement bioneural était un ravissement absolu.

Comme maintenant; la chaleur excessive émanant de la bataille avait affecté l'ordinateur et, de manière entièrement autonome, par mesure d'auto-préservation, il avait activé les systèmes de recyclage du vaisseau pour convertir la chaleur gaspillée en énergie utile. Il l'avait stockée dans ses réserves, mais un seul petit coup de Torres sur un bouton de commande avait suffi à la réorienter vers les boucliers.

Elle était heureuse de travailler avec de l'équipement convenable; pendant ses années de Maquis, elle n'avait eu que des vieilleries tout juste bonnes à envoyer à la ferraille. Aujourd'hui, si seulement elle avait accès à des pièces de rechange, sa vie serait à peu près parfaite — du moins sa vie professionnelle.

À condition, bien sûr, qu'elle ne prenne pas fin abruptement.

Une autre violente secousse agita soudain le vaisseau et l'aiguille du lecteur d'énergie des boucliers fléchit légèrement. Quelque part quelque chose grinça. Un tube conducteur venait de céder.

— Que diable se passe-t-il à l'extérieur? demanda-t-elle à un homme d'équipage qui se trouvait près d'elle.

Elle ne se souvenait pas de son nom; pour elle, ces gens de Starfleet dans leurs uniformes impeccables se ressemblaient tous, et celui-là était coursier et n'était pas membre de son personnel régulier.

— Qui sont les belligérants et pourquoi se font-ils la guerre? demanda-t-elle encore.

— Je l'ignore, lieutenant, répondit l'homme, mais c'est une bataille titanesque. Monsieur Tuvok l'a comparée à Ragnarok.

— C'est quoi Ragnarok? demanda-t-elle en le dévisageant.

— Le dernier combat des dieux vikings, dit l'homme d'équipage en plissant les yeux. Mais vous le savez.

— Vraiment? demanda Torres.

— Hein?… Vous ne le saviez pas? dit l'homme en plissant de nouveau les yeux — et en ajoutant , après un moment de silence : « Monsieur? »

— Non, dit Torres. Je sais qui étaient les dieux des anciens Scandinaves — Thor et Odin. C'est ça? Ou bien Thor et Odin étaient-ils des dieux grecs? En tout cas, je n'ai jamais entendu parler de cette affaire de Ragnarok. Pourquoi, j'aurais dû?

— Bien, je pensais… je veux dire, c'est une bataille légendaire…

Il vit le visage fermé de Torres et se mit à bégayer.

— Je pensais que vous connaissiez toutes les batailles fameuses à cause de… c'est-à-dire…

Il vit le visage du chef de l'Ingénierie s'emplir de colère et décida de se taire en plein milieu de sa phrase — mais sans parvenir à s'empêcher de regarder l'arête frontale de Torres, le signe le plus évident de son ascendance klingonne.

— *Et pourquoi devrais-je connaître toutes les batailles fameuses?* hurla Torres en saisissant l'homme d'équipage par l'avant de son uniforme et en le levant du plancher. Je suis ingénieur, nom de dieu! Je ne suis pas soldat!

Un autre tir de barrage hachai secoua le vaisseau et Torres repoussa le coursier pour se concentrer de nouveau sur ses instruments.

L'homme d'équipage fut projeté à terre. Il se releva, indemne, et regarda fixement Torres, médusé qu'une personne de cette taille, même klingonne, soit assez forte pour l'envoyer au sol. Elle n'était pas grande, beaucoup plus petite que lui même, mais elle l'avait soulevé sans le moindre effort.

Les Klingons étaient apparemment encore plus forts qu'ils n'en avaient l'air. Étant donné la redoutable carrure de la plupart d'entre eux, l'idée lui parut très peu rassurante.

Le coursier brossa du revers de la main la poussière de son uniforme et se tourna vers un des ingénieurs.

— Je pensais que *tous* les Klingons étudiaient les batailles et les mythes guerriers, dit-il tout bas.

L'ingénieur jeta un regard furtif à Torres.

— Elle n'est qu'à moitié klingonne, murmura-t-il. Elle a été élevée sur Terre et préfère son côté humain. Elle n'aime pas qu'on la prenne pour une pure Klingonne.

— De toute façon, elle a la force des Klingons et le *caractère* des Klingons.

— Ne le *lui* dites surtout pas!

Le coursier hocha la tête; il ne voulait pas se retrouver au tapis de nouveau — ou pire. De plus, il devait remonter sur la passerelle avec le rapport qu'il était venu chercher.

Au même moment, sur la passerelle, Janeway demandait : « Évaluation de la situation, monsieur Tuvok? »

— Notre situation est précaire, capitaine, répondit le Vulcain, après avoir consulté un dispositif d'affichage mural. Les Hachais, à cause de la supériorité technologique des boucliers p'nirs sur leur armement offensif, sont habitués à opérer par encerclement et appliquent la même tactique contre nous; ce qui nous empêche de battre en retraite par où nous sommes venus. Si nous voulons survivre, nous devons louvoyer et chercher des brèches dans les formations hachais. De telles brèches sont inévitables. Mais il n'est pas inévitable, ni même probable, qu'une seule de ces brèches nous permette de quitter immédiatement le champ de bataille; il est plus vraisemblable que nous ayons à zigzaguer et à déjouer plusieurs encerclements partiels avant de regagner les zones plus tranquilles de l'espace.

— Le problème est-il sérieux? demanda Janeway. Vous avez dit que nous pouvions tenir pendant plusieurs heures.

— Tout dépend de la méthode que vous choisirez d'employer et de l'attitude des P'nirs, répondit Tuvok, qui se tourna pour regarder Janeway depuis l'autre côté de la console gris pâle qui séparait sa station du niveau central de la passerelle. Si nous n'ouvrons pas le feu contre eux, les Hachais nous encercleront de plus près; si nous ripostons à leurs tirs, il est probable qu'ils soient obligés de garder leurs distances, et donc plus vraisemblable que des brèches s'ouvrent, mais nous devons alors présumer aussi qu'ils intensifieront leurs tirs contre nous. Si les Hachais perçoivent que nous sommes décidés, non seulement à éviter leurs vaisseaux, mais aussi si nécessaire, à les détruire, l'évolution de la situation en sera affectée.

— Nous ferons ce que nous avons à faire, répondit Janeway. Que vouliez-vous dire quand vous évoquiez l'attitude éventuelle des P'nirs?

— Nous sommes en droit de présumer que les Hachais nous sont tous hostiles, expliqua Tuvok, mais nous ne connaissons pas encore l'attitude des P'nirs. Nous ne savons pas s'ils nous ignoreront ou nous aideront, ou

peut-être même s'allieront aux Hachais pour nous attaquer.

— Je suis portée à penser qu'ils seront disposés à nous
aider, dit Janeway. Un vieil adage n'affirme-t-il pas :
« Les ennemis de mes ennemis sont mes amis »?

— Comme pour beaucoup de vos proverbes humains,
capitaine, dit Tuvok, il y en a un autre qui laisse
entendre exactement le contraire : « Mieux vaut un danger qu'on connaît qu'un danger qu'on ne connaît pas ».

— Bien, alors, apprenons aux P'nirs qui nous sommes,
dit Janeway d'un ton cassant.

Elle regarda vers l'avant de la passerelle; Paris était
beaucoup trop occupé à esquiver les attaques hachais
pour être dérangé. Elle constata que la station de Kim, à
bâbord, était toujours inoccupée.

— Envoyez quelqu'un pour prendre en charge les opérations, cria-t-elle dans l'intercom.

Puis elle se tourna de nouveau vers tribord.

— Tuvok, dit-elle, ouvrez un canal de communication
avec les P'nirs.

— À vos ordres.

Janeway regarda l'écran principal. La zigzagante trajectoire que Paris imprimait au vaisseau faisait tournoyer
et basculer l'image en tous sens. Le feu des armes ennemies crépitait sur toute l'étendue des boucliers.

— Les P'nirs refusent le contact, capitaine, rapporta le
Vulcain.

— Saleté! s'exclama Janeway.

Un tir hachai atteignit le vaisseau de plein fouet et tout
le bâtiment vibra.

— Efficacité des boucliers réduite de six pour cent,
capitaine, rapporta Tuvok. Monsieur Paris, veuillez
remarquer…

— La brèche à tribord, répliqua Paris. Je la vois, merci.

— Capitaine, faut-il répliquer à leurs tirs? demanda
Tuvok.

— Cela affectera-t-il nos chances de survie? demanda Janeway.

— Si nous ripostons, nous serons plus dangereux et les Hachais concentreront de plus grands efforts sur nous. Nos risques d'être détruits dans chaque engagement augmenteront, dit Tuvok. Mais nos armes obligeront les Hachais à garder leurs distances. Les chances de déjouer leurs tentatives d'encerclement augmenteront donc également. Combattre, au bout du compte, ne modifiera pas de façon significative nos chances de survie ou nos chances de nous échapper, mais accélérera l'évolution de la situation.

— Cela amènera donc ce qui doit se produire à se produire plus vite, dit Janeway.

— Oui, dit Tuvok. Et pourrait aussi affecter les attitudes, tout à la fois des Hachais et des P'nirs, vis-à-vis de nous. Nos données sur leurs psychologies respectives sont insuffisantes pour en déterminer l'impact exact.

— Bien, rien ne nous presse pour le moment, pas tant que nos boucliers résistent, dit Janeway.

Elle regarda le déferlement de feu à l'écran et réfléchit quelques secondes avant de demander : « Puisque nous sommes ici de toute façon, sommes-nous capables d'aller voir ce globe de plus près? »

— Je ne pense pas, répondit Paris. Je n'ai pas le choix de notre trajectoire, capitaine. Pas s'il faut garder notre vaisseau intact.

— Cet objet non identifié n'est pas à proximité, dit Tuvok. Je souscris à l'opinion du lieutenant Paris — toute tentative de nous rapprocher du sphéroïde diminuerait considérablement nos chances de survie.

Janeway hocha la tête. Sa question valait quand même la peine d'avoir été posée. Une autre idée lui traversa la tête.

— Monsieur Tuvok, les P'nirs ne veulent pas nous parler, mais que *font*-ils? Comment réagissent-ils à notre présence? Leurs vaisseaux prennent-ils position pour nous combattre?

— Au contraire, rapporta Tuvok. Les Hachais ont détourné certaines de leurs ressources pour s'occuper de nous et les P'nirs l'ont remarqué et ont, en conséquence, déplacé leurs propres escadres vers la lointaine périphérie de la zone des combats. Si les Hachais continuent de se concentrer sur nous, l'avantage p'nir à cette extrémité du champ de bataille pourrait devenir décisif.

— Vous voulez dire que les P'nirs risquent de gagner la guerre parce que les Hachais sont occupés à nous tirer dessus? demanda Janeway. Que le seul fait de notre présence ici a peut-être modifié l'évolution des choses?

— Exactement, capitaine. Vous vous rappellerez que vous avez comparé la bataille à un système chaotique.

— Et dans un système chaotique, le plus minuscule changement peut affecter l'évolution de l'ensemble, dit Janeway en jetant un regard contrarié à l'écran. Notre seule présence a donc peut-être donné la victoire finale aux P'nirs — mais, en attendant, ils ne lèvent même pas le petit doigt pour nous aider.

— Non, ils n'en font rien, confirma le Vulcain. En fait, d'après la position de leurs escadres, je jugerais que les P'nirs s'attendent à ce que le *Voyageur* soit détruit et ils manœuvrent pour prendre avantage de la désorganisation passagère de la flotte hachai au moment où cette destruction interviendra.

— Contactez les Hachais, ordonna Janeway. Expliquez-leur les manigances des P'nirs. Faites-leur part de vos conclusions.

— Fréquence de contact ouverte.

Pendant que Paris pilotait le vaisseau dans le plus chaud de la mêlée, il était impossible de monopoliser l'écran principal pour les communications. La station de Tuvok relaya donc le contact avec les Hachais; Janeway ne se retourna pas pour en voir le visuel, mais écouta la transmission audio.

— Une autre traîtrise *thagn* p'nir! cria le commander hachai d'une voix remplie de colère. Pensez-vous vraiment que nous ne nous sommes pas aperçus d'une chose aussi évidente? Bien sûr que nous l'avons vue! Mais c'est un stratagème — c'est *vous* la véritable menace!

Quand le Hachai coupa la transmission, Janeway dit : « J'ai entendu, Tuvok. » Elle plissa le front et regarda tristement l'écran. Chaque fois que Paris dirigeait le vaisseau vers les zones dégagées de l'espace, un cuirassé hachai surgissait comme de nulle part et lui coupait la route, crachant le feu de toutes ses armes.

S'ils continuaient de se contenter d'esquiver les coups et de fuir, les Hachais les épuiseraient lentement et, malgré les évidents talents de pilote de Paris, malgré l'évaluation des risques de Tuvok, Janeway était persuadée que le *Voyageur* finirait par être pris au piège et détruit.

Si la destruction était inévitable, elle n'avait pas l'intention de se laisser anéantir sans se battre. Ils avaient, semble-t-il, déjà donné la victoire à l'un des deux camps. Tout aussi bien s'assurer que cette victoire soit décisive! Une victoire qui permettrait au vainqueur d'un jour refaire ses forces. La flotte p'nir quitterait peut-être l'amas de Kuriyar pour écumer le secteur, mais au moins les P'nirs survivraient.

— Il semble que les Hachais *veulent* vraiment la guerre, et celle contre les P'nirs ne leur suffit pas, finit par dire Janeway.

Elle se pencha, essuya la traînée de poussière qu'avait laissée la poupée hachai, puis se redressa.

— Si c'est la guerre qu'ils veulent, ils auront la guerre, dit-elle. Monsieur Tuvok, je vous donne carte blanche concernant les Hachais — Ouvrez le feu quand vous voulez!

CHAPITRE
18

Harry Kim, debout seul dans le noir, eut un sourire nerveux. Il venait de trouver la porte. Du bout des doigts, il en repéra facilement les contours.

Il promena les mains de chaque côté du chambranle depuis le niveau des genoux jusqu'à hauteur de la tête sans trouver aucun loquet, mais il n'en avait pas besoin; il pointa son fuseur et pressa la gâchette.

Après une si longue période dans l'obscurité totale, l'éblouissant faisceau rouge et la gerbe d'étincelles l'aveuglèrent; Kim fit la grimace et, de sa main libre, se protégea les yeux. L'odeur du métal fondu, mélangée à la puanteur huileuse de l'air, était vraiment nauséabonde.

Les portes des P'nirs, au contraire de celles de très nombreuses cultures, n'étaient pas conçues pour s'ouvrir par défaut quand elles étaient endommagées. Kim enleva son doigt de la gâchette et baissa son arme. Puis il attendit que sa vue s'ajuste.

Le noir était moins total, même si le fuseur avait refroidi et que l'éclat de son faisceau avait disparu. Le rayon avait découpé un petit trou dans la porte et l'autre côté était éclairé; la lugubre phosphorescence verdâtre de l'éclairage p'nir, qui filtrait par la minuscule ouverture, donnait à Kim assez de clarté pour distinguer ce qui l'entourait.

Il prit le temps de tout examiner, en espérant que personne, de l'autre côté de la porte, ne remarquerait le trou.

Il ne parvenait toujours pas identifier les ballots arrondis entassés près du mur du fond; ils ressemblaient à des sacs. Il n'y avait rien d'autre dans la pièce — aucune espèce de mobilier.

Kim finit par repérer ce qui lui sembla le panneau de contrôle de la porte, et peut-être même un interrupteur, aménagés dans le chambranle une quinzaine de centimètres plus haut que sa tête. Il n'avait pas pensé vérifier si haut quand il avait exploré le chambranle à tâtons.

Il en déduisit que les P'nirs étaient effectivement très grands.

Il examina le panneau, mais l'éclairage était trop faible pour qu'il en déchiffre comme il faut le fonctionnement et il ne voulait pas l'utiliser au hasard.

Kim soupira. Comme il ne trouvait aucun moyen évident d'actionner le mécanisme d'ouverture de la porte, il entreprit, à l'aide de son fuseur, d'en découper une section assez grande pour se glisser par l'ouverture.

Quand le morceau de métal se détacha, il l'attrapa avant qu'il ne tombe et le déposa doucement — et sans bruit — sur le sol. Il espérait qu'aucune escouade de gardes de sécurité p'nirs ne l'attendait de l'autre côté.

Il regarda par l'ouverture et ne vit aucun pied, aucune ombre, aucune trace d'être vivant; il s'agenouilla et se glissa par le trou qu'il venait de pratiquer.

Il se retrouva dans un couloir, à peu près de la largeur d'un couloir ordinaire, mais beaucoup plus haut; il se redressa et regarda de chaque côté.

Les parois et le plancher du pont étaient lisses, anonymes et noirs; le plafond se perdait dans un brasillement verdâtre. Très haut sur les murs, il y avait des inscriptions rouges et vertes qu'il était incapable d'interpréter.

Des portes closes s'alignaient le long d'un des côtés du couloir; le côté opposé était un mur nu. Kim se dit que cet endroit était un des plus sinistres et des plus inquiétants qu'il avait jamais vu.

Il essaya de se souvenir du balayage électronique du vaisseau p'nir et de déterminer quelle direction prendre pour se rendre au pont du hangar. Il avait, dans l'entrepôt plongé dans l'obscurité, perdu le sens de l'orientation mais pensait se rappeler — sans en être certain — de quel côté la pièce se trouvait.

Bon! S'il se trompait, il lui suffirait de rebrousser chemin. Il choisit une direction et se mit en route, le fuseur à la main, en faisant le moins de bruit possible.

Il avait parcouru une centaine de mètres et tourné deux coins avant de se rappeler de régler son arme sur la position anesthésie.

— Activez le programme médical holographique d'urgence! cria Kes.

Elle aidait un homme d'équipage blessé, à moitié assommé, à franchir en titubant la porte de l'infirmerie.

Elle avait trouvé cet homme écroulé contre une paroi alors qu'elle était en route vers la passerelle pour demander si elle pouvait se rendre utile. Il avait une blessure à la tête, saignait abondamment et semblait incapable de continuer de marcher tout seul. Elle l'avait pris par le bras et l'avait presque traîné jusqu'ici.

La silhouette familière du médecin apparut tout de suite, tourné dans le mauvais sens, à côté de l'un des lits.

— Énoncez la nature de l'urgence médicale, je vous prie, dit-il en se retournant pour regarder l'Ocampa et l'homme d'équipage.

Le sang coulait d'une balafre que l'homme avait au front; Kes ne prit pas la peine de répondre à la question de routine préprogrammée de l'hologramme. Le médecin ne semblait pas non plus avoir besoin qu'elle lui réponde.

— Installez-le sur le lit, ordonna l'hologramme.

Kes s'efforça d'obéir, mais le blessé à demi conscient était beaucoup plus grand et plus lourd qu'elle et il ne collaborait pas beaucoup. Le médecin réapparut à leurs côtés et empoigna les jambes de l'homme d'équipage. Il le souleva doucement mais sans cérémonie et l'installa dans le lit.

Fascinant, pensa Kes, à quel point des champs magnétiques générés par ordinateur étaient aussi efficaces que des mains humaines.

L'hologramme examina la blessure avec un scanneur médical.

— Que lui est-il arrivé? demanda-t-il. Une rixe d'ivrognes au bar?

— Non, répondit Kes. Je pense que cet homme est tombé et qu'il s'est cogné la tête sur un équipement.

— Mmm, dit l'hologramme. Lacération grave du cuir chevelu et commotion mineure. Facile à guérir. Mais je ne suis pas certain qu'il soit sage d'encourager une telle maladresse.

Le médecin, tout en parlant, promenait une scelleuse dermique sur la blessure.

— Il n'a pas été maladroit, protesta Kes.

— Oh? Alors, comment se fait-il… commença l'hologramme.

À cet instant précis, un autre tir de barrage hachai se fracassa contre leurs boucliers et le vaisseau tangua.

Le médecin leva les yeux vers le plafond comme s'il s'attendait à ce qu'il lui tombe sur la tête.

— Qu'est-ce que c'était? demanda-t-il.

— Nous sommes attaqués, expliqua Kes. Voilà pourquoi cet homme est tombé.

— Attaqués? demanda l'hologramme en la dévisageant. Par qui?

— Les Hachais, expliqua Kes. Nous sommes coincés dans une grosse bataille entre les Hachais et un autre peuple que l'on appelle les P'nirs.

— Oh, vraiment?

L'hologramme plissa le front et promena une dernière fois son instrument sur la blessure.

— Alors c'est peut-être le capitaine qui a commis une maladresse, dit-il.

— Peut-être, dit calmement Kes.

Le médecin déposa sa pince à sceller les tissus et, à l'aide d'une compresse absorbante, commença à éponger le sang.

— Dois-je m'attendre à devoir soigner d'autres blessés? demanda-t-il.

— Je ne sais pas, admit Kes. Sans doute.

— La bataille se poursuit?

— Oh, oui. Monsieur Tuvok a dit qu'elle durerait encore trente ans.

L'hologramme s'arrêta brusquement et déposa la compresse. Il regarda son blessé, puis Kes.

— Le moment me semble très peu approprié pour plaisanter, dit-il d'un ton réprobateur.

— Je ne plaisante pas, docteur, répondit Kes.

— Bien, quelqu'un plaisante, dit le médecin, et il est très peu vraisemblable que ce soit Tuvok! Il est vulcain, bonté divine! Et les Vulcains ne plaisantent jamais.

— Personne ne plaisante, dit calmement Kes.

— Sottises! insista l'hologramme. Aucune bataille spatiale ne dure trente ans! Ma programmation m'oblige à présumer que ce genre d'affirmation absurde émise par une personne qui n'est vraisemblablement pas délirante est une tentative de faire de l'humour. Et *votre* affirmation mérite à coup sûr l'épithète d'absurde.

Puis il se tut et dévisagea Kes, comme si une autre idée lui traversait l'esprit.

— À moins que vous ne soyez en proie au délire. Vous êtes-*vous* cogné la tête aussi?

— Je vais bien, docteur, dit-elle en faisant signe que non.

— Alors ne me racontez pas cette histoire saugrenue de bataille qui dure trente ans!

— Je crains que ce soit vrai, insista Kes. Demandez au capitaine si vous ne me croyez pas.

Le médecin la regarda pendant un moment.

— Je vais le lui demander, dit-il en relevant les yeux. Infirmerie à passerelle!

— Ici Janeway. Nous sommes plutôt débordés en ce moment, docteur. Qu'est-ce qu'il y a?

— Cette femme ocampa est à l'infirmerie et elle me raconte des bêtises. Elle me parle d'une bataille qui risque de durer trente ans…

— Nous sommes en plein dedans, docteur. Et, oui, elle pourrait durer trente ans, mais pas *nous*, si nous ne déguerpissons pas d'ici au plus vite. Passerelle, terminé!

Le médecin contempla le plafond, puis se tourna vers Kes.

— Vous parliez sérieusement, dit-il.

Elle hocha la tête.

— Et le capitaine parlait sérieusement?

Kes hocha de nouveau la tête.

— Nous pourrions être détruits?

— C'est possible, dit Kes, mais j'espère que non — ils essaient de nous dégager.

— De toute façon, il faut s'attendre à d'autres blessés, n'est-ce pas? Je veux dire, avant d'être détruits.

— Je le pense, concéda Kes.

— Bien, alors qu'attendez-vous? cria le médecin. L'état de cet homme est stabilisé — préparez un autre lit! Apportez-moi un tricordeur médical et assurez-vous que nos systèmes de téléportation internes sont toujours capables de transporter les blessés à l'infirmerie…

L'hologramme commença à préparer ses instruments et consulta le journal de l'ordinateur central pour vérifier les ressources accessibles et celles classées dans divers compartiments.

— Je présume que vous êtes disponible pour me donner un coup de main. Et le lieutenant…

Le médecin se tut et eut comme un frisson. Kes se dit que c'était sans doute une fluctuation d'énergie du générateur d'images.

— Le lieutenant Paris? s'enquit l'hologramme. Non pas qu'il m'ait été d'un grand secours la dernière fois.

— Oh, c'est lui qui pilote, dit Kes. Il lui est certainement impossible de quitter la station de navigation.

Le médecin hocha la tête et Kes eut l'impression qu'il était soulagé.

— Je comprends, dit-il. Et je suppose que tout l'équipage est occupé aux postes de combat et que nous ne pouvons recruter personne pour nous aider?

— Je ne sais pas, dit Kes. Je suppose que Neelix… Je veux dire, le capitaine lui a donné l'ordre de quitter la passerelle et lui a conseillé d'aller cuisiner.

— Neelix? Le Talaxien?

Kes hocha la tête.

L'hologramme soupesa l'idée; Kes était, une fois de plus, fascinée par la ressemblance des réactions de la simulation avec celles d'un être humain.

— Je ne pense pas que personne soit intéressé à manger pendant une bataille — du moins pas pendant les premières heures, dit l'hologramme. Faites-le venir. S'il nous dérange, nous le renverrons à ses chaudrons.

Kes hocha la tête et tapa son commbadge.

En appelant Neelix, elle se dit qu'elle serait soulagée de l'avoir près d'elle; elle n'aurait pas à s'inquiéter des dangers qu'il courrait ailleurs.

Puis elle regarda le médecin. Avait-*il* pensé à cela? *Était-ce possible* qu'il y ait pensé? Avait-il décidé que la présence de Neelix était requise, non parce qu'il serait vraiment utile, mais juste pour que Kes cesse de se tracasser pour lui?

Elle était incapable de le dire. La technologie de la Fédération était une chose merveilleuse, mais était-il possible qu'un programme informatique se montre à ce point attentionné?

Elle décida de ne pas chercher à comprendre. Les véritables raisons de l'hologramme importaient peu, du moment que Neelix était près d'elle.

Une autre violente secousse ébranla le vaisseau. Une seconde plus tard, le miroitement d'un faisceau de téléporteur apparut au-dessus d'un des lits et le premier d'un contingent de blessés se matérialisa.

Quand Neelix arriva, au bout de quelques minutes, Kes et le médecin travaillaient ensemble au chevet d'une femme brûlée au troisième degré. Une conduite d'énergie avait explosé sur le Pont huit.

Le Talaxien, désemparé, regarda pendant un moment, puis se rendit au chevet d'un autre blessé.

L'homme avait été brûlé aux yeux par un flux thermique. Neelix, tout en essayant de le soulager, jeta un regard à la dérobée à Kes et au médecin, qui travaillaient toujours harmonieusement ensemble.

Comment était-elle capable de faire aussi bien équipe avec une simple image holographique? s'étonna Neelix. Leurs gestes étaient parfaitement coordonnés. Kes passait au médecin le bon instrument presque avant même que sa main ne se tende pour le saisir.

Ce genre de complicité et de compréhension tacite ne se créait d'habitude qu'après des années de contact et d'intimité, comme entre des gens qui travaillaient ensemble depuis toujours — ou entre les deux membres d'un vieux couple.

Neelix plissa le front.

Le talent de Kes venait-il de ses capacités psychiques supranormales? Avait-elle une sorte de relation télépathique avec le médecin holographique?

Comment pouvait-elle avoir un lien psychique avec une simple machine?

Neelix continua de tapoter un antiseptique antithermique sur les écorchures du blessé et se demanda s'il était vraiment raisonnable d'être *jaloux* d'une image holographique.

CHAPITRE
19

Chakotay et Rollins, assis en tailleur sur le plancher métallique brun foncé de leur cellule, parlaient à voix basse et Bereyt était nonchalamment appuyée contre un des murs noirs. Un crépitement électrique attira l'attention du commandant en second. Il leva les yeux quand le champ de force qui obstruait l'embrasure de la porte disparut.

Un seul P'nir était debout sur le seuil. Une large bande vert jaunâtre lui barrait la poitrine. L'éclairage blafard ne permettait pas à Chakotay de déterminer si cette bande de couleur était peinte sur le corps de la créature ou s'il s'agissait d'une sorte de tissu élastique ou de quelque chose d'entièrement différent. Peu importe sa nature, le commander supposa que c'était la marque d'un grade.

Aucun de ceux qui les avaient amenés n'avaient de bande sur la poitrine. Celui-ci était donc différent.

Chakotay ne prit pas la peine de se lever; même debout, il aurait dû se casser le cou pour croiser le regard du P'nir. Il se contenta donc de tourner la tête et de lever les yeux.

— Décrivez-moi l'armement de votre gros vaisseau, dit le P'nir, sans autre préambule.

Il ne s'adressait à personne en particulier, mais avec son visage inexpressif et ses yeux sans pupille, il était difficile d'en être certain. La créature baissait la tête vers les trois captifs, mais Chakotay ne pouvait déterminer qui elle regardait.

Rollins et Bereyt se tournèrent vers Chakotay pour savoir comment réagir; Chakotay s'attendait à ce genre de question.

— Nous aimerions parler à votre capitaine, répliqua-t-il tout de suite.

Les quatre yeux rouges du P'nir l'observèrent. Ce visage dur, dépourvu de traits, était incapable de changer d'expression, mais Chakotay pensa y détecter quand même de la colère.

— Décrivez-moi l'armement de votre gros vaisseau, répéta le P'nir un peu plus fort.

— Monsieur, dit Bereyt en se penchant vers Chakotay, avez-vous remarqué que ces gens s'expriment toujours sur le mode impératif?

Chakotay, surpris, se rendit compte qu'elle avait raison. La seule fois qu'un P'nir lui avait répondu, sa question était précédée par « Dites-moi ».

La remarque était utile. Peut-être serait-il capable de communiquer avec ces êtres après tout. Il déplia ses jambes et se releva lentement, puis leva les yeux vers le P'nir.

— Conduisez-nous à votre capitaine! exigea-t-il.

— Non, dit le P'nir. Décrivez-moi l'armement de votre gros vaisseau.

Sa réponse dénotait qu'il n'avait pas du tout envie de se montrer coopératif, mais au moins il avait répondu; l'observation de Bereyt était exacte. Les P'nirs ne connaissaient apparemment aucune forme de politesse. La créature avait ignoré sa demande de parler au capitaine comme si elle était hors de propos, mais elle avait répondu quand Chakotay avait exigé de le voir. Pour amener les P'nirs à réagir, il devait donc aller droit au but.

— Comprenez qu'il m'est interdit de vous le décrire, dit-il en levant haut la tête et en se donnant l'air le plus autoritaire possible.

Même s'il n'avait pas l'air autoritaire du tout devant une créature qui avait un mètre de plus que lui; quand il levait les yeux vers le visage de la chose, il avait plutôt l'impression d'être un enfant.

Le P'nir le regardait de haut.

— Dites-moi qui l'interdit, dit-il.

— Mon capitaine l'interdit.

— Défiez votre capitaine.

Chakotay leva les yeux vers le P'nir pendant un moment et réfléchit à ce qu'il venait de communiquer.

— Seul un capitaine a le droit de défier un capitaine, dit-il. N'est-ce pas… Je veux dire… Dites-moi si c'est vrai chez les P'nirs.

Le P'nir pencha la tête et parut réfléchir avant de répondre.

— Ce n'est pas vrai, dit-il.

— Expliquez, rétorqua Chakotay d'un ton cassant.

Le P'nir semblait mal à l'aise; peut-être était-il désarçonné que les rôles soient inversés. C'était maintenant Chakotay qui posait les questions, et non plus l'inverse. Le P'nir répondit quand même.

— Nous avons le droit de défier un capitaine, mais pas notre capitaine, dit le P'nir. Et quand un capitaine agit mal, nous avons le devoir de le défier, même si c'est notre capitaine.

— *Mon* capitaine n'a pas mal agi, dit Chakotay.

— Votre capitaine n'est pas p'nir, répondit le P'nir. Votre capitaine n'est pas un vrai capitaine.

Chakotay plissa le front — il se dit que le P'nir ne saurait pas interpréter cette expression; le visage des P'nirs était totalement inexpressif et il n'avaient eu aucun contact direct avec d'autres espèces intelligentes depuis des siècles.

— Dites-moi comment vous savez que mon capitaine n'est pas p'nir, dit-il.

Le P'nir était vraiment mal à l'aise maintenant; deux de ses bras s'agitaient bizarrement, comme si ses pinces cherchaient quelque chose à agripper. Peut-être, pensa Chakotay, ces mouvement de bras étaient, pour les P'nirs, l'équivalent des expressions du visage chez les humanoïdes.

— Votre capitaine n'est pas un vrai capitaine, dit le P'nir.

— Dites-moi comment vous le *savez*, insista Chakotay.

— Votre capitaine a mal agi, dit-il. Aucun capitaine p'nir n'agirait aussi mal.

— Dites-moi en quoi mon capitaine a mal agi, dit Chakotay. Je ne vois aucun comportement incorrect.

— Votre capitaine vous a envoyés dans le danger, répondit le P'nir. Votre capitaine vous a trahis. Vous êtes ici, chez nous, contre votre volonté. Mon capitaine est un vrai capitaine. Elle protège ses subordonnées et ne les envoie pas en territoire étranger sans accord préalable. Obéissez à K't'rien. Elle est le capitaine de ce vaisseau — et obéissez-moi. Je suis sa représentante!

La réaction de la créature et ses exigences donnaient à Chakotay d'intéressants indices sur la culture p'nir, mais il ne prit pas le temps de les approfondir; il voulait garder l'avantage de la conversation.

— Non, dit-il. Je ne vous obéirez pas. Mon capitaine n'a pas mal agi.

— Alors votre capitaine n'est pas p'nir!

Chakotay, dans les circonstances, n'avait pas d'autre argument valable à lui opposer.

— C'est *moi* qui ne suis pas p'nir! dit-il.

— Alors vous n'êtes rien. Décrivez-moi l'armement du vaisseau de votre capitaine, exigea la P'nir.

— Non. Conduisez-moi à votre capitaine, répondit Chakotay.

— Non.

Ce dernier échange mit fin à la conversation.

L'impasse.

Chakotay essaya de réfléchir à la manière de faire comprendre à la P'nir que peut-être, juste peut-être, il se montrerait plus coopératif avec le capitaine qu'avec un sous-fifre — en présumant que son interlocutrice *n'était* qu'un sous-fifre; car sa bande verte indiquait sans doute que c'était une gradée. Peut-être même le commandant en second du vaisseau p'nir, c'est-à-dire son exact homologue.

Mais elle n'était pas capitaine; cela, elle l'avait dit. Elle avait dit qu'elle n'était que la représentante du capitaine.

Comment la convaincre qu'il obéirait au capitaine, mais pas à sa représentante?

Il avait du mal à trouver une façon de le laisser entendre à la P'nir de manière à ce qu'elle l'accepte et sans que ce soit quand même un mensonge éhonté.

Il avait toujours la possibilité de mentir, bien sûr — mais un peuple aussi direct que les P'nirs ne devait pas apprécier beaucoup les menteurs.

Ou bien Chakotay se trompait-il? Il sautait peut-être trop vite aux conclusions. À en juger d'après la peur maladive qu'avaient les Hachais de leurs « traîtrises », les P'nirs n'avaient aucun scrupule à leur mentir.

Mais ils étaient en guerre contre les Hachais, ce qui justifiait bien des choses. Les Hachais étaient les ennemis. Les P'nirs trouvaient peut-être inutile de les traiter honorablement.

Chakotay restait persuadé qu'ils n'apprécieraient pas quelqu'un qui leur mentait. Ils n'avaient pas l'air portés sur l'idée de réciprocité diplomatique.

Du moins, pas cette P'nir-ci; d'autres seraient peut-être plus raisonnables.

Chakotay jeta un coup d'œil à Bereyt, mais elle n'avait rien à lui suggérer cette fois.

Avant qu'il n'ait le temps de consulter Rollins ou de regarder de nouveau la P'nir, elle lui avait tourné le dos et le champ de force était réapparu; elle avait dû prendre le mouvement de sa tête pour un geste indiquant que la conversation était terminée.

Chakotay la regarda partir, l'air renfrogné.

— Nom de dieu! s'exclama-t-il. Comment négocier avec des créatures qui ont cette attitude?

— Je l'ignore, monsieur, répondit Bereyt. Je trouve que vous avez plutôt bien réussi.

— Pas assez bien, dit Chakotay.

— Il est peut-être impossible de faire mieux, dit Bereyt. Les Hachais, depuis des centaines d'années, n'y sont pas parvenus.

— Nous ne savons pas s'ils ont *essayé* de négocier, objecta Chakotay.

— En tout cas, vous avez essayé, ajouta Rollins. Le capitaine Janeway réussira peut-être mieux.

Au même moment, à bord du *Voyageur*, Janeway ordonnait : « Pas de torpilles. Nous ne sommes pas capables de nous réapprovisionner. »

— Je vous ferais remarquer, capitaine, dit Tuvok, que si nous mourons ici, nos torpilles à photons ne nous servirons plus à rien.

— Je le sais, Tuvok, rétorqua sèchement Janeway. Nous réussirons à nous dégager d'ici, et nous y réussirons sans torpilles à photons. Est-ce clair?

— Très clair, capitaine, dit le Vulcain. Phaseurs mis à feu.

Il n'était pas vraiment nécessaire qu'il le dise. Une éclatante ligne rouge-orange — l'aveuglant éclair des armes du *Voyageur* — traversa l'écran. Le tir frappa les boucliers du cuirassé hachai qui les harcelait; les boucliers s'éclairèrent d'une fluorescence bleu-vert et l'énergie des phaseurs se perdit dans l'hydrogène interstellaire surchauffé et dans un scintillant nuage de poussière de métal — la poussière des centaines de vaisseaux détruits depuis les siècles que durait la bataille.

Et rien d'autre ne se passa. Le coup n'était pas parvenu à percer les boucliers háchais. Le cuirassé les pourchassait toujours.

— Procédure de désengagement, monsieur Paris, cria Janeway.

— À vos ordres, capitaine, répondit Paris.

Il amorça la manœuvre pour dégager le *Voyageur* vers bâbord.

— Poursuivez le tir, monsieur Tuvok.

— Phaseurs mis à feu.

Le violent éclair des rayons rouges cingla de nouveau, et de nouveau se perdit en chaleur et en lumière contre les boucliers intacts du cuirassé hachai.

— Monsieur Neelix avait raison quand il parlait de l'efficacité des générateurs de boucliers hachais, capitaine, dit Tuvok. Nos armes n'ont aucun effet.

— Je le constate, dit Janeway. Et si Neelix le savait, je me demande s'il ne connaît pas un moyen d'en détruire le blindage.

— Je ne le pense pas, capitaine, étant donné sa réticence extrême devant la perspective d'affronter les Hachais, dit le Vulcain.

— C'est vrai, dit Janeway, mais elle appela quand même : « Neelix, vous êtes requis sur la passerelle. »

— Capitaine, ici le programme médical holographique d'urgence, répondit une voix. Monsieur Neelix m'aide à soigner les blessés; sa présence sur la passerelle est-elle indispensable?

Janeway, ébranlée, leva les yeux. Elle n'avait pas réalisé qu'il y avait déjà des blessés. Il y en aurait, bien sûr — on lui avait communiqué le rapport des dégâts; et chaque fois que la violence d'une situation infligeait des dégâts matériels, il y avait aussi des pertes humaines.

— Docteur, combien y a-t-il de blessés à l'infirmerie?

— Huit jusqu'ici, capitaine — aucun dans un état critique.

Un tir hachai frappa soudain les boucliers avec assez de force pour ébranler tout le vaisseau.

— Monsieur Neelix, appela Janeway, nos armes ne pénètrent pas les boucliers hachais. Connaissez-vous un moyen de les percer?

— Je crains que non, capitaine, répondit le Talaxien. C'est la raison pour laquelle le commerce des générateurs de boucliers hachais est si populaire.

— Merci, monsieur Neelix, répondit Janeway. Continuez, je vous prie, de donner un coup de main à l'infirmerie. Passerelle, terminé! Analyse tactique, monsieur Tuvok, dit-elle ensuite en se tournant vers le Vulcain.

— Le seul effet perceptible de nos tirs a été de nous antagoniser les Hachais, rapporta Tuvok. Ils ont très vite compris que nos phaseurs étaient inefficaces et c'est la raison pour laquelle ils ne prennent même plus la peine de garder leurs distances. Nous sommes sérieusement en danger, capitaine.

— Y a-t-il quelque chose à faire?

— Si nous parvenions à quitter la zone de combat, nous nous échapperions facilement, répondit Tuvok. L'analyse de nos senseurs indique que ni les vaisseaux hachais ni les vaisseaux p'nirs n'ont la capacité d'atteindre les vitesses de distorsion. Je ne vois cependant aucun moyen de nous tirer de ce mauvais pas, à moins que monsieur Paris ne nous dégage ou que nous trouvions une arme assez efficace contre les boucliers hachais pour nous ouvrir un passage de force. Nous sommes piégés. J'estime que, dans moins de six heures, nos réserves d'énergie seront épuisées, nos boucliers inopérants et le *Voyageur* détruit.

Janeway se tourna et regarda l'écran; ils frôlaient, à cet instant là, le flanc d'un cuirassé hachai. L'immense surface grise barrée de trois bandes orange remplissait toute l'image. Puis ils s'éloignèrent et leur trajectoire les dirigea tout droit vers un trio de vaisseaux p'nirs noirs et hérissés de tourelles. Le cuirassé hachai ouvrit le feu sur le *Voyageur* et la passerelle trembla.

— Trouvez une arme qui soit efficace contre les boucliers hachais, dit Janeway, les yeux fixés sur le visualiseur principal. Vous avez dit que leurs boucliers étaient plus efficaces que les nôtres? Pourquoi, monsieur Tuvok?

— Parce que leur ajustement est plus pointu, capitaine, expliqua Tuvok. Les Hachais ne gaspillent pas d'énergie à se défendre contre d'improbables technologies offensives et tous les boucliers d'un même vaisseau sont autonomes; chaque bâtiment dispose d'un champ d'énergie unique et intégré. Le moindre erg injecté dans les boucliers se situe dans la gamme des fréquences et le système de résonance de l'armement p'nir, tandis que la réponse opérante de nos boucliers est beaucoup moins discriminative.

— Et les P'nirs sont incapables de construire des armes dans d'autres gammes de fréquences ou d'autres systèmes de résonance?

— Apparemment. Même s'il est plus restreint que celui des nôtres, le champ d'efficacité des boucliers hachais reste néanmoins extrêmement étendu.

— Et les P'nirs ne peuvent ajuster leurs armes hors de cette gamme de fréquences, dit Janeway. Mais ils n'ont pas de phaseurs. Ils ne connaissent pas le circuit de Kawamura-Franklin; leur armement n'est donc ni monophasé ni monopolarisé.

— Exact, capitaine, concéda le Vulcain, mais je ne vois pas en quoi cette donnée nous est utile.

— Je l'ignore aussi, Tuvok. Je ne suis pas ingénieur.

Elle se redressa et appela : « Janeway à Ingénierie. »

— Ici Torres, capitaine. Si vous vous posez des questions à propos des moteurs…

— Pas cette fois-ci, B'Elanna, dit Janeway. Je sais que vous faites tout en votre pouvoir pour leur garder leur rendement maximal.

Torres poussa un soupir.

— Qu'y a-t-il à votre service, capitaine? Je suis très occupée ici à essayer, malgré tous ces coups de boutoir, de garder les choses en bon état.

— B'Elanna, je veux que vous examiniez les données enregistrées par nos senseurs concernant les boucliers hachais. Trouvez un moyen de les neutraliser. Ces gens n'ont pas de phaseurs; leur armement n'est pas monopolarisé. Pouvons-nous en tirer avantage?

— Capitaine, je n'ai cessé jusqu'ici de bichonner les moteurs et de la manière dont monsieur Paris en abuse, je n'ai pas eu le temps de penser à…

Un barrage d'énergie hachai ébranla de nouveau le vaisseau; Janeway vacilla et le pont plongea sous ses pieds. L'image à l'écran trembla et l'éclairage faiblit; pendant une demi-seconde, le brasillement bleu et or des tableaux de bord éclaira seul la passerelle.

— B'Elanna, si nous ne trouvons pas très vite un moyen de percer ces boucliers, dit Janeway, nous n'aurons bientôt plus de moteurs du tout! Demandez à Carey de s'occuper des moteurs; et vous, mettez-vous tout de suite au travail. Trouvez comment percer les boucliers hachais!

CHAPITRE
20

Harry Kim, accroupi contre la cloison, aurait aimé pouvoir retenir sa respiration pendant plus d'une ou deux minutes à la fois. Son fuseur était armé. Il le tenait pointé vers le plafond, mais espérait vraiment du fond du cœur ne pas avoir à s'en servir.

Les P'nirs, de l'autre côté du couloir incurvé, continuaient de vaquer à leurs occupations. Les cliquetis et les bruits de coups ne cessaient pas.

Kim n'avait aucune idée de ce qu'ils faisaient; il attendait que le calme revienne.

Il ne revenait pas.

Alors Kim restait accroupi et attendait.

Il n'avait pas encore vu de P'nir et n'osait pas jeter un coup d'œil de l'autre côté pour les voir.

Silencieux comme une ombre, il s'était faufilé dans ce couloir et s'était immobilisé quand il avait entendu les bruits. Puis, dans la semi-obscurité, il s'était approché avec précaution de ce tournant, avec l'espoir que les P'nirs ne viendraient pas de ce côté.

Et il attendait.

À part son visage et les épaules de son uniforme qu'il aurait aimé camoufler, le reste de son corps était presque invisible contre le noir des murs.

Kim se demandait si les P'nirs avaient l'ouïe sensible.

Il se demandait à quoi ils ressemblaient. À en juger d'après ce qu'il avait vu de leur vaisseau, particulièrement les graffitis et les panneaux de contrôle encastrés dans les chambranles des portes, ils devaient être beaucoup plus grands que les humains. Et d'après les bruits qu'il entendait maintenant, Kim se dit aussi qu'ils avaient des pinces rigides à la place des doigts.

Mais il ne fallait pas que cela affecte l'opinion qu'il avait de ce peuple. Starfleet enseignait à ses cadets de passer autant que possible par-dessus l'apparence physique des vivants pour se concentrer sur l'âme et l'esprit que leurs corps abritaient. Kim savait qu'une intelligence gazeuse, logée dans une étoile, pouvait être un frère spirituel pour les humains.

Mais il n'aimait quand même pas les claquements secs de ces pinces de l'autre côté du tournant. La part irrationnelle de son être les imaginait qui se refermaient sur son corps et il dut s'avouer que les P'nirs ne lui étaient pas sympathiques, même s'il ne les avait jamais vus.

Il pensa revenir sur ses pas et retourner sans bruit à l'entrepôt où il s'était matérialisé, mais changea vite d'avis. La sécurité p'nir avait peut-être déjà découvert la porte qu'il avait découpée.

Kim était passé devant d'autres couloirs; l'idée lui vint d'en essayer un. Celui dans lequel il se trouvait semblait orienté dans la bonne direction, mais il était peut-être plus sage d'emprunter un passage moins direct.

L'idée de chercher un autre chemin finit par l'emporter car ces déplaisants cognements ne cessaient pas. Kim fit demi-tour et se glissa silencieusement dans un des corridors latéraux plus étroits.

« Demandez à Carey de s'occuper des moteurs », ronchonna tout bas Torres qui se préparait à passer les contrôles à son collègue ingénieur. « Même si on lui en imprimait les instructions directement dans les neurones, Carey serait incapable d'opérer convenablement un réacteur de distorsion! Même si sa vie en dépendait, il ne saurait même pas réaligner un simple conduit plasmique. »

Torres regarda le brasillement bleu du cœur du réacteur.

— Toi, sois sage! lui cria-t-elle. Tu restes réglé, compris! Sinon je te démonte boulon par boulon. Je te défais en mille morceaux et je reconstruis de mes propres mains un propulseur de distorsion flambant neuf!

Après sa petite crise, elle se sentit un peu soulagée. Elle se retourna et se remit quand même à crier.

— Monsieur Carey! Tâchez de garder ces engins connectés à l'unité centrale! Il faut que je m'occupe d'autre chose.

Le lieutenant Carey se hâta, sans dire un mot, de prendre place devant le bloc de contrôle du réacteur principal.

Le silence et la coopération de son subordonné la mit de meilleure humeur et toute grogne l'avait quittée quand elle s'installa, à l'autre bout du local, devant le moniteur d'un périphérique de sortie pour y examiner l'analyse des boucliers hachais faite par Tuvok.

D'élégantes formes d'ondes tridimensionnelles dansaient sur l'écran et, sans le vouloir, Torres se retrouva profondément absorbée à les étudier.

Ces boucliers étaient du grand art — une conception merveilleuse! Pour concevoir des engins équipés de tels systèmes de défense, les Hachais disposaient certainement d'ingénieurs de très haut calibre, pensa Torres. Les flux d'énergie étaient d'une régularité absolue, sans aucun des effets hétérodynes complexes et énergivores des boucliers habituels.

En fait, constata Torres, il n'y avait pratiquement pas de gaspillage du tout; ces boucliers, quand ils étaient activés, ne drainaient pas un dixième de l'énergie nécessaire à ceux du *Voyageur* et devaient être capables d'absorber des tirs une centaine de fois plus violents.

Mais cette magnifique régularité impliquait une synchronisation et un alignement parfaits de tous les champs, et si l'on trouvait une polarisation synchrone correspondante des faisceaux des phaseurs, ils perceraient ces boucliers aussi facilement que s'ils étaient inexistants.

Cette évidence lui remémora certains des enseignements de l'année qu'elle avait passée à l'Académie de Starfleet.

Il y avait une raison pour laquelle personne dans le Quadrant Alpha ne construisait ce genre de boucliers. Certains ingénieurs avaient, bien sûr, pensé aligner les champs, se rappela Torres. Le concept était connu et sa mise en application avait été suggérée plusieurs fois au cours du dernier siècle.

Le problème d'un tel agencement était sa vulnérabilité à toute polarisation synchrone correspondante — et c'était un problème de taille. Il arrivait de temps en temps que l'on tombe sur ce synchronisme tout à fait par hasard, et il fallait s'attendre à ce que n'importe quel ennemi intelligent le découvre. Ces courbes élégantes étaient efficaces, mais elles avaient un défaut majeur.

Et il *devait* y avoir un moyen de trouver la polarisation correspondante. Cela ne devait pas être compliqué.

Au fait, à bien y penser...

Était-il vraiment possible que ce soit *aussi* simple?

Elle plissa le front.

— Torres à Janeway, appela-t-elle. Vous avez dit que ces gens n'avaient pas de phaseurs.

— Non, répondit le capitaine. Ils se servent d'énergie phasée non polarisée.

— Ils doivent absorber une quantité énorme d'énergie, exact? demanda Torres. Ces boucliers que me montre Tuvok ont une efficacité de plus de quatre-vingt-dix-neuf pour cent contre les tirs d'énergie phasée non polarisée.

Sur la passerelle, Janeway se tourna, l'air interrogateur, vers Tuvok.

— Cela semble le cas, confirma le Vulcain. D'après nos observations, l'efficacité des armes énergétiques p'nirs contre les boucliers hachais serait de moins de un dixième de un pour cent.

— Et elles sont quand même plus efficaces que les nôtres, dit Janeway. Avez-vous trouvé quelque chose, B'Elanna?

— Bien, je pense que oui, capitaine, mais j'ai du mal à croire que c'est aussi simple.

— Quoi?

— Eh bien, leurs *armes* ne sont pas polarisées, mais leurs *boucliers* le sont, expliqua Torres, d'où leur efficacité. Il suffirait donc de modifier la polarité de nos phaseurs jusqu'à ce qu'elle corresponde à la polarité de leurs boucliers. Ils devraient alors y entrer comme dans du beurre.

Janeway regarda Tuvok, mais il n'avait pas l'air de comprendre.

— Tout cela est bien beau en théorie, dit Janeway, mais comment *déterminer* la polarité exacte de leurs boucliers? Nous n'avons pas le temps de scanner les boucliers de chaque vaisseau qui nous attaque pour en analyser la polarité et régler nos phaseurs en conséquence.

— Oh, ça c'est la partie facile, capitaine, répondit Torres. Comme les boucliers absorbent n'importe quelle énergie qui les bombarde et que nos phaseurs sont polarisés, quand vous tirez du phaseur contre les boucliers, le flux énergétique des boucliers s'inverse pour absorber l'énergie des phaseurs. Il suffit donc d'inverser immédiatement la polarité des phaseurs. L'énergie passera tout droit. Les boucliers n'en absorberont rien et donc ne se réaligneront pas — vous pourrez découper le vaisseau protégé derrière ses boucliers comme un vulgaire morceau de fromage.

Janeway et Tuvok se regardèrent.

Le vaisseau fit une embardée et Paris marmonna quelques jurons avant de dégager le *Voyageur* de la ligne de tir.

— Vous l'avez entendue, monsieur Tuvok, dit Janeway. Choisissez votre cible et ouvrez le feu dès que vous êtes prêt.

— Oui, capitaine, répondit Tuvok.

Janeway observait, crispée, pendant que le Vulcain scannait les alentours.

— Cible choisie, dit-il. Phaseurs verrouillés.

— Feu! jappa Janeway en virevoltant sur elle-même pour regarder le visualiseur.

Un rayon de feu rouge jaillit du *Voyageur* et gicla contre les boucliers d'un gigantesque vaisseau hachai. Les boucliers s'illuminèrent d'une incandescence vert-bleu...

— Inversion de la polarité, dit Tuvok d'une voix calme.

Pendant un instant, Janeway ne vit aucun changement; le faisceau des phaseurs du *Voyageur* se perdait toujours dans l'incandescence vert-bleu des boucliers.

Puis, soudain, les phaseurs les perforèrent et dessinèrent une ligne de feu sur le fuselage du vaisseau hachai. Ils découpèrent le métal de la coque, chauffant à blanc chaque côté de la brèche, et rasèrent incidemment une antenne prise dans le rayon-chercheur.

Une seconde plus tard, la coque intérieure du vaisseau de guerre céda. Un nuage de gaz et de débris, de plus en plus gros, en jaillit. Un orifice d'échappement explosa plusieurs mètres plus loin que le point d'impact sous l'effet de l'effondrement de la pression intérieure du vaisseau et un caillot de matière noire en fusa.

— Cessez le feu! cria Janeway.

Le faisceau disparut.

Le vaisseau endommagé changeait de trajectoire et virait de bord pour esquiver cette attaque aussi fatale qu'inattendue, semant la confusion parmi ses alliés. Des débris se répandaient par la longue balafre dans son flanc.

Janeway se sentait mal dans sa peau. Ils étaient venus pour faire la paix, pas pour détruire. Elle se prit à espérer qu'il n'y ait pas trop de victimes.

— Ingénierie, dit Janeway d'un ton brusque. B'Elanna, vous avez vu?

— Oui, capitaine, répondit Torres. On dirait que mon truc a marché. Ces boucliers hyperréglés ne pourront désormais plus rien contre nos phaseurs.

Avant qu'aucune des deux femmes ait le temps d'ajouter un mot, une attaque soudaine secoua le *Voyageur*; le visualiseur principal, saturé, devint noir pendant un moment.

— Six vaisseaux hachais concentrent le tir sur nous, capitaine, rapporta Tuvok. Efficacité des boucliers réduite de douze pour cent.

— Ripostez, monsieur Tuvok, dit Janeway. Et inversez la polarité. Concentrez le tir sur les systèmes de commande et l'armement; évitez les installations de pressurisation atmosphérique, ajouta-t-elle après une seconde d'hésitation. Nous voulons leur infliger des dégâts, mais sans perte de vie inutile.

— Compris, capitaine, dit Tuvok. Phaseurs armés.

Janeway, une main posée sur la console de navigation, se pencha pour mieux voir l'écran où l'image était revenue, filtrée pour être plus nette.

La console sous sa main était chaude; les systèmes étaient surchargés. Elle absorba inconsciemment cette information et l'ajouta aux autres facteurs dont elle soupesait l'importance.

Le tir du *Voyageur* frappa de plein fouet un autre vaisseau hachai; Janeway ne distinguait pas les détails car l'image, captée à travers leurs propres boucliers surchargés, était embrouillée, mais encore une fois l'énergie des phaseurs se dispersa sans faire aucun dégât.

— Inversion de la polarité, dit Tuvok.

Un instant plus tard, elle constata que le coup portait. Les phaseurs découpaient facilement la coque du vaisseau hachai d'où giclaient des débris de métal en fusion.

Janeway eut un bref sourire contraint et malheureux.

Les armes du *Voyageur* perçaient les boucliers hachais s'ils restaient assez longtemps braqués sur leur cible pour pratiquer l'inversion de polarité découverte par Torres. Mais le besoin de contact prolongé signifiait qu'ils n'étaient pas capables de détruire les vaisseaux de leurs adversaires à volonté; ils devaient se contenter d'infliger des dégâts relativement mineurs.

Et c'était tant mieux, si cela voulait dire aussi qu'ils ne tueraient pas un trop grand nombre de Hachais. Même s'ils en tuaient plus que Janeway ne l'avait prévu — et plus que les Hachais ne l'avaient eux-mêmes prévu. Neelix avait dit qu'ils construisaient les meilleurs boucliers de tout ce secteur de la Galaxie et qu'ils le savaient; ils étaient sans doute persuadés qu'ils n'avaient rien à craindre de ce vaisseau intrus qu'ils ne connaissaient pas, et étaient obligés maintenant de changer d'avis.

Janeway se tourna, sur le point de demander à Harry Kim d'ouvrir une fréquence, mais elle se rappela que Harry n'était pas là. Il était avec Chakotay à bord d'un des croiseurs p'nirs. Tuvok était absorbé par le contrôle des tirs; Paris essayait de dégager le vaisseau et de l'amener hors de la zone de combat. Un homme qu'elle connaissait à peine, un Maquis appelé Evans, occupait la station des opérations.

Un autre tir de barrage frappa le vaisseau et l'ébranla de violentes secousses.

— Monsieur Evans, dit Janeway, ouvrez un canal de communication avec les Hachais.

— Canal ouvert, capitaine, répondit Evans.

Les phaseurs du *Voyageur* lancèrent de nouveaux éclairs et, après une ou deux secondes de crépitement sans effet, découpèrent d'un coup le flanc d'un autre destroyer hachai.

— Cessez le feu, monsieur Tuvok, dit Janeway. Monsieur Evans, la communication est-elle établie?

— Je pense, capitaine, répondit Evans. Ils ne répondent pas, mais je pense qu'ils écoutent.

— Parfait, dit Janeway en hochant la tête.

Elle se leva, face à l'écran principal.

— Ici Kathryn Janeway, capitaine du vaisseau stellaire fédéral *Voyageur*, déclara-t-elle. Vous constatez, malgré la qualité de vos systèmes de défense, l'efficacité de nos armes contre vos bâtiments. Nous souhaitons quitter paisiblement ce secteur et n'ouvrirons le feu que si vous tirez sur nous. Mais si vos attaques continuent, tout vaisseau qui nous assaille sera détruit.

Elle attendit en vain une réponse.

— Ils ne nous répondent pas directement, capitaine, rapporta Evans, mais je capte des transmissions entre leurs vaisseaux. Ils donnent l'ordre de ne pas nous écouter et de nous détruire à tout prix.

Janeway pensa qu'elle aurait dû savoir que les Hachais étaient bien trop têtus pour renoncer aussi facilement.

— Coupez la communication, monsieur Evans, dit-elle. Monsieur Tuvok, ouvrez le feu sur tout assaillant.

— Je doute fort que nous soyons capables de mettre votre menace à exécution, capitaine, dit Tuvok

— Je le sais, répondit Janeway. Essayez quand même de convaincre les Hachais que ce n'étaient pas des paroles en l'air.

— Phaseurs armés… Inversion de la polarité, ajouta-t-il, un instant plus tard.

— Monsieur Paris, dit Janeway, sortez-nous d'ici. Par tous les moyens possibles.

— J'essaie, capitaine, répondit Paris. Croyez-moi, j'essaie!

Janeway hocha la tête et tapa son commbadge.

— Janeway à Torres, dit-elle.

— Ici Torres, répondit une voix.

— B'Elanna, s'il vous reste du jus dans ces propulseurs, assurez-vous que Tom Paris y ait accès pour nous dégager d'ici!

— Mais Chako…

Torres coupa court à sa protestation avant que Janeway ne le fasse à sa place.

— Oui, capitaine, dit-elle. Je vais voir ce que je peux faire.

CHAPITRE
21

Après avoir rebroussé chemin à trois ou quatre reprises, Harry Kim se dit que les concepteurs de ce croiseur p'nir n'avaient pas gaspillé d'espace en passages inutiles. Plusieurs couloirs avaient l'air de déboucher mais étaient, en fait, des culs-de-sac, et l'idée de trouver un autre chemin lui semblait maintenant de plus en plus saugrenue. Il se demandait si les P'nirs travaillaient toujours dans le couloir principal.

Au moins, il n'avait rencontré personne dans les couloirs latéraux — il n'avait entendu ni bruits de pas ni claquements de pinces et n'avait rien vu bouger. Dans l'éclairage blafard et avec ces murs noirs, il n'avait pas vu grand-chose de toute façon — il avait dû s'enfoncer dans les couloirs presque jusqu'au bout pour vérifier qu'il s'agissait bien de culs-de-sac.

L'odeur était la même que partout ailleurs, une désagréable odeur d'huile, mais Kim était à peu près certain que c'était l'odeur même de l'air. Elle n'émanait pas des P'nirs eux-mêmes et ne voulait pas dire que quelqu'un soit récemment passé dans le secteur.

Cette puanteur était, pour eux, l'équivalent d'un purificateur d'air, se dit-il, une petite touche qui leur rappelait l'atmosphère de chez eux.

En plus du silence oppressant, l'éclairage verdâtre, déjà faible, semblait plus faible encore dans cette section, comme s'il s'agissait d'un éclairage de secours; Kim était de plus en plus persuadé qu'il ne rencontrerait personne. Cette partie du vaisseau, dont il ne devinait pas l'utilité, était déserte en ce moment.

Il se faisait la réflexion quand il tourna un autre coin et tomba soudain face-à-face… ou plutôt face-à-thorax avec un P'nir. Le nez de Kim se trouvait à moins d'un mètre de la surface dure, noire et luisante de son exosquelette.

C'était le premier P'nir que Kim voyait et ce fut pour lui tout un choc. Il avait déduit de l'architecture du vaisseau qu'ils étaient grands et minces, mais pas à ce point. Ce P'nir était *très* grand, trois mètres, et même plus — presque deux fois la taille de Kim. Son visage vide et ses quatre yeux rouges le scrutaient d'une invraisemblable hauteur.

Kim savait ce qu'il avait à faire. Il leva son fuseur et tira, fâché après lui-même d'avoir relâché sa vigilance après avoir arpenté tant de couloirs déserts; il n'avait pas fait attention et était presque rentré dans cette créature.

L'éclat du faisceau du fuseur était intense, douloureux dans la phosphorescence verdâtre de ce que les P'nirs considéraient apparemment comme un éclairage suffisant.

Heureusement, la rencontre stupéfiait le P'nir autant, sinon plus, que Kim; Kim savait, lui, qu'il y avait des centaines de P'nirs à bord, tandis que le P'nir n'avait pas la moindre idée que des humains se promenaient en liberté dans son vaisseau. La créature n'attaquait pas et ne se retournait pas non plus pour fuir. Elle ne fit rien de dangereux, mais battit vaguement l'air de ses quatre bras. Kim réalisa que son premier tir n'avait atteint aucun centre nerveux important. Il l'avait juste étourdi, au lieu de le rendre inconscient. Il fit feu de nouveau et visa la tête.

La créature ignora le faisceau du fuseur et, maintenant revenue de sa surprise, essaya d'attraper Kim qui s'aperçut que le P'nir avait non seulement des pinces complexes et féroces, mais aussi que les bords des surfaces intérieures de ses bras supérieurs étaient durs, épouvantablement acérés et en dents de scie.

Comme le P'nir était toujours conscient, Kim comprit que leur cerveau ne se trouvait vraisemblablement pas dans la tête. Il était trop près pour élargir le faisceau de manière à atteindre d'un coup le corps entier. Il se baissa, bloqua la gâchette et agita le fuseur de haut en bas pour asperger toute l'anatomie de son adversaire.

Quand le rayon toucha le milieu de son torse, le P'nir vacilla, poussa un cri de détresse et bascula contre la paroi noire du couloir. Il était trop grand et trop rigide pour tomber de tout son long dans cet espace réduit. Son corps se coinça contre le mur, la tête renversée vers le haut de sorte que Kim ne voyait pas s'il avait les yeux ouverts ou fermés, mais il était de toute évidence inconscient.

Harry se redressa, regarda de chaque côté du couloir et ne détecta rien qui indiquait que quelqu'un ait vu ou entendu l'incident. Il baissa les yeux pour lire l'affichage de son fuseur.

Le niveau de l'indicateur de charge avait baissé de manière alarmante; les fuseurs portatifs, même réglés sur anesthésie, n'étaient pas conçus pour arroser leur cible d'énergie comme une lance d'incendie. Si Kim rencontrait d'autres P'nirs — et il en rencontrerait sans aucun doute, puisque celui-ci sonnerait l'alarme quand il reviendrait à lui, avec pour effet d'amener les forces de sécurité à patrouiller le vaisseau — il aurait besoin, s'il voulait leur échapper, de les neutraliser plus efficacement.

Kim se dit qu'il pourrait tuer le P'nir inconscient, et du même coup éliminer le problème de ce que ferait la créature quand elle se réveillerait, mais ce n'était vraiment pas un geste à poser pour un membre d'une mission diplomatique. Chakotay avait peut-être réussi à vaincre l'hostilité initiale des P'nirs et discutait peut-être, en ce moment même, des conditions de la paix avec leur capitaine. Si Kim tuait un membre d'équipage innocent, il gâcherait tout.

De plus, il ne voulait blesser personne. Il ne voulait pas de mal à ce P'nir qui avait juste eu la malchance de se trouver au mauvais endroit au mauvais moment.

Kim devait se montrer plus vigilant et quitter cet endroit au plus vite — il atteindrait peut-être la navette avant que sa victime ne sorte de son coma ou que quelqu'un la découvre.

Mais s'il tombait sur un autre P'nir, il devait utiliser plus efficacement son fuseur.

À en juger par l'endroit où l'arme pointait quand le P'nir s'était écroulé, Harry présuma que son cerveau se trouvait dans la partie inférieure de son thorax, juste au-dessus de la jointure dans son exosquelette qui lui permettait de plier le haut du corps. À cet endroit, la chitine — ou la matière qui constituait sa cuticule — semblait aussi plus épaisse, comme si plusieurs couches de membrane vert-noir y étaient superposées.

C'était logique, mais guère pratique. Et la protubérance dont Kim déduisit qu'elle était l'équivalent d'une boîte crânienne était située dans le dos. Il était donc plus efficace de les viser par l'arrière. Cependant, à en juger d'après la manière dont celui-ci s'était comporté, Kim ne pensait pas avoir de nombreuses occasions de tirer sur des P'nirs qui fuyaient et lui tournaient le dos.

Il fit la grimace, jeta un autre coup d'œil dans le passage, puis laissa le P'nir assommé et se mit à courir en espérant se diriger vers le hangar où la navette attendait.

Il avait deviné juste. Il ne s'engagea que dans un mauvais couloir latéral avant de finir par émerger, dix minutes plus tard, dans le hangar.

La navette se découpait clairement contre les sombres parois noires et vertes. Deux gardes étaient debout à côté du sas fermé; Kim se cacha à l'entrée du couloir. Son uniforme où le noir prédominait se confondait avec le noir des murs et les gardes ne l'avaient pas encore repéré.

Après un moment d'hésitation, il régla son fuseur sur anesthésie maximum, en ajusta la portée et l'angle de tir, puis cibla les deux gardes et visa leurs corps à l'endroit où il pensait que se trouvaient leurs cerveaux.

Le coup porta, mais pas aussi vite qu'il l'espérait; l'un des deux P'nirs eut le temps de toucher un instrument attaché à sa ceinture et l'autre parvint à sortir une arme avant de s'effondrer. Quelques secondes plus tard, un sifflement sinistre et assourdissant retentit dans tout le vaisseau — un signal d'alerte, Kim en était certain.

Il atteignit la navette, après une suite de bonds spectaculaires rendus possibles par la microgravité, et grimpa à toute vitesse à bord, puis referma hermétiquement le sas.

À l'intérieur, le signal d'alerte était toujours audible, mais très faible.

Après tout le temps passé à bord du croiseur, la pesanteur artificielle de la navette, plus dense, était étrange et Kim dut plisser les yeux pour réajuster sa vue à un éclairage normal. Malgré tout, quelques secondes plus tard, il était installé devant les contrôles et scannait l'intérieur du croiseur.

Les senseurs ne détectaient que trois formes de vie humanoïde à bord et indiquaient qu'ils portaient tous les trois des commbadges; il devait s'agir de Chakotay et des autres. Ils étaient tous les trois seuls dans une pièce — il n'y avait donc pas de discussions de haut niveau en cours pour rétablir la paix, pensa Kim.

Et il doutait aussi que d'autres réunions soient prévues. Ses trois collègues se trouvaient dans une des nombreuses petites pièces identiques alignées le long d'un couloir, un agencement qui évoquait plus les cellules d'un quartier de détention qu'une zone de salles de conférence. Les senseurs n'y détectaient aucun système de liaison informatique; Kim était incapable d'imaginer une importante rencontre diplomatique sans accès direct à un réseau d'ordinateurs.

Kim présuma que la proue du vaisseau abritait la passerelle. Un rapide balayage montra l'équipage qui vaquait à ses occupations et un balayage extérieur lui indiqua que la bataille faisait toujours rage avec plus de violence que jamais.

La mission de Chakotay avait donc échoué. Le commander et les autres étaient prisonniers. La chose évidente à faire était de les tirer de là le plus vite possible.

Kim s'installa rapidement devant les commandes du système de téléportation.

Un instant plus tard, le faisceau du téléporteur miroita et scintilla. Chakotay, Rollins et Bereyt, surpris, se matérialisèrent dans la navette — Harry ne s'était pas servi de son commbadge pour les avertir, de peur que les P'nirs n'interceptent la communication.

Chakotay retrouva ses esprits le premier. Il quitta le plot de téléportation et se dirigea vers le siège du pilote.

— Beau travail, monsieur Kim, dit-il. Quelle est notre situation?

— Un des gardes a déclenché l'alerte avant que je puisse le neutraliser, rapporta Kim. J'en ai anesthésié un autre aussi dans un couloir à une soixantaine de mètres d'ici. Ils sauront donc que l'un d'entre nous se trouvait là-bas. Je suis navré.

— Vous avez très bien agi, dit Chakotay en hochant la tête. Vous êtes revenu vivant et vous nous avez libérés. Ça suffit amplement. Quelle est la condition de la navette?

— Je n'ai eu le temps de rien vérifier, à part les senseurs et le téléporteur, monsieur, répondit Kim. Ils fonctionnent parfaitement. Je ne pense pas qu'aucun P'nir soit monté à bord; le sas était toujours fermé quand je suis arrivé. Et les avez-vous bien *regardés*, monsieur? Je ne crois pas qu'ils *entrent* facilement dans notre navette.

— Je les ai bien regardés, monsieur Kim, dit Chakotay. Vous avez sans doute raison.

— Merci de nous avoir secourus, Harry, dit Bereyt.

— Nous voici donc revenus à la case départ, dit Rollins. Nous sommes tous les quatre dans la navette. Comment sortir de ce vaisseau et regagner le *Voyageur*?

Chakotay regarda autour de lui pour trouver une inspiration.

— Si nous téléportions quelqu'un dans leur section Ingénierie, il pourrait saboter les rayons tracteurs, dit-il. Et ensuite, il suffirait de faire sauter les portes de ce hangar pour nous en aller.

— Mais d'abord il faut trouver l'Ingénierie et localiser l'équipement à saboter, dit Bereyt en examinant les rapports des senseurs recueillis par Kim et toujours affichés à l'écran de visualisation. Et nous sommes au centre des combats, au plus chaud de la mêlée. Je ne vois de zones dégagées nulle part.

Elle plissa le front, ajusta plus finement le dispositif d'acquisition des données et vérifia une nouvelle fois l'affichage des senseurs.

— Et le *Voyageur* aussi est coincé en plein milieu de la bataille, commander, ajouta-t-elle.

Chakotay virevolta, bondit de son siège et se pencha par-dessus l'épaule de Bereyt.

— Nom de dieu! s'exclama-t-il.

197

— Ils ont dû nous suivre, dit Rollins.

— Ils sont venus trop près pour nous attendre et la bataille les a enveloppés, comme elle nous a enveloppés. Regardez, vous voyez? répondit Chakotay en montrant, à l'écran, le relevé des positions de l'étoile fixe utilisés par les senseurs pour déterminer les localisations relatives. Tout le champ de bataille s'est déplacé dans cette direction. Ce sphéroïde que nous voulions examiner de plus près se trouvait au centre de la zone de combat et il se trouve maintenant près de la lisière extérieure. Et nous aussi, nous allons vers ce secteur, ajouta-t-il en plissant le front. Ce vaisseau s'y dirige à pleine vitesse.

— Qu'est-ce que cela veut dire? demanda Bereyt.

— Il nous emporte plus loin du *Voyageur*, répondit Chakotay. Nous devrons nous frayer un passage tout seuls, sans nous attendre à ce que le capitaine Janeway nous porte secours.

— Si nous quittons ce croiseur, nous ne tiendrons pas même une minute, dit Rollins. Les boucliers d'une navette ne sont pas conçus pour résister à de tels tirs croisés.

— Et combien de temps tiendra le *Voyageur*? demanda Kim.

Chakotay consulta Bereyt.

— Jusqu'à présent le *Voyageur* tient bon, commander, dit la Bajoranne. La coque du bâtiment p'nir et les interférences de la bataille m'empêchent d'obtenir des relevés très précis, mais les boucliers du *Voyageur* sont toujours opérationnels et le vaisseau a gardé sa liberté de manœuvre.

Kim se pencha et regarda.

— D'après moi, c'est Tom Paris qui est à la barre, dit-il. Personne n'est capable de piloter aussi bien que lui.

— Moi, je suis capable, répondit sèchement Chakotay.

Kim jeta un coup d'œil au visage fermé du commandant en second et se rappela les relations difficiles qu'il entretenait avec Paris.

— Je m'excuse, monsieur, dit Kim. Je ne voulais pas dire…

— Pas de problème, dit Chakotay. Pensez juste à un moyen de nous sortir d'ici et de nous sortir aussi, sains et saufs, de la zone de combat.

— C'est impossible, dit Rollins, avant d'ajouter après un moment de silence : « Monsieur! »

— Tant qu'ils se canardent de la sorte, nous risquons d'être touchés par accident, même si ce n'est pas *nous* qu'ils visent, dit Kim. Il est presque impossible de traverser cette tempête de feu.

— Presque? demanda Chakotay.

— Eh bien! On nous a toujours dit à l'Académie que rien n'était *totalement* impossible, dit Kim. Mais je dois avouer, monsieur, que je ne vois aucune façon de quitter cet endroit tant que cette bataille fait rage.

Chakotay gardait les yeux rivés sur le dispositif d'affichage des senseurs.

— Alors il ne nous reste qu'à faire ce pourquoi le capitaine Janeway nous a envoyés, dit-il.

— Monsieur?

— Convaincre ces gens d'*arrêter* de se battre!

CHAPITRE
22

Tom Paris amorça une soudaine descente en piqué, vira par bâbord et remonta brusquement pour esquiver une salve concentrée de faisceaux d'énergie phasée hachais; pendant un instant, la trajectoire du *Voyageur* le propulsa tout droit vers le bloc arrière d'un vaisseau hachai. Deux autres bâtiments pointaient leurs armes. Paris, qui manœuvrait le vaisseau stellaire comme s'il s'agissait d'un avion de chasse, effectua un autre virage à quarante-cinq degrés par bâbord de nouveau.

— Merde! dit-il alors, en fonçant vers une trouée entre deux cuirassés. Tuvok, pourquoi ne pas avoir tiré? Vous aviez une cible parfaite.

— Je ne l'ai pas vue à temps, répondit le Vulcain. Mes réactions ne sont pas plus rapides que celles des humains. Je ne pouvais prévoir l'occasion que vous m'avez offerte. Le temps d'inverser la polarité des phaseurs, il aurait été trop tard — nous aurions déjà viré de bord.

— Tuvok, transférez les contrôles de nos systèmes de phaseurs auxiliaires à la station de navigation. Réglez-les pour que la polarité s'inverse automatiquement après une seconde, ordonna Janeway en s'agrippant aux accoudoirs de son fauteuil à cause des fluctuations de la pesanteur interne du vaisseau dues aux effets combinés des bombardements hachais et de la manière peu orthodoxe de piloter de Tom Paris. Maintenant, monsieur Paris, ajouta-t-elle, si une autre occasion se présente, saisissez-la vous-même.

— À vos ordres, capitaine. À condition de trouver un doigt libre, répondit Paris.

Le vaisseau vira de bord en bord et fonça vers une autre percée dans la formation hachai.

— Contrôle des phaseurs auxiliaires transféré, capitaine, dit Tuvok. Et j'avais déjà automatisé l'inversion de polarité.

Les phaseurs principaux crachèrent le feu et, après le délai habituel, arrachèrent soudain les ailettes de dispersion thermique d'un vaisseau hachai et pratiquèrent une profonde entaille dans la coque primaire d'un cuirassé.

— Capitaine, s'écria Evans aux opérations, je perds la position du croiseur p'nir qui a capturé le commander Chakotay. Il se dirige vers la périphérie du champ de bataille. Il y a trop d'interférences et trop de bâtiments identiques pour que j'en garde la trace.

— Dois-je essayer de le suivre, capitaine? demanda Paris sans enlever ses mains de ses commandes ni quitter les écrans de navigation des yeux.

Un autre tir hachai ébranla le *Voyageur*.

— Non, dit Janeway. La sécurité du *Voyageur* est notre première priorité. Sortez-nous d'ici, monsieur Paris, et espérons que le commander Chakotay trouve une manière de s'échapper du vaisseau p'nir par ses propres moyens.

— Et s'il n'en est pas capable…marmonna Paris, à moitié pour lui-même, en imprimant au *Voyageur* un autre virage de bord serré.

Paris ne termina pas sa phrase — et Janeway qui en avait entendu le début fut contente qu'il ne l'achève pas.

Chakotay protégeait Paris de l'hostilité des autres Maquis qui le considéraient comme un traître.

Chakotay était le leader moral des Maquis, songea Janeway, et même s'il prenait trop souvent leur parti, il était aussi son meilleur atout pour les garder dans le rang et les intégrer à l'équipage.

Et ses services de commandant en second étaient presque indispensables.

De plus, toutes considérations professionnelles mises à part, Janeway aimait et respectait Chakotay; c'était un homme bon, un homme honorable. Elle ne voulait pas l'abandonner — mais le *Voyageur* était sa principale responsabilité. Elle devait non seulement sortir son vaisseau du champ de bataille, mais aussi le sortir intact, si possible; il n'existait aucune base stellaire dans les parages où réparer les dégâts que leur infligeaient les Hachais.

— Merde, redit Paris qui vira de nouveau de bord si brusquement que la pesanteur artificielle du vaisseau chuta d'une bonne vingtaine de degrés.

Un avertisseur bipa jusqu'à ce qu'Evans l'éteigne.

— Qu'est-ce que c'est? demanda Janeway.

— Un vaisseau p'nir nous coupe, répondit Paris. Il y avait une ouverture dans l'encerclement hachai. J'essayais de nous y faufiler. Le P'nir a coupé juste devant nous.

— Il essayait simplement de s'échapper, comme nous, dit Janeway. Il n'a pas fait feu sur nous, n'est-ce pas?

— Non.

— Bon. Nous n'avons pas besoin d'autres ennemis, monsieur Paris, dit Janeway d'un ton catégorique.

— Capitaine, ce sont les P'nirs qui détiennent Chakotay et qui nous ont mis dans ce pétrin, répondit Paris. J'ai du mal à croire qu'il s'agisse d'un acte…

Il s'interrompit pour se concentrer sur une manœuvre délicate, puis termina sa phrase.

— … d'*amitié*.

Le *Voyageur* subit un nouvel assaut. Trois vaisseaux hachais plus petits le dépassèrent, crachant le feu de toutes leurs armes comme s'ils procédaient à un mitraillage au sol; les phaseurs de Tuvok crépitèrent et arrachèrent une partie du propulseur d'un des trois bâtiments qui se mit en vrille et se fracassa contre un cuirassé de son propre camp. Leurs boucliers empêchèrent les deux vaisseaux d'exploser, mais sous la violence de l'impact le plus petit fut réduit à l'état de pitoyable épave.

— Joli coup, dit Paris. Capitaine, nous sommes presque dégagés — une fois que nous aurons traversé cette trouée à tribord, coordonnées : un trois trois point six zéro cinq, nous aurons quitté la zone de combat.

— Merci, monsieur Paris.

— Je reste convaincu que nous devrions ouvrir le feu sur les P'nirs aussi, dit-il en virant le *Voyageur* de bord pour faire croire aux Hachais qu'il n'avait pas aperçu la faille dans leur formation.

— Monsieur Paris, les P'nirs ne sont peut-être pas nos amis, mais au moins ils ne *nous* bombardent pas. J'aimerais en rester là, dit Janeway.

— À vos ordres, concéda Paris à regret.

— De plus, fit remarquer Janeway, nous ne connaissons pas l'efficacité des boucliers p'nirs. Nous n'avons pas analysé les diagrammes de leurs formes d'ondes; leur susceptibilité à nos phaseurs est peut-être moins élevée que celle de la technologie hachai. Et les P'nirs *détiennent* nos amis dans l'un de leurs vaisseaux, monsieur Paris; si nous ouvrons le feu sur eux, il y a des risques qu'ils tuent Chakotay et les autres simplement pour se venger.

Paris ne répondit rien, mais à voir ses épaules qui s'affaissaient légèrement Janeway eut l'impression que ses paroles l'avaient convaincu.

Les mains du pilote restaient agrippées aux commandes et il poursuivait la feinte qu'il avait planifiée et maintenait l'élan du *Voyageur*.

Le vaisseau vira de bord pour mettre le cap vers la trouée. Janeway vit l'image sur l'écran principal tourner majestueusement et l'immense déploiement des vaisseaux de guerre glissa devant ses yeux. Il y en avait tellement qu'ils cachaient les étoiles — béhémots hachais gris, marqués de bandes de couleur, croiseurs p'nirs, sombres et hérissés de tourelles noires, tous dans le mouvement d'un seul immense tourbillon qui semblait se prolonger à l'infini, illuminé par les faisceaux d'énergie rouge et orange des tirs et les incandescences bleu-vert des boucliers, assombri par les nuages de poussières et de débris.

Et maintenant qu'ils tournaient le dos au cœur de la bataille, Janeway voyait, entre les vaisseaux en mouvement, le noir profond de l'espace interstellaire, plus noir que n'importe quelle coque p'nir et parsemé de scintillantes étoiles. Le rideau des bâtiments de guerre devenait moins opaque et, à mesure que la proue du *Voyageur* tournait, le vide entre les vaisseaux devenait de plus en plus grand.

Elle apercevait maintenant la percée par laquelle Paris avait l'intention de les sortir de la bataille. Des croiseurs légers p'nirs avaient forcés pendant un moment un cuirassé à quitter son escadre et les vaisseaux hachais n'étaient pas assez nombreux pour réussir un encerclement.

— B'Elanna, préparez-moi les moteurs. Ça presse, dit Paris.

Le virage du vaisseau était presque terminé. Le pilote avait la main tendue vers les commandes du réacteur de distorsion. Janeway se raidit quand elle se rendit compte que Paris, qui avait jusqu'ici manœuvré à l'aide des propulseurs et des accélérateurs d'impulsion, avait l'intention de passer en distorsion pour franchir le passage avant que les Hachais ne le referment.

S'il ratait son coup, leurs boucliers ne les sauveraient pas; en vitesse de distorsion, l'impact contre un autre bâtiment réduirait les deux vaisseaux à néant. Ils disparaîtraient tous les deux dans un fulgurant éclair gamma et un rayonnement d'hydrogène surchauffé.

Et alors, avant que la main de Paris ne touche le tableau de bord, un croiseur p'nir obstrua le chemin.

— *Merde*! cria Paris.

Et la main qu'il tendait vers la commande du réacteur de distorsion s'abattit sur la queue de détente des phaseurs.

Les phaseurs auxiliaires crépitèrent. Janeway bondit de son fauteuil.

— Non! cria-t-elle. Monsieur Paris, je…

Puis elle se tut, fascinée par ce qu'elle voyait à l'écran.

Après une seconde, la polarité s'inversa et les phaseurs s'enfoncèrent dans les boucliers du croiseur léger comme un couteau klingon dans de la viande crue. Le faisceau avait atteint le fuselage principal un peu à l'arrière du centre. Janeway estima que la baisse d'énergie, conséquente à la pénétration des défenses p'nirs n'équivalait pas à plus de dix pour cent de la puissance effective des phaseurs.

Le tir de Paris avait été précis et efficace, mais pas assez violent pour endommager aucun vaisseau interstellaire du Quadrant Alpha. Les phaseurs auxiliaires étaient moins puissants que les phaseurs principaux du *Voyageur* et les boucliers p'nirs en avaient encore légèrement réduits la puissance; de plus, le coup n'avait atteint aucune partie névralgique du vaisseau, comme la tête motrice principale ou la soute aux munitions.

Un vaisseau fédéral aurait été secoué, aurait peut-être eu à déplorer quelques blessés légers, des membres d'équipage projetés contre les cloisons ou frappés par des débris. Sans plus. L'équipage d'un croiseur klingon, avec son blindage plus épais, n'aurait même pas remarqué le coup. Seules quelques plaques de son revêtement réfractaire auraient été carbonisées.

Mais le vaisseau p'nir avait littéralement implosé; plusieurs des saillies hérissées d'antennes et plusieurs tourelles s'étaient affaissées sur elles-mêmes ou avaient été arrachées pendant que le corps du bâtiment se déformait. L'atmosphère en jaillissait en bouillonnant par plusieurs grandes brèches.

Janeway frémit à l'idée de la boucherie dont ils étaient responsables.

Ils virent les dégâts de près quand le *Voyageur*, en route vers l'ouverture dans l'escadre hachai, passa à côté du vaisseau naufragé. Mais trois autres croiseurs légers bloquaient maintenant le passage et empêchaient de gagner le large.

— Merde! s'exclama de nouveau Paris.

Il vira brusquement et chercha une autre échappée.

— Bien essayé, monsieur Paris! dit Janeway. Nous reparlerons plus tard de votre tir sur un vaisseau du mauvais camp. En attendant, tâchez de repérer un autre passage. Tuvok, analyse! Qu'est-il arrivé à ce croiseur?

— Fascinant, répondit Tuvok.

Il fit défiler au ralenti sur un de ses moniteurs muraux l'enregistrement vidéo de la destruction du vaisseau, en gardant, cependant, une main sur le programmateur de tir, prêt à riposter à toute attaque.

— Il semblerait, capitaine, dit Tuvok, que les P'nirs avaient une telle confiance dans leurs boucliers, ou manquaient peut-être à ce point de métaux, qu'ils utilisaient les champs d'énergie eux-mêmes comme éléments de structure de la membrure de leurs vaisseaux — les champs forment une sorte d'exosquelette qui ne protége pas seulement le vaisseau, mais sert de point d'appui au bâti lui-même. L'intégrité de la coque *sans* les boucliers paraît insuffisante pour supporter, ne fut-ce que la fatigue normale d'un voyage interstellaire, pour ne pas dire l'impact d'un phaseur de type quatre.

De violentes secousses ébranlèrent le *Voyageur*; le visualiseur principal s'éteignit et l'éclair bleu-blanc des boucliers surchargés éclaira la passerelle. La rétroaction gronda à travers le vaisseau et étouffa le vacarme des phaseurs qui ripostaient à l'attaque. Janeway s'agrippa à la console avant pour garder l'équilibre.

— Une autre attaque hachai? demanda-t-elle.

— Non, dit Paris, en virant une nouvelle fois de bord. J'ai réussi à éviter les Hachais. Cette fois, c'était un P'nir.

— Saleté! dit Janeway.

— Ce sont les P'nirs qui concentrent maintenant le feu sur nous, rapporta Tuvok. Les Hachais rompent le combat et la confusion règne dans leurs rangs.

— Peu m'importe qui nous attaque, dit Janeway d'un ton cassant. *Sortez-nous* d'ici, monsieur Paris.

— J'essaie, capitaine. Croyez-moi, j'essaie!

— Monsieur Paris, si les Hachais ne nous bombardent plus… dit Janeway, sans terminer sa phrase.

— D'accord, capitaine, répondit Paris. J'essaie de traverser leurs formations.

Il changea de nouveau brusquement de cap. Janeway observait la bataille sur les écrans. Au début, les P'nirs présents dans le secteur n'attaquaient pas le *Voyageur*; ils harcelaient les Hachais et profitaient des pertes que l'étranger infligeait à leurs ennemis ancestraux. Une demi-douzaine de croiseurs légers s'étaient faufilés à travers les escadres de cuirassés hachais, pas tellement pour combattre que pour agacer l'ennemi. L'un d'eux avait coupé la route du *Voyageur* avec l'espoir de le garder piégé dans un endroit où il infligerait plus de pertes encore aux Hachais.

Personne ne s'attendait à ce que le vaisseau étranger ouvre le feu sur un P'nir.

Quand le *Voyageur* avait détruit le croiseur p'nir et que le jeu apparent des alliances s'était soudain inversé, les vaisseaux p'nirs des environs avaient tous immédiatement ouverts le feu, mais ils n'étaient pas en position d'entreprendre aucune manœuvre d'encerclement et n'avaient aucune défense efficace pour se protéger des contre-attaques du *Voyageur*.

Ils n'avaient pas de défenses, sauf leurs boucliers.

Pendant des décennies, ces boucliers avaient suffi à protéger les P'nirs.

Mais maintenant les phaseurs du *Voyageur* les perçaient à volonté, détruisaient les champs d'énergie qui étaient l'armature même des vaisseaux de guerre p'nirs et coulaient vaisseau après vaisseau — mais d'autres P'nirs arrivaient, se faufilant à travers les lignes hachais soudain perméables. Louvoyer et esquiver les coups n'était plus la meilleure stratégie; les P'nirs étaient tous aux trousses du *Voyageur* et chargeaient en masse, tellement nombreux qu'il était pratiquement certain que le vaisseau serait détruit avant d'être capable de les neutraliser tous.

La seule stratégie raisonnable était la fuite.

Mais il y avait devant eux, interposés entre le *Voyageur* et la sécurité de l'espace et du large, les restes des escadres d'encerclement hachais.

Ils ne dressaient plus de champs de feu, n'interverrouillaient plus les systèmes de défense de leurs vaisseaux, ne les reliaient plus les uns aux autres pour former une impénétrable muraille d'énergie destructrice, mais pour fuir il fallait toujours passer entre deux gigantesques cuirassés hachais, avec à peine un kilomètre d'espace libre de chaque côté.

Un kilomètre était une bonne distance à la surface d'une planète, mais dans l'immensité du vide interstellaire, ce n'était presque rien. Si Paris, à la station de navigation, évaluait mal l'angle d'approche, ils se fracasseraient sur l'un de ces cuirassés. Ou si les Hachais ouvraient le feu de si près...

Et c'est alors que Paris enfonça soudain le bouton de commande du réacteur de distorsion et Janeway n'eut plus le temps de s'inquiéter de rien. Les surfaces grises balafrées des vaisseaux hachais fonçaient vers eux à des vitesses exponentielles.

CHAPITRE
23

— Vous avez entendu ce qu'a dit la P'nir quand nous étions prisonniers dans cette cellule. Celle qui avait des bandes de couleur sur le torse, dit Chakotay. Cela concorde avec ce que Neelix nous en a dit. Les capitaines p'nirs ont toute autorité et toute latitude pour agir de leur propre initiative. Pour aboutir à quelque chose, il faut parler au capitaine!

— Mais le capitaine ne veut pas nous parler, dit Rollins.

— Hum, commander, dit Kim en montrant du doigt. Je pense… Eh bien, il y a maintenant beaucoup de P'nirs à l'extérieur. Ils se sont rendu compte que nous sommes revenus à bord de la navette.

Chakotay regarda. Comme Kim l'avait dit, il y avait effectivement des dizaines de P'nirs dans le hangar. Ils étaient alignés sur trois rangs et pointaient leurs armes de poing vers la navette.

— Amenez la navette contre la porte principale, ordonna Chakotay. Si leurs tirs sont assez puissants pour percer notre coque, ils perceront la *leur* aussi. Ils n'aimeront pas cela.

— Oui, monsieur, dit Kim.

Kim activa les tuyères de propulsion et, un moment plus tard, le petit engin spatial cogna doucement contre la paroi du portail solidement fermé. Les gardes observaient et tournaient sur place, l'air perdu, comme s'ils attendaient des ordres.

— Si nous sommes incapables de nous rendre chez le capitaine, pourquoi ne pas amener le capitaine ici? dit Kim en levant les yeux des commandes.

Chakotay le regarda pendant une fraction de seconde; puis il hocha la tête.

— Bien, dit-il. Très bien. Sauf qu'il est impossible d'effectuer la saisie de ses coordonnées en aveugle…

— J'irai, dit Kim. Donnez-moi un second commbadge; je le lui épinglerai et il ne vous restera qu'à verrouiller le téléporteur.

— Bien, répéta Chakotay. Bereyt, scannez le vaisseau et trouvez le centre de commandement. Rollins, occupez-vous du téléporteur…

Une seconde plus tard, l'enseigne Kim se matérialisa au centre de la passerelle du croiseur.

La passerelle était un espace en forme de V d'une quinzaine de mètres de long. Le plancher en pente était plus élevé à la pointe et d'au moins deux mètres plus bas aux extrémités. Une dizaine de postes de travail étaient alignés de chaque côté, surplombés par un immense visualiseur. Toute l'installation était à portée de regard d'une P'nir peinte en vert, confortablement affalée, les bras étalés sur des barres de métal, en haut près de la pointe du V.

C'était, de toute évidence, le capitaine; elle avait presque tout le torse coloré et Kim y vit la confirmation que la peinture corporelle était, comme les autres l'avaient présumé, un signe de grade.

Le capitaine aperçut soudain Kim et se mit à pousser des cris stridents et à émettre un sifflement suraigu, comme celui d'une chaudière à vapeur sur le point d'exploser. Plusieurs des P'nirs debout à leurs stations de travail se retournèrent.

— Sécurité! hurla le capitaine. Vous en avez manqué un! Il est ici!

Avant qu'aucun des P'nirs n'ait le temps de réagir, Kim se précipita vers le haut de la pente et appliqua le commbadge qu'il tenait à la main contre le thorax du capitaine. Avec sa main libre, il tapa son propre commbadge.

— Énergie! dit-il.

La passerelle se figea, puis miroita et, une fraction de seconde plus tard, le capitaine et Kim étaient à bord de la navette. Chakotay était debout devant eux, fuseur à la main.

Le capitaine p'nir essaya de se redresser de la position confortable qu'elle avait quand elle était installée sur sa passerelle et se cogna violemment la tête contre la paroi supérieure de la navette — il y avait à peine un centimètre d'espace libre entre le sommet de son corps et le plafond.

La P'nir se baissa et regarda autour d'elle — Kim ne put deviner si elle était étonnée, furieuse ou simplement désorientée.

Chakotay pointa son fuseur vers le visage de la P'nir.

— Maintenant, capitaine, dit-il d'une voix calme, vous êtes *obligée* de négocier avec moi!

Le capitaine poussa un autre cri suraigu, comme sur sa passerelle; Rollins et Kim grimacèrent de douleur et Bereyt serra ses mains sur ses oreilles. La P'nir essaya une autre fois de se redresser, se cogna de nouveau la tête et se baissa de nouveau — l'intérieur de la navette n'était pas conçu pour des créatures de cette taille.

Puis, soudain, toujours baissée, la P'nir chargea Chakotay, les pinces grand ouvertes et les dents de scie de ses bras levés, prêts à couper.

Chakotay fit feu vers la tête du capitaine et s'accroupit rapidement pour éviter un violent coup d'un des bords tranchants des bras de la créature enragée que le faisceau du fuseur, réglé sur anesthésie, n'avait pas réussi à stopper.

— Visez le milieu du corps, commander! cria Kim. Juste au-dessus de l'articulation du torse!

Chakotay fit feu de nouveau et la P'nir chancela, s'affaissa, puis s'écroula sur le côté et s'affala peu élégamment contre une cloison.

— J'espère qu'elle ne s'est pas fracturée l'exosquelette, dit Bereyt en bondissant à côté du corps allongé.

Chakotay, après s'être assuré que la P'nir était inconsciente, ne perdit pas de temps à de telles prévenances.

— J'aurais apprécié que vous m'informiez plus tôt de leur point faible, monsieur Kim. Monsieur Rollins donnez-moi l'audio de l'extérieur.

— Oui, monsieur.

Une seconde plus tard, les occupants de la navette entendirent les cliquetis de pinces et les claquements de pas des nombreux P'nirs présents dans le hangar. Des voix murmuraient, mais les mots restaient indistincts. Puis un appareil diffusa un ordre, très intelligible.

— Détruisez le vaisseau étranger! ordonna une voix p'nir.

— Baissez les boucliers, monsieur Rollins, dit sèchement Chakotay.

— Mais nous sommes toujours à côté de la porte du hangar, protesta Rollins en activant les boucliers.

— Certains d'entre eux l'oublieront peut-être, dit Chakotay. Ou décideront que la porte du hangar est plus solide qu'il n'y paraît. Monsieur Kim, ouvrez un canal de communication avec la passerelle. S'ils refusent le contact, donnez-moi les haut-parleurs extérieurs.

— Ils évacuent le hangar, monsieur, rapporta Rollins. Ils ont peut-être décidé faire quand même sauter la porte pour nous capturer.

— Gardez nos boucliers baissés, ordonna Chakotay. S'ils la *font* exploser, nous aurons une chance de quitter leur maudit vaisseau.

À l'arrière, Bereyt avait allongé le capitaine p'nir sur le plancher et l'examinait. Elle n'était pas blessée.

— Il leur suffirait de nous ramener avec un rayon tracteur, dit la Bajoranne, toujours agenouillée à côté de la créature inconsciente.

— Il est plus probable qu'ils veuillent nous détruire, dit Chakotay. Nous ne leur faciliterons pas la tâche.

— Ils refusent le contact, monsieur, mais les haut-parleurs extérieurs sont branchés et il y a toujours de l'air dans le hangar, rapporta Kim. Ils vous entendent.

— Ici le commander Chakotay, du vaisseau stellaire fédéral *Voyageur*, annonça Chakotay. Votre capitaine se trouve dans notre navette. Elle est en vie. Elle n'est pas blessée. Si vous nous détruisez, nous la tuerons.

Il attendit, mais personne ne répondit.

Il fallut un certain temps avant qu'une réponse ne vienne. Elle n'était pas destinée aux occupants de la navette, mais à l'équipage p'nir.

— Pleurez, ô P'nirs, ordonna une voix. Les étrangers nous ont ravi K't'rien! Je suis Tsh'pak. Je suis votre capitaine maintenant. Obéissez-moi! Détruisez toute trace des étrangers! Extirpez-les de l'existence!

Pendant un moment, les quatre officiers se regardèrent sans dire un mot.

— Ils n'ont toujours pas l'air intéressés à négocier, dit Kim avec une ironie désabusée.

— Vous savez, commander, dit Rollins, cette voix me semble familière. On dirait celle de la P'nir qui est venue nous voir dans notre cellule.

— Peut-être, peut-être pas, dit Chakotay. Nous ne savons pas si leurs voix sont différentes les unes des autres.

— Qu'est-ce que ça change si *c'est* la même? demanda Kim.

— Elle doit avoir une dent contre nous, expliqua Chakotay. Nous ne nous sommes pas montrés très coopératifs quand elle a tenté de nous interroger.

Bereyt était toujours agenouillée à côté de la P'nir inconsciente.

— Commander, demanda-t-elle, pensez-vous qu'elle est seule responsable de leur refus de nous parler? Le capitaine a peut-être des troupes qui lui sont toujours loyales. Si nous les contactions ou kidnappions cet officier félon…

— Que voulez-vous dire?

— Qu'il faudrait téléporter cette Tsh'pak à bord de la navette, exactement comme leur capitaine… commença Bereyt.

— Pour ça, il faut lever les boucliers, dit Chakotay d'un ton sec. Je ne pense pas que ce soit une bonne idée en ce moment.

La coque de la navette vibra soudain, comme heurtée par quelque chose de lourd.

— Ils ouvrent le feu sur nous, rapporta Rollins. Juste des armes légères; les boucliers tiennent bon.

— *D'où* tirent-ils? demanda Chakotay qui s'avança pour jeter, par-dessus l'épaule de Rollins, un coup d'œil au moniteur vidéo qui donnait des images de l'extérieur. N'avaient-ils pas évacué le hangar?

— Oui, mais ils sont revenus, dit Rollins.

— Vraiment, dit Chakotay.

Une dizaine de P'nirs étaient effectivement revenus dans le hangar. Ils portaient des gants, des bottes, des ceintures et des casques transparents qui leur couvraient la tête et les épaules — sans doute leurs combinaisons spatiales; à cause de leurs exosquelettes, ces combinaisons n'avaient pas besoin de couvrir tout le corps.

Chaque P'nir tenait dans ses pinces une arme avec laquelle il tirait sur la navette — une arme qui ressemblait à un hybride saugrenu entre une carabine et une pieuvre.

Chakotay observa pendant un moment, puis se tourna vers Kim.

— Vous avez vu l'organisation de la passerelle de près, dit-il à Kim. Pensez-vous qu'il ne s'agisse que d'un coup de force d'un officier avide de pouvoir? Ou bien, l'abandon des otages à leur sort est une de leurs normes culturelles?

Kim hésita.

— Je ne sais pas, finit-il par dire. Leur structure hiérarchique a l'air très autoritaire — tout le monde se trouve littéralement aux pieds du capitaine, et personne ne voit son visage sans être obligé de se retourner. Mais je ne peux rien en déduire concernant la manière dont s'opère à leur bord la passation des pouvoirs ou leur attitude face à la libération éventuelle de leurs otages.

— Vous avez entendu la suggestion de Bereyt; d'après vous, devrions-nous kidnapper aussi leur nouveau capitaine? demanda Chakotay.

— Cela vaut la peine d'essayer, intervint Bereyt, avant que Kim ne donne son avis.

La coque vibra sous une autre rafale.

— Nous ne pouvons désactiver nos boucliers pendant qu'ils nous attaquent, monsieur, fit remarquer Kim, et si les boucliers sont activés, le téléporteur ne fonctionne pas.

— Ils ne tireront pas éternellement, dit Rollins.

— Nos boucliers ne tiendront pas éternellement non plus, répliqua Chakotay. Et je n'ai pas particulièrement envie de passer le reste de ma vie ici.

— Commander, elle revient à elle, dit Bereyt à l'arrière de la cabine.

Chakotay vit remuer les pinces du capitaine p'nir. Ses yeux rouges ne s'étaient pas fermés. Il était *impossible* de les fermer car ils étaient dépourvus de paupières ou de membranes nictitantes — mais le regard de la P'nir, qui s'était brouillé et avait perdu son éclat, semblait maintenant se rallumer.

— Kim, Bereyt, immobilisez ses membres, dit Chakotay.

Il leva son fuseur, en vérifia le réglage et le pointa vers le milieu du corps de la P'nir, qui tournait la tête et le regardait.

— Capitaine, dit-il, bienvenue à mon bord.

Le visage vide, indéchiffrable de la P'nir, continuait de fixer le commander.

— Dites-moi pourquoi je suis toujours en vie, dit-elle.

— Parce que nous voulons vous parler, dit Chakotay. Nous ne voulions que ça depuis le début. Nous voulons savoir pourquoi votre peuple est en guerre contre les Hachais. Et nous voulons vous aider à mettre fin au conflit.

La P'nir le dévisageait sans répondre. Chakotay se rappela tout à coup qu'il devait s'exprimer au mode impératif.

— Dites-moi pourquoi vous faites la guerre aux Hachais.

— Pour les détruire, répondit la P'nir.

— Ah, dit Chakotay. Et dites-moi pourquoi vous voulez les détruire.

Elle hésita, comme si elle cherchait ses mots.

— Parce qu'ils sont… Ce sont des bons à rien. Ils sont répugnants.

— Parce qu'ils ne sont pas p'nirs, dit Bereyt, la voix pleine de dégoût. J'ai déjà entendu cette chanson, commander. Dans la bouche des Cardassiens.

— Vous avez sans doute raison, lui répondit Chakotay. De très nombreux peuples, à certains stades de leur évolution, pensent détenir la vérité et méprisent toutes les cultures qui diffèrent de la leur.

Chakotay s'adressa de nouveau à la P'nir.

— Alors vous n'envisagez pas conclure la paix avec les Hachais? demanda-t-il, en ajoutant après un moment de silence : « Dites-moi la vérité. »

— Il n'y a aucune raison, répliqua le capitaine p'nir.

— Si vous continuez de vous battre, des milliers de P'nirs mourront, fit remarquer Chakotay.

Cette perspective ne parut pas émouvoir le capitaine; elle ne répondit pas.

— Dites-moi si votre commandant en second est du même avis que vous et pense aussi qu'il n'y a aucune raison de conclure la paix.

— Je n'ai pas de commandement, dit la P'nir d'une voix amère.

Chakotay releva brusquement la tête et regarda Kim qui écarta les mains pour montrer son incompréhension.

— Elle *est* le capitaine, monsieur, dit Kim. Elle occupait le poste de commandement sur la passerelle. D'ailleurs, ils ont annoncé que leur capitaine avait disparu, n'est-ce pas?

— Dites-nous ce que vous voulez dire, insista Chakotay en pointant son fuseur vers la P'nir. Vous n'êtes pas le capitaine de ce croiseur? Quel était le nom déjà?… K't'rien? Vous n'êtes pas K't'rien?

— Je suis K't'rien, concéda la P'nir, mais je ne suis plus capitaine. Je suis destituée. J'ai mal agi; j'ai déserté la passerelle en temps de guerre.

— Vous avez été *kidnappée* et enlevée de la passerelle contre votre volonté, la corrigea Chakotay.

— C'est pire.

— Et si nous kidnappions cette Tsh'pak qui vous a remplacée? demanda Chakotay.

— Alors, elle serait destituée aussi et perdrait le commandement, dit la P'nir.

— Et quelqu'un d'autre prendrait sa place? demanda Chakotay en plissant le front.

— F'shrin serait la suivante, confirma K't'rien.

— Tant pis pour l'idée, dit Rollins. On ne peut pas continuer à les kidnapper toutes jusqu'à ce que tout l'équipage se retrouve dans la navette.

— Si nous vous relâchons et vous ramenons sur la passerelle, serez-vous de nouveau capitaine? demanda Bereyt.

La P'nir ne répondit pas. Chakotay leva son fuseur.

— Répondez-lui, ordonna-t-il.

— Je dois vaincre mes ravisseurs, sans l'aide de personne, et regagner la passerelle, sans l'aide de personne, pour laver le déshonneur et respecter les règles, dit la P'nir. Même alors, n'importe laquelle de mes guerrières a le droit de me mettre au défi de prouver que j'ai bien agi et que je n'ai cédé devant personne. Si vous me libérez et continuez de résister, je serai désignée comme traître et je serai détruite.

— Le cercle vicieux, dit Bereyt.

— Leur attitude est pire que celle des pires Klingons, ajouta Kim.

— Si vous me libérez et que vous vous échappiez ensuite, je pourrais prétendre que je vous ai vaincus et que je me suis échappée, dit la P'nir d'un ton soudain plus calme. Je dirais que j'ai épargné vos vies et votre vaisseau pour mieux vous capturer par la suite et vous étudier, afin d'apprendre comment vous m'avez enlevée de la passerelle.

Chakotay la regarda et réfléchit à ses paroles.

Derrière lui, Rollins, aux commandes de la navette, regarda le visualiseur qui donnait une image du hangar.

— Monsieur, dit-il en s'éclaircissant la voix. Je pense que vous devriez venir voir. Tout de suite. Et, quoi que vous décidiez de faire, il vaudrait mieux le faire vite.

CHAPITRE
24

Pendant une fraction de seconde, Janeway vit la coque d'un cuirassé hachai de plus près qu'elle n'aurait jamais souhaité la voir — le visualiseur lui en montrait le moindre détail : chaque boulon et chaque éraflure accumulée après des centaines d'années de combat.

Puis le *Voyageur* dépassa le cuirassé et se retrouva dans l'espace, au large de nouveau, dans le vide et le noir, la froide et lointaine clarté des étoiles — même s'il n'avait toujours pas quitté le nuage de poussières métalliques et de particules de sang glacées qui entourait le champ de bataille.

Mais Janeway et son équipage étaient, du moins pour le moment, libres, et leur vaisseau à peu près intact.

— Monsieur Tuvok, dit-elle, rapport d'état !

— Nous avons quitté le cœur de la mêlée, répondit le Vulcain. Plusieurs vaisseaux p'nirs se sont lancés à notre poursuite et les Hachais semblent hésiter à les en empêcher. Certains vaisseaux hachais manœuvrent pour bloquer les P'nirs. D'autres s'écartent pour leur laisser le passage.

Janeway hocha la tête et se tourna vers l'avant de la passerelle.

— Monsieur Paris?

— Comme Tuvok l'a dit, nous avons quitté la zone de combat, répondit Paris. Le *Voyageur* est capable de semer n'importe quel vaisseau p'nir, si c'est ce que vous voulez. Pour le moment les coordonnées de notre trajectoire sont un-trois-un point huit, vitesse de distorsion cinq — sans destination précise, même si nous y allons à toute vitesse.

Janeway leva les yeux.

— Ingénierie!

— Ici tout va bien, capitaine, répondit B'Elanna Torres. Les boucliers ont magnifiquement tenu. Aucun des assaillants ne nous a infligé de dégâts sérieux. Quelques membres de mon personnel ont subi des contusions. J'ai un tableau de bord endommagé et quelques conduits d'énergie fissurés — nous avons été plutôt secoués — mais rien de grave. Rien que nous ne puissions réparer si nous avions quelques heures de répit. Nos réserves d'énergie sont épuisées, mais il est possible de les reconstituer n'importe quand, si vous êtes disposée à quitter les vitesses de distorsion pendant un bout de temps.

— Infirmerie!... Quelle est la situation?

Pendant quelques secondes personne ne répondit et Janeway craignit le pire.

— Ici tout le monde va bien, capitaine, dit Neelix — en tout cas, je vais bien, Kes va bien et je suppose que le docteur va bien, dans la mesure où un hologramme peut aller bien ou mal. Mais nous sommes très occupés — Kes et le docteur n'ont pas le temps de vous parler.

— Et les blessés? demanda Janeway.

— Personne n'est mort, rapporta le Talaxien, mais nous avons quantité de brûlures, de bosses et de contusions. Un homme d'équipage s'est fracassé le crâne contre une cloison il y a quelques minutes et le docteur le soigne en ce moment. Kes s'occupe des brûlés.

— Merci, monsieur Neelix, dit Janeway, profondément soulagée de n'avoir à déplorer aucune perte de vie.

Puis elle se tourna vers la station des opérations.

— Monsieur Evans, dit-elle, aucune trace de notre navette?

— Je crains que non, capitaine. Mais à cette distance et à cette vitesse…

Janeway n'attendit pas qu'il termine sa phrase. Elle se tourna vers la station de navigation.

— Monsieur Paris, ralentissez. Virez de bord et ramenez-nous.

— Dans la bataille, capitaine? protesta Paris.

— Non, dit Janeway. Juste assez près pour ramener Chakotay quand il cherchera à nous rejoindre.

Paris cligna des yeux.

— Vous pensez qu'il reviendra?

— J'ai l'intention d'au moins lui en donner la chance, monsieur Paris! répondit Janeway.

CHAPITRE
25

Il était facile de comprendre pourquoi Rollins voulait agir vite. Chakotay regarda l'écran de visualisation.

Une dizaine de P'nirs traînaient de l'équipement dans le hangar. D'autres en assemblaient et en ajustaient les morceaux.

— Que *construisent*-ils donc? demanda-t-il.

— Je ne sais pas, monsieur, répondit Kim. On dirait une sorte de projecteur d'énergie. Ils le dirigent droit vers nous.

Le regard de Chakotay s'attarda, pendant une seconde de plus, sur l'assemblage complexe, puis il se tourna vers le capitaine destitué.

— Dites-moi ce qu'ils font, dit-il.

— Non, répondit-elle. Déposez vos armes! Rendez-vous à moi! Je veux récupérer mon commandement.

Chakotay, dégoûté, lui tourna le dos.

— Monsieur, dit Kim, ils ont cessé de tirer.

— Ils se sont peut-être rendu compte que leurs armes de poing ne perçaient pas nos boucliers, dit Rollins.

— Exact, convint Kim. Leurs armes de poing sont inefficaces — mais je ne pense pas qu'ils aient renoncé. Les P'nirs ne renoncent pas facilement.

— Que voulez-vous dire? demanda Rollins.

Kim montra l'écran du doigt.

— Je suis prêt à parier que cette chose qu'ils assemblent est assez *puissante* pour détruire nos boucliers. Il s'agit sans doute d'une arme qu'ils ont déménagée d'ailleurs ou d'une sorte d'engin de chantier.

— Vous avez raison, dit Chakotay.

L'assemblage était presque achevé. La plupart des ouvrières étaient parties et il voyait mieux la machine. Une bobine centrale, au centre d'un enchevêtrement de modulateurs était montée sur une boîte — vraisemblablement un régulateur de puissance; et la bobine alimentait un réflecteur parabolique de propulsion d'énergie; la technologie était différente de celles qu'il connaissait, mais ses principes fondamentaux semblaient clairs.

— Ils ont, d'après moi, l'intention de détruire nos boucliers et de nous tuer, dit Chakotay.

— Pensez-vous qu'ils réussiront, monsieur? demanda Kim.

— Sans doute, répondit Chakotay.

— Il faut les en empêcher! s'exclama Rollins.

— Qu'avez-vous dans la tête? demanda Chakotay. Il nous est impossible d'utiliser les phaseurs de la navette à l'intérieur du hangar…

— Nous pourrions toujours sortir avec nos fuseurs… commença Kim, avant de s'interrompre.

Chakotay réfléchit à sa suggestion et visualisa leur éventuelle attaque; l'image des quatre officiers surgissant en trombe du sas et détruisant le projecteur d'énergie lui rappela quelque chose.

Une sortie! Comme dans les guerres médiévales européennes! réalisa-t-il. Comme des cavaliers qui se risquaient hors des murs d'une forteresse assiégée pour détruire une catapulte ou une hélépole.

Une citadelle, dont les défenseurs, beaucoup moins nombreux que les assaillants, se cachaient derrière leurs murailles pendant que l'ennemi apportait les engins de siège nécessaires à la chute de la place forte. L'image correspondait exactement à leur situation!

Une sortie ralentissait peut-être les assaillants, détruisait les engins de siège… mais ne modifiait jamais l'inéluctable issue des combats.

Chakotay avait étudié l'histoire militaire et la théorie de la guerre à l'Académie; l'intervention d'une force extérieure qui venait à leur secours était, pour des assiégés, le seul moyen de l'emporter lors d'un siège bien mené. L'essentiel était de rester en vie jusqu'à ce que leurs alliés attaquent les assaillants par l'arrière. Une sortie, à elle seule, ne décidait rien; c'était une simple tactique dilatoire, un mouvement qui retardait l'inévitable et donnait aux alliés plus de temps pour arriver.

Mais Chakotay savait que ses alliés ne viendraient pas. Il ne doutait pas que Janeway *voulait* le secourir, mais il ne croyait pas qu'elle en *était capable*, pas tant qu'ils étaient piégés au plus chaud de la mêlée…

— Monsieur Rollins, dit-il, procédez à un balayage senseur de la bataille. Je veux savoir où nous sommes et où se trouve le *Voyageur*.

— Oui, monsieur.

Rollins se mit au travail et Chakotay passa en revue les choix qui s'offraient à lui. Il pouvait se rendre, comme K't'rien l'avait demandé — mais elle n'avait pas dit qu'elle les libérerait s'ils se rendaient, et même si elle l'avait dit, le commander n'avait aucune raison de croire les promesses d'une P'nir. Les Hachais, en tout cas, ne leur faisaient pas la moindre confiance.

La reddition des défenseurs d'une citadelle investie les plaçait à la complète merci des vainqueurs; il y avait, dans l'histoire, une pléthore d'exemples de mansuétude des vainqueurs, mais aussi de cruels massacres des vaincus; et beaucoup d'exemples d'assaillants victorieux qui ne tenaient pas leurs promesses.

Ils pouvaient essayer de tenir, tous les quatre, aussi longtemps que possible, avec l'espoir que Janeway et le *Voyageur* viennent à leurs secours — mais l'espoir était mince. Le croiseur p'nir était un bâtiment conçu pour la guerre, au moins dix fois plus gros que le *Voyageur*, et il avait des milliers de vaisseaux alliés autour de lui; même si Janeway était assez insensée pour tenter de venir à leur secours, ses chances de réussir, malgré le mince avantage technologique du *Voyageur*, étaient presque nulles.

Ils pouvaient tenter cette sortie que l'enseigne Kim avait suggérée pour détruire le projecteur d'énergie, mais elle n'aurait pour effet que de prolonger le siège, pas d'y mettre fin.

Il restait un autre choix... la fuite. De nombreux châteaux forts étaient dotés de tunnels secrets par lesquels les assiégés fuyaient la place forte investie, et le téléporteur de la navette pouvait parfaitement servir aux mêmes fins.

Mais s'ils s'échappaient tous les quatre — cinq, avec K't'rien — où iraient-ils? Que feraient-ils? Ils n'avaient aucune chance de s'emparer d'un vaisseau de cette taille et de forcer l'équipage à les ramener au *Voyageur* — pas si les P'nirs réagissaient au kidnapping de leur capitaine en la destituant et en considérant qu'un otage ne valait plus rien.

Ils pouvaient aussi, par le « tunnel » du téléporteur, envoyer des forces derrière les lignes ennemies et y faire des ravages — une autre manœuvre traditionnelle, mais très risquée, courante lors des guerres de siège. Chakotay, cependant, ne voyait pas comment cette tactique les aiderait à quitter sains et saufs ce vaisseau et la zone de combat...

RAGNAROK

— Commander! appela Rollins. Venez voir!

Chakotay se pencha par-dessus l'épaule de l'enseigne et regarda de nouveau les écrans.

Rollins procédait à des balayages senseurs de la bataille. Les détails étaient flous, car les scanneurs devaient traverser la coque du vaisseau p'nir et deux systèmes de boucliers, mais quelques faits sautaient aux yeux.

Le croiseur sur lequel ils étaient détenus s'était déplacé. Il avait traversé presque de bout en bout la zone de combat, et s'il ne changeait pas très vite de trajectoire, il quitterait bientôt les nuées de combattants pour émerger dans les zones plus tranquilles de l'espace.

Chakotay présuma que le flottement dû au kidnapping du capitaine en était responsable. Ce vaisseau n'était pas en état de combattre efficacement pendant une passation des pouvoirs et pendant que l'équipage et les officiers luttaient contre des envahisseurs dans un de leurs hangars. Le vaisseau était toujours actif, mais les P'nirs le dirigeaient vers une zone moins stratégique, à la lisière du champ de bataille.

Tant que durait cette manœuvre, les chances de la navette de s'éloigner des combats étaient meilleures que jamais. Même si le trajet n'était pas de tout repos, ils avaient un mince espoir de survivre, surtout si le *Voyageur* était dans les parages et les repérait à temps. Mais il fallait sortir la navette du croiseur p'nir…

Le module de visualisation affichait un autre fait intéressant : leur position par rapport au gigantesque sphéroïde qui avait attiré l'attention de Janeway dès l'instant où elle avait vu la bataille — cet immense objet rond qui, de toute évidence, n'était ni hachai ni p'nir; l'objet qui avait émis d'étranges radiations et ce rayonnement tétryonique, dont le capitaine avait espéré qu'il émanait de la compagne disparue du Protecteur.

Ils passaient très près de cette sphère mystérieuse; la bataille s'était déplacée et l'objet ne se trouvait plus au centre. Le vaisseau p'nir, sur le point d'émerger dans le vide de l'espace, faisait route entre l'étrange objet et la limite lointaine de la zone de combat.

La sphère les protégeait donc du plus fort de la bataille. L'occasion de fuir était encore meilleure.

Et cela signifiait plus encore…

— Donnez-moi un gros plan de cet objet, dit Chakotay.

Rollins tapa quelques commandes et Chakotay examina les résultats. Il n'avait pas de visuel direct, mais les ordinateurs de la navette avaient construit une image de synthèse à partir des relevés d'énergie — C'était une construction gigantesque, presque sphérique, dont la surface était divisée en structures alvéolaires arrondies.

Certaines des alvéoles manquaient et une douzaine de trous — assez grands pour avaler un vaisseau stellaire de classe Galaxie — s'ouvraient dans les flancs de l'objet.

— J'ai déjà vu quelque chose du genre, dit Chakotay.

Après la révision mentale de ce qu'il avait appris à l'Académie concernant les sièges médiévaux, Chakotay se trouvait dans l'état d'esprit parfait pour se souvenir d'autres leçons d'histoire à demi oubliées.

— Monsieur, c'est une épave, dit Rollins.

— Elle est gigantesque, ajouta Kim.

— Je me souviens de vidéocassettes d'histoire, dit Chakotay. À l'Académie. Il y avait un vaisseau qui ressemblait à ceci.

— Vous avez raison, monsieur, dit Kim. Je pense que c'était il y a… environ quatre-vingts ans.

— La Première Fédération, dit Chakotay. C'est le nom qu'ils se donnaient. Le capitaine qui les a rencontrés a envoyé un ambassadeur à leur bord. On ne les a jamais revus. Ni l'ambassadeur ni le vaisseau.

— James Kirk, de l'*Entreprise*, convint Kim. Il les avait bluffés avec une absurdité de super-explosif, avant de se rendre compte qu'ils le bluffaient aussi. Nous avons étudié l'épisode, en deuxième année, dans le cours de Stratégie et Tactique.

— Ils ont dû se rendre compte, quand ils sont tombés sur les Hachais et les P'nirs, qu'*eux* ne bluffaient pas, dit Rollins.

— Ou bien c'était déjà une épave et elle a dérivé en plein milieu de cette guerre, dit Chakotay. Peu importe la manière dont cet objet est arrivé dans l'amas de Kuriyar; ce qui importe, c'est que ce n'est pas la compagne du Protecteur et qu'il ne renferme rien qui puisse nous aider à rentrer chez nous.

— En sommes-nous certains, monsieur? demanda Kim. Si la Première Fédération a contacté *notre* Fédération il y a quatre-vingts ans…

— Regardez mieux, dit Chakotay en secouant la tête.

Le commander se pencha et enfonça la touche qui commandait le zoom avant.

— Cet objet est creux! s'exclama Rollins.

Kim, qui se rappelait mieux maintenant son cours à l'Académie, hocha la tête.

— C'est juste, dit-il. C'était ça le bluff — le gigantesque vaisseau n'était qu'une coquille vide. Le *véritable* vaisseau, lui, était incroyablement puissant, mais minuscule.

— Et le véritable vaisseau, comme tout ce qui avait quelque intérêt, n'est plus là, dit Chakotay en pointant du doigt. Regardez!

Les autres regardèrent et virent les bâtiments p'nirs manœuvrer dans l'épave de la Première Fédération. Ils entraient et sortaient par les énormes trous de ses flancs pour esquiver et harasser l'ennemi, pendant que les Hachais, postés devant ces ouvertures, les bombardaient.

— Ils ne tireraient pas s'il restait quelque chose de précieux à l'intérieur, concéda Kim. Les émissions devaient être résiduelles — un rayonnement secondaire.

— Ou peut-être quelque chose dans la structure fonctionnait encore assez pour émettre ce rayon tétryonique, dit Chakotay.

Il pointa du doigt l'affichage de sortie des senseurs. Une des alvéoles produisait des émissions tétryoniques secondaires de plus en plus faibles et ténues.

— Ce sphéroïde nous est inutile, dit Rollins avec amertume. Nous avons fait tout cela pour rien !

— Nous avons essayé de rétablir la paix, enseigne, dit Chakotay. Et il vaut toujours la peine d'essayer de rétablir la paix.

— Mais cela n'a pas marché, dit Rollins.

— Non, cela n'a pas marché. Et maintenant que nous le savons, tout ce qu'il nous reste à faire, c'est *déguerpir* !

— Comment ? demanda Rollins.

— Et si je sortais et tirais quelques coups de fuseur sur cette machine dont nous ignorons l'utilité ? demanda Kim. Cela nous ferait gagner un peu de temps.

— Nous devons parvenir à désactiver le rayon tracteur, ensuite ouvrir la porte du hangar et nous dégager avant que les P'nirs ne nous réduisent en miettes. Quelqu'un a-t-il une idée qui nous permettrait de réussir tout cela ? demanda Chakotay en se tournant vers la Bajoranne.

— Non, dit Bereyt. J'ai scanné le vaisseau et je n'y comprends rien. Sa conception est complètement différente de celle de nos bâtiments. J'ai trouvé la passerelle et les entrepôts, mais à part ça… Je ne suis même pas certaine d'avoir repéré l'Ingénierie.

— Mais nous avons quelqu'un qui sait ce que nous avons besoin de savoir. Il nous suffit de la convaincre de parler, dit Chakotay en pointant le menton vers leur prisonnière.

Les autres le regardèrent nerveusement; Bereyt regarda la P'nir, puis de nouveau le commander.

Chakotay se rendit compte qu'elle pensait aux méthodes cardassiennes de « convaincre » les prisonniers de parler. Et elle se demandait sans doute aussi si les histoires qui circulaient parmi les officiers de Starfleet à propos de la cruauté des terroristes maquis avaient un fond de vérité.

Et à en juger d'après l'expression de Rollins, l'enseigne croyait dur comme fer à toutes ces histoires sur les Maquis. Harry Kim était le seul qui ne s'attendait pas à ce que Chakotay brise les pinces de la P'nir pour en arracher la moelle.

— Comment la convaincre, monsieur? demanda-t-il. Qu'avons-nous à lui offrir?

— De retrouver son poste de capitaine, répondit Chakotay. Écoutez, K't'rien, dit-il en se tournant vers la P'nir. Montrez-nous ce que nous avons besoin de désactiver pour quitter sains et saufs votre vaisseau et nous nous arrangerons pour que vous vous « évadiez ».

La P'nir le regarda sans rien dire.

— Vous nous vainquez et nous nous enfuyons, dit Chakotay. Les choses auront l'air de ça. Nous serons partis et vous vous imposerez de nouveau comme capitaine. Nous y gagnons tous. Mais vous devez nous montrer comment éteindre le rayon tracteur et comment ouvrir le hangar. Et jurer de nous donner quelques secondes pour nous éloigner avant que votre vaisseau n'ouvre le feu sur nous.

— Commander, murmura Kim, loin de moi l'idée de mettre en doute l'honneur de cette personne, mais… Eh bien, connaissons-nous vraiment l'attitude des P'nirs vis-à-vis des serments et du respect de la parole donnée? Particulièrement donnée à des non-P'nirs?

— C'est un risque calculé, enseigne, murmura à son tour Chakotay. On vous a donné des cours sur le risque calculé à l'Académie, n'est-ce pas? Il faut agir maintenant, avant que l'équipage de ce vaisseau se réorganise et replonge dans la mêlée.

— Oui, monsieur.

Kim se tut. Chakotay se tourna de nouveau vers la P'nir. K't'rien le fixait de ses yeux rouges et brillants sans dire un mot.

— K't'rien, donnez-moi votre parole de nous aider, dit Chakotay. Faites-en le serment. Nous vous relâcherons et fuirons.

Pendant un long moment, la P'nir ne répondit pas; puis elle dit abruptement : « Dites-moi l'aide dont vous avez besoin. »

— Nous avons besoin de savoir comment neutraliser le rayon tracteur de votre vaisseau — juste temporairement — et comment ouvrir le hangar pour que notre navette s'en aille, expliqua Chakotay.

— C'est tout?

— C'est tout.

La P'nir réfléchit — mais avec son visage dépourvus de traits il était difficile de déterminer à quoi elle pensait.

— Confirmez ou infirmez ceci, finit-elle par dire. Vous proposez d'écouter mes instructions, puis de me retenir ici pendant que vous les exécutez.

— Oui, c'est ce que nous avons à l'esprit, dit Chakotay avec circonspection.

— Je refuse de coopérer avec cette proposition, répondit la P'nir. Rien ne m'assure que vous ne ferez pas d'autres dégâts à ce vaisseau qui a déjà été mon vaisseau.

— Alors proposez une autre solution, dit Chakotay.

Le mode d'expression p'nir, dépourvu de toute interrogation, commençait à lui venir naturellement.

— Je débrancherai le rayon tracteur et ouvrirai la porte, répondit K't'rien. Je ne vous donnerai pas les instructions. Je le ferai moi-même.

— Vous vous attendez à ce que nous vous fassions confiance? demanda Chakotay. À ce que nous vous relâchions?

K't'rien ne répondit pas. Chakotay plissa le front. Bien sûr qu'elle ne répondait pas, se dit-il; il lui avait posé des questions au lieu de lui donner un ordre.

— Commander, dit Kim. Et si je l'accompagnais? Il suffirait de verrouiller le téléporteur sur nous…

— Les boucliers de la navette ne peuvent rester levés aussi longtemps, objecta Chakotay. Il est impossible de garder le téléporteur verrouillé.

— Bien, nous avons des commbadges, dit Kim. Du moins, j'ai le mien. J'appellerai au secours, si c'est nécessaire. Il vous suffit de quelques secondes pour lever les boucliers, verrouiller le téléporteur sur nous et nous ramener.

Chakotay réfléchit à la suggestion de Kim. Il n'aimait pas l'idée — mais ne voyait pas de meilleure façon de procéder.

— Allez-y, dit-il.

CHAPITRE
26

Le gros engin que les P'nirs avaient assemblé dans le hangar n'était pas encore prêt. Les gardes avaient pris position, avec leurs armes de poing, dans les couloirs, maintenant scellés par une sorte de bouclier. Seule, une poignée d'ouvrières procédaient aux dernières mises au point de l'appareil et elles n'étaient pas armées.

Chakotay jugea donc qu'il n'était pas dangereux de désactiver les boucliers de la navette, juste le temps d'utiliser le téléporteur. À son signal, Rollins les leva et Bereyt enclencha le système de téléportation.

Kim et K't'rien se matérialisèrent dans une petite salle de contrôle auxiliaire, que K't'rien avait signalée sur les relevés senseurs du croiseur p'nir.

La pièce n'était pas déserte, mais les senseurs les en avaient avertis; Kim arriva l'arme à la main et anesthésia rapidement les deux P'nirs qui y travaillaient.

Il savait maintenant où diriger son fuseur et savait qu'il devait le régler sur anesthésie maximum; à cause des exosquelettes l'effet n'était toujours pas instantané, mais les P'nirs étaient trop surpris de voir apparaître soudain leur capitaine, accompagnée d'un étrange et horrible petit étranger, pour réagir — ils n'actionnèrent aucun système d'alarme, ne diffusèrent aucun avertissement et ne brandirent pas leurs armes. Les deux créatures titubèrent, oscillèrent et s'écroulèrent.

— Maintenant éteignez le rayon tracteur, ordonna Kim en pointant son fuseur vers K't'rien.

Le capitaine p'nir se dirigea vers les panneaux de commande et Kim réalisa, avec ironie, que même si elle avait pleinement coopéré et leur avait expliqué exactement comment neutraliser le rayon tracteur, Chakotay et les autres auraient eu beaucoup de difficulté à exécuter ses instructions — les commandes, conçues pour les P'nirs, étaient logées dans des tableaux de bord, situés à plus de trois mètres de haut. Même Rollins, le plus grand des quatre, n'aurait pas réussi à les atteindre, à moins de grimper sur quelque chose.

Kim se dit qu'il aurait dû y penser. Il avait arpenté de nombreux couloirs du vaisseau et toujours les graffitis étaient peints beaucoup plus haut que sa tête.

Pour atteindre les contrôles, il aurait fallu grimper sur les épaules de quelqu'un... mais cela n'avait pas d'importance; K't'rien était là et elle faisait le travail.

— Voyez, petite créature, dit K't'rien en levant une de ses quatre pinces. Cette commande donne accès aux systèmes vitaux du *Chugashk* — le vaisseau sur lequel nous nous trouvons s'appelle le *Chugashk*.

— Continuez le travail, dit Kim.

K't'rien ignora l'interruption.

— Sachez que le *Chugashk* était le vaisseau de ma mère avant d'être le mien, dit la P'nir. Sachez qu'il a été construit à l'initiative du clan de ma grand-mère pour que nous ayons la fierté de faire partie des troupes de choc p'nirs dans la grande et définitive campagne d'extermination des Hachais.

— Je suis sûr que vous êtes très fière de votre vaisseau, dit Kim qui essayait désespérément de rester poli, même si elle se vantait ouvertement de participer à un génocide.

Ce n'était pas le moment de provoquer la colère de K't'rien; des gardes risquaient de surgir n'importe quand... K't'rien manipulait simultanément trois poignées montoir avec trois de ses pinces — encore une manœuvre qu'un humanoïde seul n'aurait pas réussie.

— Oui, dit-elle, mon clan a toujours été fier du *Chugashk* et fier de participer à la campagne d'extermination.

Elle fit pivoter les poignées qui s'agencèrent d'une manière étrange et intriquée. Quelque chose dans le comportement de K't'rien rendait Kim mal à l'aise.

— J'en suis sûr, répéta-t-il.

— Le clan, dit K't'rien, n'a jamais cédé à personne ce qui lui appartenait, petit étranger. Nous sommes un clan fier. Nous préférons la mort au déshonneur.

— Je comprends votre attitude, dit Kim de plus en plus mal à l'aise.

K't'rien arracha une des poignées et un petit panneau s'ouvrit. La P'nir y actionna une autre de ces bizarres petites poignées montoir.

— Voyez, étranger, dit la P'nir. Le *Chugashk* a des secrets que seul mon clan connaît et que seule ma lignée à l'intérieur de mon clan connaît — des secrets incorporés aux systèmes du vaisseau au cas où nous aurions à faire valoir que nous sommes maîtres ici. Mon clan et ma lignée ne cèdent pas ce qui leur appartient.

Kim était encore plus mal à l'aise.

— Tsh'pak, le nouveau capitaine, est-elle de votre lignée? demanda-t-il.

Kim se rendit compte, après avoir posé sa question, qu'il n'avait pas employé l'impératif. Cela n'avait pas l'air important cette fois-ci. Ou bien K't'rien s'était accoutumée au mode d'expression des humains, ou bien elle voulait parler.

— La lignée se termine avec moi, dit K't'rien. J'ai loyalement tué mes sœurs pour être seule de ma lignée et faire bon usage du *Chugashk* et je me suis, depuis lors, toujours vouée à la guerre. Je n'ai même pas pris le temps de choisir un mâle acceptable et de pondre mes œufs.

Elle émit un bruit étrange. Un bruit qui exprimait, pensa Kim, soit le regret ou le dégoût; il se demanda ce qui rendait un mâle « acceptable ». Le rôle des mâles ne semblait pas important dans la société p'nir. K't'rien savait-elle que trois de ses ravisseurs étaient des hommes?

— Tsh'pak occupe le plus haut rang dans la lignée de Ch'tikh. Elle ne fait pas partie de ma lignée, poursuivit K't'rien. Elle ne fait même pas vraiment partie de mon clan. Elle fait partie d'une lignée alliée à qui nous avons donné l'honneur de servir à bord du *Chugashk* en reconnaissance des talents de métallurgiste de sa grand-mère.

Kim était de plus en plus nerveux. Tout ce discours semblait inquiétant, comme si K't'rien lui expliquait pourquoi elle était sur le point de poser un geste radical. Elle manipulait toujours ces commandes compliquées — pourquoi fallait-il tant de temps pour éteindre le rayon tracteur et ouvrir le hangar?

Et pourquoi utilisait-elle ce tableau de bord secret que son clan seul connaissait?

— Dites-moi ce que vous faites? ordonna Kim.

La P'nir imprima un dernier tour à une poignée, puis baissa les yeux vers l'humain.

— J'ai entré mon code personnel, répondit K't'rien. J'ai appliqué les secrets enseignés par ma mère et ma grand-mère. J'ai ordonné au *Chugashk* de se détruire.

— Vous avez *quoi*? cria Kim en serrant ses doigts sur son fuseur.

Mais il ne tira pas. S'il tirait, K't'rien serait incapable d'expliquer ce qu'elle avait fait. Et incapable de le défaire.

— Si je ne suis plus digne de commander le *Chugashk* dans la bataille, Tsh'pak n'en est pas digne non plus, dit K't'rien. Mieux vaut que ce vaisseau, l'orgueil de mon clan, soit détruit, et que vous et vos compagnons qui vous êtes immiscés dans nos affaires, soyez détruits aussi. Je ne veux pas vivre dans le déshonneur, sans être plus jamais capable de rétablir mon autorité.

— Mais… mais vous allez retrouver votre commandement. Je pensais… bégaya Kim.

— Pas si mes ravisseurs sont vivants et quittent librement mon vaisseau, dit K't'rien. Ou bien vous vous rendez et vous vous laissez emprisonner, ou bien le *Chugashk* se détruira et nous mourrons *tous* avec lui.

Kim tapa son commbadge.

— Combien de temps avons-nous? demanda-t-il.

K't'rien se contenta de le regarder.

— Dites-moi combien de temps il nous reste! cria Kim.

— Vous devez vous rendre dans moins de quatre-vingt-six secondes ou il sera trop tard, répondit la P'nir d'une voix calme.

Kim entendit alors des bruits de pas. Des P'nirs arrivaient — et ils arrivaient vite. Quelqu'un s'était rendu compte qu'il se passait des choses anormales dans le secteur.

— Commander, cria Kim, K't'rien a enclenché une séquence d'autodestruction du vaisseau — elle dit que nous exploserons *tous* si nous ne nous rendons pas! Elle nous veut prisonniers et dit qu'elle ne retrouvera pas son poste de commandement tant que… Maudit!

Deux guerrières p'nirs faisaient irruption dans le local, avec leurs armes prêtes à faire feu. Mais elles étaient brandies à hauteur de P'nir. Kim plongea, évita le premier tir et, d'un coup de fuseur, mit une des deux P'nirs hors d'état de nuire.

À bord de la navette, Chakotay et les autres avaient entendu Kim demander combien de temps il restait; ils avaient entendu la réponse de K't'rien, puis l'exclamation de Kim en plein milieu de sa phrase interrompue.

— Pouvons-nous les ramener tous les deux à bord de la navette en moins de quatre-vingt-six secondes? demanda Chakotay.

— Impossible s'il faut ensuite réactiver les boucliers, répondit Bereyt. Il ne reste plus que soixante-deux secondes.

— Alors ramenez Kim, dit Chakotay. Oubliez le capitaine. Elle annulera sans doute la séquence d'autodestruction — elle retrouvera sa liberté et essayera de nous capturer. Elle ne se suicidera pas tant qu'elle a une chance de se racheter.

— Oui, monsieur.

Chakotay fit un signe à Rollins qui leva les boucliers; Bereyt était concentrée sur le téléporteur.

Elle hésita.

— Monsieur, dit-elle.

Après que la première guerrière se soit écroulée dans la salle de contrôle auxiliaire, la seconde, déchaînée, s'était mise à tirer dans tous les sens. Les armes de poing des P'nirs n'étaient pas de véritables fuseurs, mais de simples projecteurs d'énergie, conçus pour détruire toutes leurs cibles. Le réglage de neutralisation temporaire n'existait pas.

Le premier tir furieux de la P'nir arracha la tête de son ancien capitaine; les quatre bras de K't'rien battirent follement l'air et de l'ichor vert-jaune gicla dans toutes les directions.

Le second tir atteignit K't'rien au thorax et Kim entendit le craquement sec de son exosquelette qui se fracturait.

Le tir à la tête, se dit Kim, n'était peut-être même pas fatal, puisque le cerveau des P'nirs ne s'y trouvait pas, mais il avait sûrement mutilé gravement K't'rien — et lui avait au moins fait perdre la vue.

Le second coup l'avait sans doute tuée.

La P'nir qui s'apprêtait à faire feu une troisième fois ajusta finalement son tir à hauteur de Kim, toujours accroupi. Elle baissa son arme, dont un éclair jaillit juste au moment où Kim tira de nouveau, lui aussi.

Le faisceau du fuseur atteignit la P'nir au bon endroit. Elle s'écroula contre le mur du fond, mais il était trop tard — l'éclair mortel de la P'nir s'était enfoncé profondément dans les côtes de Kim et du sang rouge gicla et se mêla à l'ichor du capitaine.

À bord de la navette, Chakotay, qui regardait le verrouillage téléporteur, vit immédiatement ce qui était arrivé et comprit pourquoi Bereyt n'avait pas procédé — K't'rien était déjà morte et Kim était peut-être mourant.

Après la mort du capitaine, qui arrêterait la séquence d'autodestruction?

— Énergie! jappa Chakotay, avant de se tourner vers Rollins et de crier : « Dès qu'il arrive, activez nos boucliers. Puissance maximale! Envoyez-leur toute notre énergie et accrochez-vous tous! »

Le téléporteur bourdonna et l'enseigne Kim se matérialisa. Chakotay plongea sur les commandes, avec l'espoir d'avertir les P'nirs…

Trop tard.

L'onde de choc de la fulgurante autodestruction du croiseur se fracassa contre la navette et les projeta tous les quatre au sol comme des poupées de chiffon. Le souffle d'énergie surchargea les boucliers et la rétroaction surchargea les systèmes de bord; tous les contrôles s'éteignirent; les lampes jetèrent un flash puis s'éteignirent aussi. La coque résonna comme un gigantesque gong et tout l'intérieur vibra. Le vacarme et le grondement assourdirent Chakotay, Kim, Rollins et Bereyt; pendant un long, long moment ils existèrent dans un vide noir surchargé de bruits, de pression et de vibrations.

Puis le bruit disparut, la pression revint à la normale et les vibrations cessèrent. Le silence était absolu; même le sifflement ténu des systèmes de pressurisation atmosphérique de la navette s'était tu.

Chakotay, là dans le noir, se demanda s'il était mort et avait rejoint le royaume des esprits de ses ancêtres; puis il pensa qu'il était vivant, mais en train de mourir. Ce qui était encore pire.

Puis le circuit d'éclairage de secours s'alluma. Les systèmes informatiques de réserve s'activèrent et Chakotay sut qu'il était toujours vivant et qu'il devait s'arranger pour le rester. Il n'avait rien de cassé, même si l'impact avait couvert son corps d'un bel assortiment de bleus, de bosses et de blessures légères.

Les premiers rapports de statut automatiques apparurent sur le seul module d'affichage encore opérationnel.

— Intégrité de la coque endommagée, dit Rollins. Nous perdons de l'air — plusieurs fuites mineures. Les systèmes sont trop endommagés pour les repérer et les colmater. Efficacité des boucliers réduite de quatre-vingt-dix-sept pour cent.

Chakotay alors se persuada, oui, qu'ils étaient toujours vivants, mais peut-être plus pour longtemps. Une mort lente par asphyxie ne serait pas agréable.

— Où sommes-nous? demanda-t-il.

— Hors de la zone de combat, répondit Rollins. Les systèmes de navigation sont en panne. Impossible de déterminer nos coordonnées. Les senseurs principaux sont détraqués aussi. Mais nous ne sommes plus sous le feu ennemi.

— Et le vaisseau p'nir?

— Disparu, monsieur, dit Rollins. Complètement détruit. Nous sommes dans le nuage de débris.

Voilà qui expliquait sans doute pourquoi personne ne les prenait pour cible, se dit Chakotay; personne n'avait peut-être encore remarqué que la navette n'était pas une simple épave. Ils avaient un peu de temps devant eux. Il se tourna vers Bereyt.

— Comment va Kim? demanda-t-il.

La Bajoranne était agenouillée au-dessus du corps blessé de Kim inconscient, la trousse médicale d'urgence ouverte à côté d'elle.

— Mal, dit Bereyt. J'ai arrêté l'hémorragie, mais il a des lésions internes. L'onde de choc l'a projeté contre la paroi… Je pense qu'il agonise, ajouta-t-elle en regardant Chakotay, l'air désespéré.

— A-t-il une chance de survivre? demanda le commandant en second.

— Peut-être, s'il recevait des soins adéquats, dit Bereyt. Mais avec juste cette trousse d'urgence, je ne parviendrai pas à le sauver.

— Faites ce que vous pouvez, dit Chakotay, avant de se tourner vers Rollins et de lui demander : « Nos propulseurs fonctionnent? »

— Pas vraiment, dit Rollins en secouant la tête. Je me méfie du réacteur de distorsion. Après la violence de l'onde de choc, il a besoin d'une révision complète. Certains générateurs d'impulsion ont l'air de fonctionner, mais je ne sais pas combien ni pendant combien de temps ils tiendront le coup.

— Commander, je pense qu'il vaut mieux ne pas sortir du nuage de débris, intervint Bereyt qui fouillait pour trouver quelque chose dans la trousse médicale. Sinon les P'nirs ou les Hachais nous prendront pour cible.

Chakotay hocha la tête.

— Monsieur Rollins, dit-il, repérez-vous le *Voyageur*?

— Non, monsieur, répondit Rollins. Pas dans l'état où se trouvent nos senseurs.

Bereyt regarda Chakotay.

— Que faisons-nous, monsieur?

Chakotay soupesa leurs choix. Ils n'avaient pratiquement plus aucun moyen de défense. Ils dérivaient dans l'espace à quelques kilomètres de la plus violente et de la plus grosse bataille de tous les temps, une bataille où les deux belligérants leur étaient hostiles. Un des leurs agonisait. Mais quelque part, là-bas, il y avait le *Voyageur*. Leur seul espoir.

— Nous attendons, répondit-il.

CHAPITRE
27

— Capitaine, rapporta Paris, les vaisseaux p'nirs nous collent de nouveau aux trousses.

— Échappez-vous, monsieur Paris, répondit Janeway. Semez-les et revenez plus tard.

— À vos ordres, dit Paris. Nouvelle trajectoire. Coordonnées : un-zéro-neuf point deux-deux. Distorsion trois.

Ils s'étaient rendu compte, lors de deux précédents survols exploratoires, que même les vaisseaux p'nirs les plus rapides étaient incapables de dépasser la distorsion deux.

— Monsieur Evans, appela Janeway. Aucune trace de la navette?

— Aucune, capitaine, répondit Evans.

Janeway plissa le front.

— Capitaine, dit Tuvok, j'observe un curieux phénomène. Un croiseur p'nir a explosé à l'autre extrémité de la zone de combat — et de manière tout à fait spectaculaire, ajouterais-je.

— Une bataille fait rage dehors en ce moment, Tuvok. Il n'est vraiment pas surprenant qu'un vaisseau explose, dit Paris.

— J'en suis conscient, monsieur Paris, répondit Tuvok sans se départir de son calme. Cependant, les circonstances de cette explosion sont assez spéciales. Aucun vaisseau hachai ne l'a pris pour cible.

— Des dégâts plus anciens, monsieur Tuvok? demanda Janeway. Des réparations d'urgence qui ont mal tenu?

— Il semblerait plutôt que ce vaisseau ait été saboté, dit le Vulcain.

Janeway se leva.

— Quelle sorte de sabotage? demanda-t-elle en gravissant la marche vers la station de la sécurité.

— Vous pensez que les nôtres en sont responsables? demanda Paris.

— Je n'ai pas assez d'indices pour arriver à une conclusion, monsieur Paris, dit Tuvok, mais oui, je considérerais possible que le commander Chakotay soit responsable de la destruction du vaisseau.

— Allons voir de plus près, dit Janeway après avoir examiné les relevés des senseurs.

— Voir *quoi*, capitaine? demanda Paris d'une voix furieuse. Si *c'était* bien le commander Chakotay, il a sauté aussi, n'est-ce pas? Nous n'étions pas là, cette fois, pour l'arracher de son vaisseau à la dernière seconde et le téléporter à bord.

— Il a peut-être trouvé un autre moyen d'en sortir, dit Janeway. Je veux voir ce qui reste de ce vaisseau, Paris, et je veux que nous y soyons tout de suite.

— Oui, *madame*, dit Paris d'un ton sarcastique. Le chemin le plus court passe par le centre de la mêlée…

— Monsieur Paris, je ne suis pas d'humeur à supporter votre humour, répliqua Janeway d'un ton acerbe.

Calmé, Paris n'ajouta pas un mot. Il établit une trajectoire et passa en distorsion.

— Le nuage de débris de l'explosion de ce vaisseau est fort éparpillé, capitaine, rapporta Evans quelques moments plus tard. Une grande partie est prise dans le feu croisé perpétuel et s'est mélangée aux poussières en dérive. Mais je détecte un objet plus gros. Ce pourrait être notre navette ou ce qu'il en reste... Elle a l'air assez intacte, mais je ne suis sûr de rien...

— Envoyez-lui un rayon tracteur, ordonna Janeway.

— Capitaine, elle est beaucoup trop loin, protesta Evans. Et elle continue de dériver vers le centre de la bataille.

Janeway réfléchit.

— Y a-t-il des signes de vie à bord?

— Je ne sais...

— Utilisez les senseurs, monsieur Evans, jappa Janeway. C'est à cela qu'ils servent!

— Oui, capitaine, dit Evans, avant d'ajouter un peu plus tard : « Traces de quatre formes de vie humanoïde à bord, mais l'un d'eux... Eh bien, ses signes de vie sont très faibles. Quelqu'un est gravement blessé, peut-être mourant. »

Qui? pensa Janeway. Qui est blessé?

Que diraient les membres d'équipage maquis si Chakotay mourait là-bas, dans une tentative avortée de mission diplomatique condamnée d'avance? Comment poursuivre sa route sans commandant en second?

Et si c'était le pauvre jeune Harry Kim qui mourait? Comment Janeway le dirait-elle à ses parents, le jour où le *Voyageur* reviendrait enfin dans l'espace fédéral?

Ou Rollins? Ou Bereyt? Elle ne pouvait se permettre de perdre personne.

Mais s'ils ne se dépêchaient pas, ils en perdraient au moins un des quatre.

— Monsieur Tuvok, boucliers au maximum, ordonna Janeway. Vous êtes libre de riposter à toute attaque. Monsieur Paris, vous vous vantez d'être un pilote exceptionnel. Eh bien, voici votre chance de nous prouver à tous que vous êtes *vraiment* bon. Je veux que vous tiriez cette navette de là et la rameniez intacte à bord du *Voyageur* le plus vite possible.

— Je ne l'ai pas prouvé assez quand je nous ai sortis de là, la première fois? Il faut que je remette ça? marmonna tout bas Paris tout en évaluant la situation. Evans, vaudrait mieux que votre rayon tracteur soit prêt parce qu'on y va!

Le *Voyageur* frémit, puis bondit vers le cœur de la bataille.

À bord de la navette, Chakotay parcourut les programmes de diagnostic et plissa le front. Ils avaient coupé tous les systèmes qu'il était possible de couper pour conserver et épargner l'énergie, et cela ne suffisait pas. Il était consterné de voir le nuage de buée qui se formait devant son visage chaque fois qu'il respirait.

— Nous perdons toujours de l'air, dit-il. Si nous ne trouvons pas un moyen de sortir d'ici bien vite…

À ce moment précis, une violente secousse ébranla le petit vaisseau. Bereyt et Chakotay chancelèrent; Rollins, assis, réussit à rester sur son siège et Kim, inconscient, bougea à peine. Rollins enfonça un bouton de contrôle et réactiva les senseurs.

— C'est un rayon tracteur! cria-t-il. Il nous tient fermement.

— Un rayon tracteur? Envoyé par qui? demanda Chakotay. Les Hachais ou les P'nirs?

— Ni l'un ni l'autre, monsieur, répondit Rollins avec un grand sourire. C'est le *Voyageur*!

Pendant un moment Chakotay le regarda d'un air incrédule.

Puis il cria : « Allumez ces moteurs, Rollins. Nous allons les aider à nous ramener! »

— Oui, *monsieur*! répondit Rollins.

CHAPITRE 28

Ramener le *Voyageur* dans la mêlée et verrouiller le rayon tracteur sur la navette était la partie facile de la manœuvre, pensa Janeway. Ramener les quatre officiers sains et saufs serait plus délicat.

Les vaisseaux p'nirs qui harcelaient le *Voyageur* étaient restés à l'extrémité de la zone de combat où les Hachais les gardaient occupés. Mais grâce aux merveilles de la communication sub-spatiale, toute la flotte p'nir savait maintenant ce qui se passait et une dizaine d'autres croiseurs s'étaient dégagés de la bataille et venaient à la rencontre du *Voyageur*.

— Ripostez chaque fois que c'est nécessaire, ordonna Janeway d'un ton résolu.

À peine avait-elle fini de parler que le bâtiment p'nir le plus proche ouvrit le feu.

Il fonçait droit sur le *Voyageur*, sans s'esquiver ni tâcher de se placer dans une position avantageuse; Janeway présuma que son capitaine espérait les prendre par surprise.

Mais cet espoir était vain. Sa trajectoire directe en faisait une cible facile. En un tournemain les phaseurs de

Tuvok défoncèrent ses boucliers, puis toute la longueur de sa coque, après avoir détruit la passerelle au passage et réduit la proue en miettes.

Janeway, cette fois, ne protesta pas contre les inévitables pertes de vie; Tuvok n'avait pas le choix. Ce vaisseau les avait attaqués de front.

L'épave du croiseur détruit passa à côté d'eux sans riposter et se dirigea vers les régions plus calmes de l'espace, avec dans son sillage une traînée de débris et un nuage d'atmosphère de plus en plus gros.

Pendant un instant, Janeway se demanda ce qui arriverait aux survivants; les phaseurs avaient anéanti la passerelle et certainement tué l'équipe de commandement, mais le bâtiment était grand, beaucoup plus grand que le *Voyageur* et les P'nirs, s'ils étaient un tant soit peu efficaces, en colmateraient sans difficulté les sections intactes. Un autre vaisseau p'nir viendrait-il à leur secours?

Puis elle vit un cuirassé hachai sortir de la mêlée et poursuivre le p'nir.

Il n'y aurait pas de sauvetage. Ces P'nirs n'auraient pas la chance de gagner la sécurité du large.

Janeway se rendit compte qu'aucun des deux camps ne laisserait l'autre attaquer ses mondes sans défenses; aucun vaisseau de guerre ne quitterait cette bataille, pas même une épave gravement endommagée.

Les boucliers du vaisseau p'nir s'étaient effondrés quand les phaseurs du *Voyageur* avaient atteint sa structure centrale et, en quelques secondes, le cuirassé hachai le réduisit en poussière.

Un essaim de vaisseaux p'nirs convergea vers le cuirassé et la bataille encore une fois se déplaça.

Le *Voyageur* était revenu au cœur de la mêlée — mais le rayon tracteur était verrouillé sur la navette.

— Capitaine, appela Tuvok, si l'un ou l'autre des camps réalise ce que nous tentons de faire, ils prendront

certainement la navette pour cible et, d'après nos senseurs, ses boucliers sont pratiquement inopérants.

— Alors ne le leur laissez pas savoir, cria Janeway.

— Je ne vois pas…

Janeway ne prit pas le temps de s'informer de ce que le
Vulcain ne voyait pas.

— Monsieur Paris, appela-t-elle, placez-nous entre la
navette et les P'nirs!

— À vos ordres!

— Monsieur Tuvok, détruisez tout vaisseau p'nir qui
s'approche de notre navette!

— Compris, capitaine.

Un grésillement de parasites attira soudain l'attention
de Janeway.

— Chakotay à *Voyageur*, dit une voix familière, à
peine audible et à moitié couverte par les interférences.
Que pouvons-nous faire pour vous aider?

Le cœur de Janeway battit à tout rompre. Chakotay
était toujours vivant et il n'était pas blessé!

Le blessé était donc quelqu'un d'autre — Kim, Rollins
ou Bereyt — et elle se dit qu'elle ne devrait pas en être
contente, mais savoir que son second était indemne la
soulagea — qu'elle le veuille ou non.

— Contentez-vous de tenir le coup, dit-elle. Nous vous
ramenons dans un moment.

— Capitaine, dit Tuvok, impossible de ramener la
navette à bord sans quitter la zone de combat.

— Je sais, dit Janeway, pour la ramener nous devons
lever les boucliers de poupe.

— Et tant que nous sommes entourés d'ennemis, les
lever serait suicidaire, dit Tuvok en complétant ce qu'elle avait en tête.

— Il nous suffira donc de gagner un endroit sûr… commença Janeway.

— Capitaine, appela Paris, les P'nirs nous encerclent et
nous empêchent de battre en retraite!

— Gardez le *Voyageur* entre les P'nirs et la navette! ordonna Janeway en étudiant le visualiseur.

— Mais ils nous bloqueront le…

— Laissez-les faire, dit Janeway. Mettez le cap sur cette sphère, dit-elle en montrant l'objet du doigt.

Paris regarda le visualiseur principal et vit que le mystérieux sphéroïde, qui dérivait dans la bataille, se trouvait droit devant eux.

— Mais, capitaine, protesta Paris, nous ne savons pas ce que c'est ni à quel camp cet objet appartient!

— Nous voulions y jeter un coup d'œil, dit Janeway. Nous en avons maintenant la possibilité. Exécution!

— Capitaine, je suis dans l'obligation de remettre en question la sagesse de votre décision, dit Tuvok. Je ne vois pas quel bénéfice nous tirerons de nous approcher, à ce stade, de cet objet non-identifié.

— Tuvok, cette chose ne vient pas d'arriver, dit Janeway. D'après son aspect extérieur, elle est là depuis très, très longtemps — en tout cas, elle est restée au cœur de la bataille depuis que nous l'avons repérée.

— Je ne parviens pas à voir…

— Vous ne voyez pas? dit Janeway. Cela signifie que les armes p'nirs et hachais ne l'endommagent pas! Sinon, cette sphère serait déjà réduite en poussière à l'heure qu'il est. Nous nous en servirons pour protéger nos arrières pendant que nous ramenons la navette à bord.

— Compris, capitaine. Je retire mes objections.

— Moi aussi, dit Paris. Je me dirige vers la sphère, capitaine.

Janeway regardait avec inquiétude la navette endommagée; le rayon tracteur l'avait tirée près des boucliers du *Voyageur* et l'y maintenait, par tribord devant, tandis que le vaisseau lui-même louvoyait et manœuvrait dans le furieux chaos des croiseurs et destroyers ennemis déchaînés.

Tom Paris s'efforçait de garder toujours cette partie du *Voyageur* orientée vers le large ou vers un cuirassé hachai.

Après cinq minutes qui semblèrent des siècles, ils arrivèrent finalement près de l'immense sphère.

— Elle est criblée d'énormes trous, capitaine, dit Paris d'un ton sceptique. Êtes-vous *certaine* que leurs armes sont si inefficaces contre elle?

— Elle est toujours là, n'est-ce pas? dit Janeway. Monsieur Evans, qu'indiquent vos instruments?

— C'est une coquille vide, capitaine, répondit Evans. Il y a des croiseurs p'nirs à l'intérieur.

— C'est peut-être une de leurs forteresses orbitales, dit Paris. Si c'est…

Janeway secoua la tête.

— Non, dit-elle. Vous ne la reconnaissez pas? Souvenez-vous de vos cours d'histoire. Les annales des premiers contacts de Starfleet.

— Non, je… commença Paris.

— La Première Fédération, dit Tuvok. L'hypothèse avait été émise à l'époque, quand aucun autre contact ne suivit la première rencontre, que le vaisseau de Balok provenait du Quadrant Delta.

— Mais c'est juste l'épave d'un de leurs vaisseaux, dit Janeway. Cela ne prouve rien concernant la Première Fédération. Cette épave est peut-être tombée dans un trou de ver ou a simplement dérivé jusqu'ici…

— Cela prouve, en tout cas, que ce ne sont pas les P'nirs qui l'ont construite, dit Paris.

— Et c'est tout ce que nous avons besoin de savoir, lieutenant, dit Janeway en hochant la tête. Faites-nous passer par un de ces trous.

— À vos ordres.

Les trous déchiquetés, dans le flanc de l'épave, avaient une centaine de mètres de diamètre. Un instant plus tard, le *Voyageur*, après avoir esquivé un ultime tir de barrage p'nir, s'y engagea.

L'intérieur était un dédale de décombres; de gros morceaux de métal et d'incandescents débris en fusion étincelaient dans les éclairs des tirs.

— Monsieur Paris, avertit Janeway, prenez garde que cette ferraille n'entre pas en collision avec la navette.

— À vos ordres, capitaine.

— Monsieur Evans, ouvrez les fréquences de contact. Je veux parler aux P'nirs.

— Fréquences de contact ouvertes, répondit Evans.

Janeway s'avança.

— Ici Kathryn Janeway, capitaine du vaisseau stellaire fédéral *Voyageur*, annonça-t-elle. Nous prenons possession de l'intérieur de cette sphère pour une période d'une heure. Nous détruirons tout vaisseau, p'nir ou hachai, qui s'y aventure pendant ce temps. Ceci constitue notre seul avertissement.

Elle se tourna.

— Monsieur Tuvok, donnez-leur cinq minutes, puis mettez ma menace à exécution. Je ne veux plus voir aucun vaisseau ennemi.

— Capitaine, l'efficacité de nos boucliers est réduite de quarante-sept pour cent, rapporta le Vulcain. Si les P'nirs lancent une attaque prolongée, nous serons piégés et ils finiront par nous détruire.

— Eh bien, dit Janeway, reste à espérer qu'ils ne lanceront pas d'attaque prolongée.

Une demi-douzaine de vaisseaux p'nirs, tous relativement petits, se trouvaient à l'intérieur de l'épave; deux d'entre eux prirent tout de suite la fuite, mais les quatre autres se placèrent en formation de combat et foncèrent vers le *Voyageur*.

Tuvok détruisit le vaisseau qui dirigeait l'escadrille.

Les trois autres rompirent le combat et, après un moment de flottement, quittèrent la sphère.

Janeway remercia tout bas le brillant ingénieur qui avait conçu les vaisseaux de Starfleet et décidé qu'il pouvait être utile de ne pas avoir à activer tous les boucliers en même temps; le *Voyageur* était immobile, avec sa poupe près de la paroi intérieure de la sphère creuse et son système de défense antérieur à pleine capacité. Les boucliers arrière étaient levés pour permettre à la navette de regagner le hangar.

Si le vaisseau était toujours en plein ciel, au cœur de la bataille, avec le feu ennemi venant de toutes les directions, lever ainsi les boucliers de poupe aurait été un suicide, mais à l'intérieur de l'épave de la Première Fédération, le *Voyageur* était en sécurité.

Evans désactiva les boucliers arrière et la navette se dégagea des boucliers latéraux.

— Téléportez tout de suite le blessé à l'infirmerie! cria Janeway.

— À vos ordres, répondit Evans.

La voix de Kes soudain retentit.

— Harry est ici, capitaine. Le docteur croit qu'il s'en tirera.

Janeway poussa un profond soupir.

— Bon, dit-elle. Chakotay, ramenez votre engin à bord.

Un moment plus tard, après avoir rebondi une fois, la navette se posa en douceur sur le pont du hangar. Elle était entière. Elle était revenue. Les instruments de bord du *Voyageur* indiquaient clairement la présence de trois formes de vie humanoïde.

Janeway, qui avait suivi l'arrimage sur le vidéo de la passerelle, n'attendit pas que les grandes portes du hangar se referment.

— Ils sont à bord! Baissez les boucliers de poupe, Tuvok! Paris, sortez-nous d'ici!

— De la sphère?

— Et de la bataille! ordonna Janeway. Prenez les moyens qu'il faut pour mener le *Voyageur* au large! Et sortez-nous de l'amas de Kuriyar! Vitesse de distorsion huit!

— Avec plaisir, capitaine, répondit Paris, penché sur ses commandes. Avec le plus grand plaisir!

CHAPITRE
29

Quand le *Voyageur* jaillit du flanc de l'épave, quatre gros croiseurs p'nirs le bombardèrent d'un feu nourri — pas juste des tirs d'énergie, mais aussi des fusées aéroportées à grande vitesse.

Tuvok riposta, mais il était clair que les P'nirs, pendant le séjour du vaisseau dans la sphère de la Première Fédération, avaient analysé leurs enregistrements informatiques et s'étaient rendu compte qu'il fallait du temps aux phaseurs fédéraux pour pénétrer leurs boucliers. Les croiseurs procédaient à de soigneuses manœuvres d'évitement et se protégeaient les uns derrière les autres. Jamais les boucliers d'un vaisseau n'étaient exposés pendant plus de quelques secondes.

Tuvok avait toujours des occasions de les abattre, mais moins; il n'était plus capable de choisir ses coups ou de cibler des vaisseaux à volonté. Il devait maintenant faire feu sur tout bâtiment sur lequel il pouvait verrouiller ses phaseurs assez longtemps.

Paris, qui s'était reposé un peu pendant l'arrimage de la navette, était au meilleur de sa forme; le *Voyageur* esquivait les tirs, zigzaguait, tourbillonnait et se frayait un chemin à travers le maelstrom. Quarante minutes après sa sortie de l'épave, il fonçait vers la périphérie de la zone de combat … quand il fut soudain forcé de quitter sa trajectoire.

Une phalange hachai, un mur compact de vaisseaux, tous une dizaine de fois plus gros que le *Voyageur*, leurs boucliers imbriqués pour ne former qu'une seule immense barrière, leur bloquait la route.

Paris poussa un juron, imprima au vaisseau un mouvement latéral et parvint à contourner la phalange. Il traversa une nuée de vaisseaux p'nirs et mit de nouveau le cap sur les zones dégagées de l'espace — juste pour tomber sur une autre barrière hachai.

— Que diable fabriquent-ils? demanda Paris.

— Il semblerait, dit Tuvok, que les Hachais nous obstruent délibérément le chemin.

— Mais pourquoi? demanda Janeway. Monsieur Evans, ouvrez une fréquence avec l'un de leurs vaisseaux.

Evans s'exécuta.

— Ils répondent! s'exclama-t-il, surpris.

— En visuel, dit Janeway.

Les divers niveaux d'une passerelle hachai avec, au centre, le globe transparent de son capitaine apparurent sur le visualiseur.

— Salutations, honorable Kathryn Janeway, dit le capitaine hachai en pointant vers elle ses deux pédoncules oculaires. En quoi puis-je vous être utile?

Janeway, surprise, cligna des yeux. La réception était bien différente des précédentes communications avec les Hachais!

— Laissez-nous passer, répondit Janeway. Laissez-nous poursuivre notre chemin et poursuivez votre guerre!

— Honorable alliée, dit le Hachai, nous ne souhaitons pas votre départ! Vos armes sont d'une merveilleuse efficacité contre les P'nirs; je vous en prie, restez et humiliez-les!

Janeway comprit soudain.

— Vous ne pensez plus qu'il s'agit d'un stratagème p'nir? dit-elle, la voix pleine d'amertume.

— S'il s'agit d'un stratagème p'nir, répondit le Hachai, il est beaucoup trop subtil pour nous et nous sommes dépassés. Vous avez semé la destruction chez nos ennemis; nous vous demandons humblement de pardonner nos doutes et tous les malentendus.

— Vous êtes pardonnés, dit Janeway. Maintenant laissez-nous passer!

— Mais alors vous partirez et nous perdrons l'avantage de vos armes, protesta le Hachai. Restez et combattez à nos côtés! Notre ennemi ancestral n'est-il pas votre ennemi aussi?

— Non, dit Janeway. Nous ne souhaitons pas faire de tort aux P'nirs; nous nous sommes contentés de nous défendre. Nous sommes venus faire la paix, pas la guerre!

— Et quelle meilleure paix que la victoire? demanda le Hachai, avec un geste énergique.

— Une paix de coopération, dit Janeway. Une paix de compréhension mutuelle!

— Capitaine, dit Paris, si nous ne partons pas d'ici très vite, les P'nirs nous acculeront contre les boucliers hachais.

— Capitaine hachai! Je ne connais pas votre nom, mais je vous le demande pour la deuxième fois. Laissez-nous passer! dit Janeway.

— Impossible, répondit le Hachai. Après tous ces siècles de guerre, après que des centaines de générations de Hachais aient combattu et soient mortes pour détruire les P'nirs, vous nous offrez la victoire finale. Nous laisserez-vous entrevoir la perspective d'un triomphe, juste pour nous l'enlever d'un coup? Vous moquerez-vous de nous à ce point-là?

— Exactement. C'est ce que je vais faire, grogna Janeway. Écoutez-moi, capitaine — nous allons partir maintenant. Ou bien vous nous laissez passer ou nous franchissons de force vos lignes. Au cas où vous l'auriez oublié, nos armes sont aussi efficaces contre vos boucliers que contre les boucliers p'nirs. Je vous le répète : laissez-nous passer ou nous passons de force. Et des Hachais mourront pour rien. Le choix vous appartient. Que décidez-vous?

— Je vous en prie, Kathryn Janeway, plaida le capitaine hachai, en agitant ses pédoncules oculaires, ne faites pas cela!

— Alors ne m'y obligez pas! cria Janeway. Ôtez-vous de mon chemin!

— Capitaine, les P'nirs nous coincent, appela Paris. Je n'ai plus de voie libre.

— Tuvok! Ouvrez-nous le passage! cria Janeway. Monsieur Paris, établissez votre trajectoire et peu importe qu'elle traverse les lignes p'nirs ou hachais!

— À vos ordres, capitaine.

Un instant plus tard, les phaseurs du *Voyageur* crépitèrent et, après une autre seconde, les faisceaux rouges transpercèrent la coque du destroyer hachai.

Il bascula sur le côté et quitta sa formation. Un passage était ouvert.

Paris vira et enclencha la vitesse de distorsion, catapultant le *Voyageur* à travers le trou laissé par le destroyer torpillé — tout droit vers l'espace, en distorsion quatre et sans cesser d'accélérer.

CHAPITRE
30

Pour le moment, tout allait bien à bord du vaisseau stellaire fédéral *Voyageur*.

Il restait des réparations à faire et ils étaient, comme toujours, à court de personnel, mais aucun péril mortel ne les guettait. Les propulseurs ronronnaient, les systèmes de pressurisation atmosphérique fonctionnaient, les plantes hydroponiques dans la soute avant poussaient bien; ils étaient loin de tout système habité et de tout bâtiment ennemi. Tous les blessés, sauf un, étaient rétablis et avaient regagné leur poste; l'enseigne Kim avait été le blessé le plus grave pendant la bataille et avait reçu l'ordre de se reposer et de ne s'occuper que de sa santé.

Les flottes hachai et p'nir étaient, toutes les deux, très loin, sans aucun espoir de jamais rattraper le *Voyageur*.

Tous les chefs de service — et quelques autres personnes — étaient réunis dans le bureau du capitaine — pour une séance de travail sur l'état du vaisseau.

— Les dégâts sont minimes, rapporta Torres. Tout bien considéré, les boucliers ont magnifiquement tenu. Mais la navette… Bien! Il y a moyen de la réparer, mais il

faudra du temps. L'explosion du vaisseau p'nir l'a plutôt
secouée.

— De toute façon, nous avons tout le temps qu'il faut.
Ce n'est pas demain que nous arriverons chez nous, dit
Paris.

Les autres l'ignorèrent, même s'ils savaient qu'il avait
raison.

— Je vous avais averti, capitaine, dit Neelix. Je vous
avais *dit* de ne pas vous approcher de l'amas de Kuriyar.
Je vous avais dit que c'était dangereux, n'est-ce pas?

— Oui, vous me l'avez dit, monsieur Neelix, concéda
Janeway. Je vous remercie de m'avoir mise en garde.

Neelix sourit, puis réalisa que le capitaine n'avait pas
dit qu'elle tiendrait compte de ses conseils à l'avenir; son
sourire disparut. Il hésita, et ne trouva aucune manière
élégante de protester.

Il délibéra un moment avec lui-même pour déterminer
s'il protesterait *quand même* — agir avec élégance n'était
pas un impératif absolu. Kes lui jeta un regard qui le décida.

« Laisse tomber », disait le visage de Kes, et après
quelques secondes d'hésitation, Neelix laissa tomber.

— Nous ne connaissons toujours pas l'origine de ce
rayon tétryonique, n'est-ce pas? demanda Harry Kim, qui
avait insisté pour assister à la réunion, malgré les ordres
du médecin.

— Je pense que si, dit Janeway. Il semble avoir été
émis par le vaisseau de la Première Fédération.

— Par cette épave? dit Paris. Comment ce vieux pon-
ton carbonisé a-t-il pu émettre quoi que ce soit?

— Le rayon tétryonique provenait effectivement de
l'épave, dit Tuvok. Pendant notre séjour à l'intérieur, j'ai
procédé à une analyse senseur exhaustive et localisé un
générateur de tétryons qui était apparemment encore
fonctionnel.

— Vous employez le passé, fit remarquer Paris.

— Le générateur semble avoir été réactivé par une de leurs armes énergétiques — probablement p'nir. Le tir qui l'a frappé a, pendant une fraction de seconde, activé et actionné l'engin, ajouta Janeway.

— Capitaine, aurions-nous pu le récupérer? demanda Chakotay. Ou sommes-nous capables d'en construire un à partir des enregistrements de nos senseurs? Un rayon tétryonique nous permettrait peut-être d'entrer en communication avec la compagne du Protecteur…

— Je crains que non, dit Janeway en secouant la tête. Quand nous sommes arrivés, il n'en restait que des scories. Le tir qui l'a activé l'a également détruit.

— C'est pourquoi l'émission a été aussi brève, dit Tuvok. Si vous voulez vous donner la peine d'examiner le fichier de vérification des senseurs, il vous en apprendra beaucoup plus, commander — mais pas assez pour construire un nouvel engin.

— Si vous voulez mon avis, cette épave et son stupide rayonnement ne valaient pas la peine de risquer de détruire notre vaisseau, marmonna Torres.

— Ce n'était pas juste pour cela que nous avons risqué de détruire le vaisseau, lui dit Chakotay, avec du reproche dans la voix. Nous espérions faire le bien, aider les Hachais et les P'nirs à conclure la paix.

— Et nous avons honteusement échoué, dit Janeway d'un ton amer. Au lieu d'arrêter les combats, nous avons nous-mêmes combattu les belligérants. Nous avons causé beaucoup de dégâts, sans doute tué des centaines d'êtres vivants dans les deux camps. Et pourquoi? La guerre se poursuit toujours. Elle se poursuivra jusqu'à ce qu'un des protagonistes annihile l'autre. Et ensuite, la guerre se répandra sans doute ailleurs. Elle sévira pendant encore trente ans dans l'amas de Kuriyar, et qui sait pendant combien de temps elle se poursuivra dans d'autres secteurs de l'espace?

— Je ne suis pas certain que la guerre entre les Hachais et les P'nirs continue de durer plus que quelques heures, capitaine, dit Tuvok.

Surpris, les officiers se tournèrent vers le Vulcain.

— Que voulez-vous dire, monsieur Tuvok? demanda Janeway.

— Comme c'est la pratique dans toute situation du genre, j'ai continué d'intercepter les communications sub-spatiales des P'nirs et des Hachais après notre départ des abords immédiats de la bataille, répondit calmement le Vulcain. Il semblerait, d'après les communications enregistrées jusqu'ici, que les deux camps négocient et qu'un arrêt des hostilités est, à très brève échéance, une réelle possibilité.

— Mais... mais...mais *pourquoi*? demanda Neelix. Les Hachais et les P'nirs se battent depuis des *siècles*! Leur guerre est *légendaire*!

— Effectivement, concéda Tuvok. Et, en conséquence, tous les autres êtres vivants de la région les ont évités. Pas nous. Notre intervention leur a rappelé qu'il existe d'autres espèces qui pratiquent les voyages intersidéraux.

— Mais en quoi cela les a-t-il amenés à déposer les armes? demanda Janeway. Pourquoi sont-ils soudain intéressés à la paix, juste parce qu'il existe d'autres êtres dans l'Univers?

— Il semblerait, capitaine, dit Tuvok, que les Hachais et les P'nirs ne soient pas tellement intéressés à conclure une paix réciproque qu'à former une alliance militaire et à unir leurs forces contre leur ennemi commun.

Les autres le regardèrent sans comprendre.

— C'est-à-dire contre nous, dit le Vulcain. L'efficacité de nos armes et le geste impitoyable du capitaine qui, pour permettre notre départ, a tiré sur un vaisseau hachai qui venait de se déclarer notre allié a profondément impressionné les deux camps.

— Contre *nous*? protesta Paris. Mais... mais nous n'avons qu'un seul vaisseau! Tout le reste de Starfleet est de l'autre côté de la Galaxie!

— Ils ne le savent pas, dit Janeway qui venait de comprendre. Nous n'avons jamais dit à personne où se trouvait la Fédération. Nous n'en avons pas eu le temps.

— Exact, dit Tuvok. Il semble très peu probable que l'alliance projetée entre les Hachais et les P'nirs soit jamais capable de localiser son nouvel ennemi.

Janeway réfléchit à cette perspective pendant un long moment, puis hocha la tête.

— Et le jour où ils localiseront la Fédération, ils auront sans doute oublié pourquoi ils nous pourchassaient. Ils auront pris l'habitude de la paix, exactement comme ils avaient l'habitude de la guerre. Ce n'est pas cette sorte de paix que j'aurais souhaitée, dit-elle en hochant la tête, mais c'est mieux que rien.

Elle regarda les autres.

— N'est-ce pas? demanda-t-elle.

UNE NOUVELLE LÉGENDE EST NÉE...

STAR TREK VOYAGEUR

LE PROTECTEUR

Un roman de L.A. GRAF

D'après un script de Michael Piller et Jeri Taylor
Un scénario de Rick Berman, Michael Piller et Jeri Taylor

LE PREMIER ROMAN ORIGINAL DE LA
POPULAIRE SÉRIE

STAR TREK VOYAGEUR 2

L'ÉVASION

DEAN WESLEY SMITH ET
KRISTINE KATHRYN RUSCH

DES PIRATES S'EMPARENT DE L'ORDINATEUR CENTRAL DE L'U.S.S. VOYAGEUR
ET IMPLIQUENT L'ÉQUIPAGE DANS UN DANGEREUX CONFLIT POLITIQUE

STAR TREK VOYAGEUR 4

INFRACTIONS

SUSAN WRIGHT